每一次超越 都为了心中那面五星红旗

# 永不言败

## ——走进中国冬奥冠军的冰雪人生

张雅文 著

国家一级速滑运动员、国家一级作家张雅文历时两年倾情之作

2022 年中国作家协会重点扶持项目
2023 年中宣部主题出版重点出版物

黑龙江人民出版社

**图书在版编目（CIP）数据**

永不言败 ：走进中国冬奥冠军的冰雪人生 / 张雅文
著. — 哈尔滨：黑龙江人民出版社，2024.2
ISBN 978-7-207-13233-8

Ⅰ. ①永… Ⅱ. ①张… Ⅲ. ①报告文学 — 中国 — 当代
Ⅳ. ①I25

中国国家版本馆CIP数据核字（2024）第042016号


策　　划：金海滨　梁　昌　安晓峰
特约编辑：李庭军
责任编辑：杨子萱　常　松　滕文静
封面设计：杨　鑫　滕文静
版式设计：张　涛


永不言败——走进中国冬奥冠军的冰雪人生

YONG BU YAN BAI——ZOUJIN ZHONGGUO DONGAO GUANJUN DE BINGXUE RENSHENG

张雅文　著


出版发行　黑龙江人民出版社
地　　址　哈尔滨市南岗区宣庆小区 1 号楼
印　　刷　哈尔滨市石桥印务有限公司
开　　本　787×1092　1/16
印　　张　20.5
字　　数　280 千字
版　　次　2024 年 2 月第 1 版
印　　次　2024 年 2 月第 1 次印刷
书　　号　ISBN 978-7-207-13233-8
定　　价　68.00 元

# 序言

**赵白生**

北京大学世界文学研究所教授
世界传记研究中心主任
世界文学学会会长

雅文为文，以命搏魂。

她的传记，读上几页，扑面而来，有一股劲，一股穿透事实屏障的劲，让你直面传主的灵魂。这一股劲，与其说是她作为国家一级运动员长期训练的结晶，还不如说是她当一级作家用生命做赌注换来的。她的自传杰作《生命的呐喊》如此，手头的这部合传新作《永不言败——走进中国冬奥冠军的冰雪人生》更是如此。

传记作家，能做到以命搏魂者，几希。张雅文之所以达到这一境界，主要归功于她做传的三个特色。这三个特色，让她在中国当代传坛风生水起，独树一帜。

张雅文的传记作品，一大特色，几乎无人能及，即选题宏阔，眼光独特。她写国际题材，简直是天方夜谭，因为她的教育，让她连外文的门都没有摸过。可是，她不但胆大行天下，单凭一己之力闯荡俄罗斯、韩国、比利时、德国、丹麦，而且还推出了一本本力作：《玩命俄罗斯——中国人在俄罗斯纪实》《韩国总统的中国"御医"》《盖世太保枪口下的中国女人》《与魔鬼博弈：留给未来的思考》。她没有受过系统的科学教育，甚至没有受过完整的学校教育，她连小学毕业证都没有。然而，她却创作了著名的科学家传记《为你而生——刘永坦传》。撰写《妈妈，快拉我一把》，给罪犯立传，自找罪受，谁愿为之？张雅文则认为，这是千载难逢的机会。她不只是写了一个罪犯的传记，而是为一个特殊的群体——少年犯立传。可怜天下作家心！曼德拉说过，了解一个国家是否文明，不仅要看她如何对待她的巅峰人物，更要看她怎样善待她的最底层人。张雅文的特别之处在于，她慈悲为怀，深挖最底层人，而又壮志凌云，描绘巅峰人物，两手抓，两手运笔如画，把一个国家的文明底色和盘托出。这本冰雪冠军传，所写绝大多数为巅峰人物，金牌闪闪，群星璀璨，文明之明面，何其光彩夺目！

显然，张雅文并没有止步于此，金牌背后的"暗无天日"，她不惜笔墨。中国短道速滑之父孟庆余，"像一块黑色的煤炭，燃烧着自己，却给他人带来了温暖与能量"。他的传记，书中打了头炮，即是显例。书中所浓墨重彩者，则是这位冠军之父的"黑光时刻"——凌晨两点的浇冰场面：

面对眼前的一切，孟庆余却丝毫没有退却，更没有一句牢骚，而是表现出那种无所畏惧的个性：自己动手，改变一切！

修房子、砌炉子、办食堂，没有锅碗瓢盆，就从自己家里拿；结婚时别人送他的穿衣镜，准备打家具用的红松木料，统统被他拿走了；没有浇冰车，他就把一个能装一吨水的大铁桶，安装在一只爬犁上，做成一辆"浇冰车"；没钱雇人浇冰，他就自己干，每天凌晨2点钟准时来到冰场。

人们都知道，黑龙江的冬天滴水成冰，零下二三十摄氏度，凌晨两三点钟，几乎是一天中最寒冷的时候。

　　他却顶着刺骨的寒风，凌晨 2 点钟来到冰场，先用大扫帚清扫冰面上的霜雪和灰尘，扫完 400 米的冰场已是满身大汗，浑身冒着热气，接着又拉着装有一吨水的爬犁开始浇冰，沿着冰场一圈接一圈地浇，直到把 400 米的冰场全部浇完。

　　当他浇完冰时，身上棉衣里的汗早已凉透了，而外面的棉衣却被溅上的水珠冻成了"冰糖葫芦"，走起路来就"哗哗"直响。（18-19）

　　不仅如此，张雅文还写到了竞技体育特有的"里程悲"——冰雪运动员的伤病和他们心中的阴影。赵宏博的跟腱断裂、高亭宇的赛前综合征、范可新的缺铁性贫血、任子威的两次骨折、徐梦桃的四次手术……而他们从不退却。四次手术台上，徐梦桃每次都问大夫同一句话："大夫，我还能跳吗？"赵宏博跟腱断裂，被缝了 70 多针。他对大夫说："缝结实点儿，我还要参加冬奥会呢！"看后，令人泪奔，更让心血喷。

　　金牌，难道是用泪和血灌注而成的吗？

　　冰雪运动员出身的张雅文，所看到的不仅仅是泪和血。她力图超越肉身，揭示更深一层的精神——体育之魂：

　　一个运动员的冠军情结，将给她的生命注入强大的动力。一个小小年纪的少女，有着如此雄心，如此壮志，并持之以恒，不达目的誓不罢休！这种冠军精神，将会爆发出怎样的能量？

　　我想，大概只有一个词来形容，那就是：玩儿命！

　　玩儿命地训练！玩儿命地比赛！玩儿命地战胜常人难以想象的伤病与困难……

没有玩儿命的劲头，就不可能完成一次次向人类极限挑战的动作！没有玩儿命的劲头，就不可能在世界大赛中摘金夺银！

……

我想，这种玩儿命的劲头，大概就是冠军精神吧！

写到这里，我忽然在想，其实任何一项伟大事业的成功，都有无数人在默默地玩儿命，只不过他们没有运动员那么声名远扬而已。想想，没有人玩儿命，新中国在抗美援朝战场上，就不可能取得胜利；没有人玩儿命，中国就不会有原子弹、氢弹的爆炸成功；没有人玩儿命，中国就不会有航天的巨大成就；没有石油工人的玩儿命，中国就不会迅速摘掉贫油国的帽子……（189-190）

一个人需要这种玩儿命精神，一个民族同样需要这种精神！如此说来，以命搏魂，难道不是传记家张雅文的真实写照？

# 目录

Contents

**第一篇** 1

**托起世界冠军的人**
——中国短道速滑之父**孟庆余**

　　一个下井挖煤的知青矿工，心里却藏着一个伟大的冠军梦。他在灰蒙蒙的冰场赛道上，孜孜不倦，百折不挠，一心追逐着美好的梦想。

**第二篇** 42

**令世界冰坛赞叹的中国女子**
——中国第一枚冬奥会金牌获得者**杨扬**

　　杨扬说：
　　"我们这一代运动员是幸运的，踏上社会之际，在各个方面已经有了一定的准备与积累，有条件去做一些自己喜欢做的事情。而时代也给我们提供了这样的机会。退役之后，拓展体育的影响一直是我所追逐的目标。"

**第三篇** 70

**美轮美奂　冰雪人生**
——花样滑冰双人滑冬奥冠军**申雪、赵宏博**

　　申雪、赵宏博说：
　　"为梦想而拼搏，因热爱而坚持，不惧挫折与挑战，不懈努力与奋斗！希望我们的故事，能给那些为梦想而坚持奋进的年轻人，带来希望和勇气，带来奋进而不服输的力量！这将是我们最大的快乐！"

第四篇

104

**创造奇迹的高光时刻**
——自由式滑雪男子空中技巧冬奥冠军**韩晓鹏**

韩晓鹏说：
"没有一件事情可以一步登天，所有的结果都有一个积累的过程，这个过程就叫作坚持！"

第五篇

126

**刀尖上的追梦人生**
——短道速滑冬奥冠军**武大靖**

如此辉煌的成绩，是天赋的恩泽，还是执着而倔强的个性使然？
从陪练到冬奥冠军，再到党的二十大代表……
这一切，又告诉了我们什么？

第六篇

144

**冰上飞人**
——速度滑冰冬奥冠军**高亭宇**

高亭宇说：
"天赋与努力相比，我更相信踏踏实实的努力。别人的评价与自我认知相比，我更相信自我认知。我们不可以盲目自大，但也不可以妄自菲薄。"
"我相信一万个小时定律，对一项技术坚持不懈地实践一万个小时，足够让一个普通人成为一名大师！"

**第七篇**

164

## 她叩问苍天：我是第一吗？
### ——自由式滑雪女子空中技巧冬奥冠军**徐梦桃**

徐梦桃说：

"一个优秀的运动员并不是四肢发达、大脑平滑的体育棒子！我们有思想、有追求、有头脑，更有家国情怀！为了追求心中的梦想，我们能吃苦，能忍受常人难以想象的伤病折磨，我们有着独特的人格和品质！"

**第八篇**

204

## 惊世之吻
### ——从 7 平方米小屋里走出的短道速滑冬奥冠军**范可新**

范可新说：

"大家都站在同一起跑线上，你练别人也练，你只能比别人练得更多、更加刻苦，才能超过人家，才能拼出成绩来！"

**第九篇**

224

## 妈妈，感谢你生了我
### ——短道速滑冬奥冠军**张会**

她，就像石头缝儿里冒出来的一棵小草，秉承着天地之精华，有着顽强的生命力，倔强地生长着……

第十篇
244

**夺冠功臣**
——短道速滑冬奥冠军**孙琳琳**

翻开群星璀璨的冬奥冠军名录，孙琳琳的名字并不那么抢眼。但是，当人们谈论起 2010 年加拿大温哥华第二十一届冬奥会，在短道速滑女子 3000 米接力比赛中，中国队与韩国队激烈竞争的惊心动魄的一幕时，却发现这一幕的关键人物正是孙琳琳。

第十一篇
262

**托你渡过忧愁河**
——花样滑冰双人滑冬奥冠军**隋文静、韩聪**

"当暮色昏沉沉，痛苦将你包围，我来安慰你。我与你同行。当黑夜茫茫，痛苦把你折磨，我为你筑起一座金桥，托你渡过忧愁河……"

这首经典的欧美名曲《忧愁河上的金桥》，是隋文静、韩聪荣获 2022 年北京冬奥会花样滑冰双人滑冠军的伴奏曲，也是他们人生经历的真实写照。

第十二篇
286

**"狼性"十足的冬奥冠军**
——北京冬奥会两枚金牌获得者**任子威**

任子威说：

"别看我平时说说笑笑，大大咧咧的，东北人嘛，爱开玩笑，是大家的开心果！但只要一踏上冰场的赛道，我就变得"狼性"十足，不服任何人。我会狠狠地咬住对手，绝不会轻易饶了他，直到把他干败为止！"

后 记
309

**献给我亲爱的冰上战友**

# 托起世界冠军的人

第一篇

——中国短道速滑之父**孟庆余**

奥林匹克之父皮埃尔·顾拜旦说：

"一个民族，老当益壮的人多，那个民族一定强；一个民族，未老先衰的人多，那个民族一定弱！"

奥林匹克，从 1896 年在希腊雅典诞生那天起，就不是一个单纯的体育赛事，而是通过奥林匹克赛场上的博弈，彰显出各个国家的政治、经济、民族精神及民族体魄等诸多方面的综合国力。

中国所走过的奥运历程，就是近代中华民族曲折的发展史。

孟庆余教练

1932 年，中国第一次参加在美国洛杉矶举办的第十届奥运会，仅派刘长春一名运动员参赛。因为此时的中国正处于战火之中，当时，国民政府无力负担出席奥运会的费用。东北大学体育科主任郝更生向社会募捐 1000 银圆，张学良出资 8000 银圆，北平市市长周大文捐赠刘长春 1 套西服和 5 美元……在社会各界人士的资助下，刘长春孤身一人代表中国参加了奥林匹克运动会。

1934 年，中日足球对抗赛 4 ∶ 3，中国战胜了日本，直接进入 1936 年在柏林举办的奥运会。可是国民政府却拿不出球队所需的经费，中国队员便决定自己筹集旅费。

1936 年 4 月，中国足球队全体队员提前两个多月从上海乘船出发，远征东南亚，从越南一路辗转新加坡、印度尼西亚、马来西亚、缅甸、印度等国筹款赚路费。队员们坐最低等舱，吃最简单的饭菜，船一停就下船与当地球队比赛赚门票费。83 天的行程，共进行了 27 场比赛，赢 23 场，平 4 场，赚得了 20 多万元港币。当时的国民政府却要求他们拿出一部分钱给其他参赛运动员做路费。他们便自己留下 10 万元港币，把另外 10 万元港币给了其他项目的队员做路费。

中国足球队到柏林以后，第一场比赛就是与英国进行的淘汰赛，因为中国队员身体严重透支，有运动员直接昏倒在球场上……最后中国队虽被淘汰，却赢得了全场观众的热烈欢呼。

这批热血男儿回国不久，1937 年七七事变爆发，日本帝国主义全面入侵中国，队员们纷纷奔赴战场。八年离乱，参加 1936 年奥运会的中国健儿共有六位以军人的身份壮烈殉国。队长李惠堂曾经写下这样两句诗："一腔肝胆存仁热，万事封城为国争！"写到这里，不禁令人泪目，令人感慨万千！这就是我们曾经的中国足球队，这就是我们曾经的中国运动员。

1979 年，中国奥委会在国际奥委会中恢复了合法席位。1980 年，中国第一次参加在美国普莱西德湖举办的第十三届冬奥会，中国派出的

28 名运动员参加了速度滑冰、花样滑冰、越野滑雪、高山滑雪和现代冬季两项的 18 个单项比赛，最好成绩是冬季两项男子 4×7.5 千米接力的第 14 名。

1984 年，在南斯拉夫萨拉热窝举办的第十四届冬季奥运会上，中国派出 37 名运动员参赛，所参加的项目和上届一样。最好成绩是越野滑雪女子 4×5 千米接力的第 12 名。

1988 年，在加拿大卡尔加里举办的第十五届冬奥会上，中国派出一行 20 人代表团参加了越野滑雪、花样滑冰和速度滑冰三个大项的比赛。最好成绩是花样滑冰双人滑梅志滨、李为获得的第 14 名。

李琰在短道速滑女子表演赛中获 1000 米金牌和 500 米、1500 米铜牌。

1992 年，在法国阿尔贝维尔举办的第十六届冬奥会上，叶乔波在速度滑冰女子 500 米和 1000 米项目上获得两枚银牌，500 米项目上的银牌是中国冬奥历史上首枚奖牌。

李琰获得了短道速滑女子 500 米的银牌，是中国短道速滑项目上的首枚冬奥奖牌。

1994 年，在挪威利勒哈默尔举办的第十七届冬奥会上，陈露获得花样滑冰女子单人滑的铜牌，是花样滑冰中国首枚奖牌。

叶乔波在速度滑冰女子 1000 米项目上再次获得银牌。

1998 年，在日本长野举办的第十八届冬奥会上，陈露在花样滑冰女子单人滑项目上再次获得铜牌。

中国短道速滑队在这届比赛中获得了 5 银 1 铜的成绩。

2002 年，在美国盐湖城举办的第十九届冬奥会上，杨扬获得了短道速滑女子 500 米的金牌，这也是中国队在冬奥会上获得的第一枚金牌。这届冬奥会上，她还获得了女子 1000 米的金牌。

2006 年，在意大利都灵举办的第二十届冬奥会上，韩晓鹏获得的自由式滑雪男子空中技巧的金牌，是自由式滑雪项目中国的首枚金牌，也是中国男运动员的首枚冬奥会金牌。

王濛获得了短道速滑女子 500 米的金牌，实现了中国在这个项目上的卫冕。

2010 年，在加拿大温哥华举办的第二十一届冬奥会上，王濛在短道速滑比赛中大放异彩，夺得女子 500 米、1000 米和 3000 米接力三枚金牌。

周洋获得短道女子 1500 米金牌，并刷新冬奥会纪录。

申雪和赵宏博在他们参加的第四届冬奥会上终于站到了最高领奖台，赢得了中国在冬奥历史上的首枚花样滑冰金牌。

中国冰壶女队（王冰玉、柳荫、岳清爽、周妍、刘金莉）创造了历史，在女子冰壶比赛中为中国赢得了第一枚奥运会冰壶奖牌。

2014 年，在俄罗斯索契举办的第二十二届冬奥会上，在速度滑冰女子 1000 米比赛中，张虹为中国赢得了第一枚速度滑冰金牌。

一场意外让李坚柔在短道速滑女子 500 米项目上夺冠，实现了中国在这个项目上的四连冠。

2018 年，在韩国平昌举办的第二十三届冬奥会上，武大靖在短道速滑男子 500 米项目上打破世界纪录，成为中国首位短道速滑奥运会男子冠军。

刘佳宇为中国赢得了一枚银牌，这是中国有史以来第一枚单板滑雪奥运会奖牌。

2022 年，在中国北京举办的第二十四届冬奥会上，作为东道主，中国派出了 176 名运动员参加全部 15 个大项的比赛，获得了 9 金 4 银 2 铜，创造了中国在冬奥历史上的最佳成绩。

纵观中国参加历届冬奥会所取得的成绩，彰显了正在崛起的中华民族体育强国的风采。随着时间的推移，随着中国综合国力的不断提升，奥运健儿们也在不断地创造着辉煌。中国，再也不是被外国列强欺凌的国家。中国人，再也不是被外国人所耻笑的"东亚病夫"了。

然而，历史的车轮永远有他自己独特的车辙，有时又是充满了巧合与戏剧性，追述我国在冬奥会强项短道速滑项目上所取得的傲人成绩，这不得不从一个东北小城——黑龙江七台河说起。

一

在这里，我想引用一部纪录片中的解说词，来作为本篇的开场白。

片头这样写道："让全世界记住的地名，让世界冬奥永远绕不开的地方——七台河！"

解说员用激昂动情的语气，解说道：

一个连校服都没有的"灰棉袄"，在全国速滑比赛中一路领先，一下子看呆了所有的教练和解说员，慌忙翻看资料，一看才知"灰棉袄"来自七台河，她的教练居然是一名矿工！"灰棉袄"一口气拿下了四个单项及全能五枚金牌！他们就更惊讶了。他们怎能想到，八年之后，这个"灰棉袄"居然获得了世锦赛冠军！她的名字叫张杰！

不过，她只是一位矿工教练的高徒之一。1985年，一个外地转来的小女孩，又被这个矿工教练留下了。谁又能想到，她就是后来在2002年美国盐湖城冬奥会上，一举夺下两枚奥运金牌，开创中国短道速滑新时代的杨扬！

外国记者问她："你来自中国的哪里？"

她说："七台河！"

当所有人在地图上翻找七台河时，他们谁都不会想到，就是这样一座小城，他们的运动员在开始训练时连滑冰场都没有，只能靠他们的教练半夜三更来浇冰。经费嘛，就是将几车煤卖掉的钱。

他们都知道教练小气，舍不得吃舍不得穿，但他们更知道教练很大方。范可新曾经回忆，因为家里穷，买不起冰刀，她的冰刀是教练给买的，那是教练一个月的工资！

就是这位教练，跑遍了七台河全部小学，挑选学生，挨个儿动员家长，说滑冰能当世界冠军，当不上世界冠军也能当体育老师！

就这样，后来在1995年，一个短发女孩子参加了他的滑冰队。女孩儿霸道，爱打架，爱打抱不平，也爱惹事，但冰上状态极好。女孩儿名叫王濛。2006年在意大利都灵冬奥会上，王濛夺金，从此开启了"濛时代"，然后……

这位教练叫孟庆余，我没有采访过他，他并不是一位体育明星。

但是，他却像一块黑色的煤炭，燃烧着自己，给他人带来了温暖与能量。

他更像一座沉默的大山，默默地耸立在中国北方边陲黑龙江——这块寒冷的黑土地上，把他平凡而伟大的一生，无私地奉献给了他所酷爱的滑冰事业，献给了那些叱咤在世界冰坛的运动健儿！

在七台河市体育局创办的短道速滑金牌榜展厅里，我看到了令我震惊的金牌榜数字——

杨扬世界大赛奖牌榜：10枚金牌；

王濛的奖牌榜：36枚金牌，仅在冬奥会上就夺得了4金1银1铜的绝佳战绩；

范可新的奖牌榜：各种比赛的80枚金牌……

至2022年的北京冬奥会，中国运动员在冬奥会上共获得了16枚金牌，孟庆余培养的运动员就占7枚，他们至今共获得了177枚世界级比赛金牌，16次打破世界纪录……

孟庆余，因此获得黑龙江省优秀共产党员、省劳动模范、全国五一劳动奖章等诸多荣誉。

遗憾的是，他很早就走了。

他并不是体育明星，更没有得过奥运奖牌。

世界上没有多少人知道他的名字，更没有多少人知道他的故事。但是，他却用他强悍的肩膀，托起了多名世界冠军。

他只是黑龙江省七台河市一名体校的基层教练，后来被提拔为七台河市体工队队长、高级教练、副处级调研员。

如今，他已去世多年，但在采访冬奥冠军的过程中，我却听到好多有关他的故事。在他身上所发生的感人事迹深深地震撼了我。

于是，我决定把这位身居基层、已故去多年的老教练，写进我的这本书里，让更多年轻人从这位老追梦人身上看到人类最宝贵、最执着、最不可战胜的追梦精神。

虽然，孟庆余的名字没有多少人知晓，但他所培养的运动员却是家喻户晓、驰名中外：杨扬、王濛、范可新、孙琳琳……这些响亮的冬奥冠军名字，让鲜艳的五星红旗一次次地在世界冰坛上空升起，让庄严的中华人民共和国国歌一次次响彻在世界上空，令国人在中华民族百年复兴的道路上感到无比的振奋与自豪，极大地鼓舞了国人的志气！

几十年来，从孟庆余手里输送到黑龙江省、国家队的几十名运动员，他们之中走出了——

四位冬奥冠军：杨扬、王濛、范可新、孙琳琳；

七位世界冠军：张杰、刘秋宏、王伟、李红爽、孟晓雪、季雪、徐爱丽。

在七台河金牌榜的展厅里，有一组惊人的数字：

冬奥会冠军4名；冬奥会金牌7枚；特奥会冠军3名；特奥会金牌4+3枚；世界冠军10名；世界级金牌177枚；破世界纪录16次；国家级金牌535枚！

当然，这不是孟庆余一个人的功劳，而是七台河市倾全市力量支持、奋斗的结果！

这不能不说是一个奇迹！

七台河，位于黑龙江东部张广才岭与完达山两座山脉之间，坐落于佳木斯、双鸭山、牡丹江、哈尔滨等城市中间，是一座出产焦煤的城市，现为黑龙江省地级市。

这座不到70万人口的煤城，无论是经济还是自然环境，都没有优势可言。

但是，它却因培养出众多冬奥运冠军而获得一个个令世界惊羡的名字——"中国冬奥冠军之乡""奥运冠军之城"……

在一个经济并不发达、连冰场上的灰尘都要比其他城市厚几层的小城，却接连走出了那么多世界冠军和奥运冠军，这不得不令世界瞩目，令世人称奇！

人们不禁要问：这座小城为什么能培养出这么多优秀的运动员？这里到底有什么特殊的人才优势？还是这里的教练有什么特殊的训练秘籍？

## 二

一个下井挖煤的知青矿工，心里却藏着一个伟大的冠军梦。他在灰蒙蒙的冰场赛道上，孜孜不倦，百折不挠，一心追逐着美好的梦想。

1968年，全国知识青年上山下乡，从哈尔滨来到七台河的400多名知青中，有一个17岁的少年，他叫孟庆余。

他身材高大，体格健壮，长相帅气，圆脸大眼睛，不善言辞，一说话脸就红。但他憨厚

七台河短道速滑冠军馆里展示的运动员穿过的冰鞋、旱冰鞋

老实，朴实能干，下井挖煤，特别能吃苦。矿工们因此给他起了一个绰号叫"牤子"，意思是像牤牛一样有使不完的力气，既能干，又沉默不语。

下井刨煤、挖煤、装车，是一件又苦、又累、又脏的苦差事，干这种活的人常被人们称为"煤黑子"。

从没干过这种苦差事的知青们，干完一天活都累成了一摊泥，吃一口大锅饭，就赶紧躺到大通铺上睡下了。

但是，孟庆余这个小伙子，却不顾一天的劳累，背起他心爱的冰鞋向冰场跑去……

当时，七台河只有三处冰场，第三中学和胜利小学各有一处，学校浇冰场是为了学生上体育课用，另一处则是天然冰场倭肯河了。

有时，两所学校的冰场没有清理，冰面上落满了厚厚的尘土，孟庆余只好向几里外的天然冰场倭肯河跑去。

一到冰上，他顿时就像变了一个人，如同笼中放飞的小鸟，倒背着两手，兴致勃勃，自由自在地滑起来。一圈接一圈，在零下二三十摄氏度的低温下，头上很快就结满了厚厚的冰霜，他却依然兴致盎然地滑着，那种幸福感是常人难以理解的。

冰场很简陋，灰蒙蒙的冰面，微弱的灯光，刺骨的寒风，滑冰人很快就成了"白胡子老头"。天色已晚，冰场上滑者寥寥，最后只剩下一个孤零零的身影，在冰场上风驰电掣。

但对这个 17 岁的少年来说，这块并不明亮而且经常打刀（冰刀被石子划出道子）的冰场，却是他追逐梦想的天堂，是他向偶像学习、努力拼搏的地方。

他心中的偶像，就是当时中国速滑名将、黑龙江运动员王金玉和罗致焕。

王金玉是一位鹤岗煤矿工人的儿子，在 1963 年世界速滑锦标赛上，打破了男子全能世界纪录，并获得了全能第五名。

罗致焕在 1963 年日本轻井泽举办的世界锦标赛上，夺得了男子 1500 米冠军，实现了中国速度滑冰在世锦赛上金牌零的突破。2022 年，他作为旗手参加了北京冬奥会的开幕式。

当年，这两位速滑名将不仅是孟庆余心中的偶像，也是我们那代小速滑运动员的偶像。记得 1961 年，全省速滑运动员到牡丹江大海林高山冰场集训，晚期下冰，王金玉还送我一本书——《千锤百炼改造自己》。我当时格外珍惜。

孟庆余一心想努力拼搏，渴望有一天，也能像王金玉、罗致焕那样，站在世界的赛场上，为祖国争光！

每当他穿上冰鞋，借着蹬冰的惯力，一圈一圈地向前滑行时，他内心就充满了无尽的遐想，仿佛自己正滑行在向世界赛场追梦的赛道上……

他内心深处，藏着一个从未向任何人透露的秘密——将来能站在世界冠军的领奖台上。

## 三

**贫寒出身，家境凄苦。**

**恩师的一句话、一副冰刀，给了他莫大的人生启迪，成为他生命中的最大动力！**

孟庆余，1951 年 8 月 27 日出生在哈尔滨胶合板厂的一个普通工人家庭里。

孟庆余的爱人告诉我，孟庆余的父母生有七个子女，孟庆余是老二，一个弟弟患有小儿麻痹，母亲患有间歇性精神病，一犯病就拉着弟弟妹妹们满大街跑，家境十分贫寒。他家养了一只羊，他每天要跑到很远的地方去割草喂羊。他从小能喝到羊奶，这可能就是他身体强壮的原因吧。

他从小就酷爱滑冰，曾是哈尔滨市体校的运动员，获得过哈尔滨市速滑比赛少年组（小学）第三名、中学组的冠军。

知青上山下乡那年，按照当时的政策，他们哥儿四个同时离开了家，只留下一个妹妹、一个小弟弟，还有那个残疾弟弟。大哥和五弟去了宝清县七星泡插队，三弟去了伊春林区。他去了七台河，被分配到新建矿南采区下井挖煤，当了一名挖煤工人。

孟庆余的爱人回忆说，她不记得那位老师叫什么名字，也不记得他是体校老师还是中学体育老师，只记得孟庆余曾对她说过，那位老师非常重视他，说他是一棵滑冰的好苗儿，希望他好好训练，将来像罗致焕那样拿世界冠军，为祖国争光！

从此，冠军梦就在孟庆余的心里生根发芽，并长成了参天大树。

但在历史的洪流中，一个少年的梦想犹如洪水中的草芥，转眼就被时代的巨浪吞没了。没等到他实现冠军梦，他们哥儿四个就一起下乡了。

临走前一天，他到那位体育老师的家，去向老师告别。不善言辞的他，红着脸，说他明天就要下乡去七台河了，来告诉老师一声，他不能滑冰了。

老师问他，去七台河干什么活？

他摇摇头说，不知道。

老师说："孟庆余，我一直认为你在滑冰方面很有天赋，是一棵好苗儿，本来想好好培养你，将来成为世界冠军！可是……你要记住，下乡以后，不管干什么活，都别扔掉滑冰，一定要坚持训练！"

听到这话，孟庆余一脸的懵懂。

临走，老师又拿出一双崭新的黑龙牌冰鞋，送给了孟庆余，随后说出了一番语重心长的话：

"庆余啊，老师把这双新冰鞋送给你，希望你穿着老师送给你的冰鞋，能继续滑下去！记住，一定要找时间坚持训练，不要丢了滑冰！坚持就是胜利！你要坚信，早晚有一天会恢复比赛的。早晚有一天，你的滑冰会有用武之地。老师希望有一天能看到你站在世界比赛的赛道上……"

听到老师的这番话，孟庆余抱着这双崭新的冰鞋，眼里噙满了泪水，半天没说出一句话，只向老师深深地鞠了一躬，转身向门外跑去……

对这个家境贫寒却酷爱滑冰、正处在追梦年华的 17 岁少年来说，老师的这番话，还有这双做梦都不敢想的冰鞋，令他永生难忘，给了他人生第一次也是最重要的一次启迪，成为他在那个荒芜的年代能坚持追逐梦想的强大精神支柱！

而且，他一生都在践行着老师的谆谆教导。

从此以后，无论他下矿挖煤、刨煤、拉煤，多苦多累，下了班，他都跑向他追梦的地方。

冬天可以滑冰，天热了没冰可滑，他就去运动场跑步，练习滑行、滑跳、侧蹬等速滑运动员专项训练的陆地动作。

总之，在那种艰苦的条件下，这位风华少年，一直默默地坚守着信念，奋斗在追梦的路上。虽然这个梦很渺茫，甚至看不到希望，但他一直没有放弃。

对一个少年来说：

有梦，就有希望！

有梦，就有动力！

有梦，就有无坚不摧的毅力！

## 四

苍天不负有心人，机会总是留给那些有准备之人。

三个冠军，改变了他的命运！

1972 年，孟庆余代表七台
河参加合江地区速滑比赛，获
三项冠军

就在孟庆余下井挖煤的第四个年头，1972 年冬天，各行各业开始"抓革命、促生产"，沉默了许久的体育赛场也开始活跃起来。

七台河所属的合江地区体委要举办一场滑冰比赛。有人向七台河市体委领导推荐了孟庆余，让他代表七台河参赛。

苦练了多年的孟庆余，终于等来了展示他滑冰技术的机会。他没有辜负大家的厚望，一举夺得了男子组 1500 米、5000 米、10000 米三项冠军，轰动了整个煤城。

他急忙将这个消息写信告诉了他的老师，却迟迟不见老师的回音，不知老师是没有收到他的信，还是有了什么变故，他心里很是失落。

赛后，他又回到了煤矿下井，每天照样跟工友们一起挖煤、运煤，像他的绰号"牤子"一样，默默地干着"煤黑子"的活。

但这次比赛之后，滑冰对他来说，越发成为他不可或缺的生命支柱，越发激起他埋在心底的冠军梦。他渴望有朝一日能重返赛场，能去参加全国比赛，甚至去参加世界比赛。一有时间，他就背起他那双心爱的冰鞋向冰场跑去……

无数个夜晚，他是在睡梦中的滑冰场上度过的。

就在孟庆余拿到三项冠军的 1972 年，这位家境贫寒、老实能干的小伙子，矿上出名的"牤子"，终于迎来了一桩喜事，居然获得了矿长女儿的芳心。

韩平云，一位身材高挑爱打篮球的美丽姑娘，居然爱上了这位高大、帅气、爱滑冰，却不善言辞的下井工人。

我去七台河，专程采访了这位了不起的女子。

她告诉我，她对孟庆余一往情深，一直深深地爱着他，也非常理解他对滑冰事业的那股劲头。所以，她非常支持他。

当时，她身为矿长的女儿，1.67 米的身高，长相出众，又在矿务局工程处工作，身边不乏众多的追求者。可她却偏偏爱上了这个下井的"煤黑子"，根本不考虑他的家境，更不嫌他穷，一心一意爱着这个腼腆得一说话脸就红的小伙子。

当孟庆余知道韩平云倾心于他时，却满脸通红地说了一句："我……能配得上你吗？"

她没有回答，只是羞涩地笑了。他们的爱情就这样开始了。

矿长看到女儿真心爱上了这个憨厚老实、长相帅气的小伙子，也默默认可了他。后来孟庆余被调到了煤矿机电厂，当了一名仓库保管员。

从此不用下井挖煤了，不用一天造得跟"黑鬼"似的。而且，他有更多的时间滑冰了。

韩平云告诉我，他们的爱情并不浪漫，两个人都受着封建思想的影响，恋爱了六年，都没有单独看过一次电影。而且，只亲吻过一次，还像做贼似的。更没有花前月下的浪漫，连拉手的时候都很少。她说，他一有时间就带她去滑冰。不太会滑冰的她，就站在冰场边上，看着他在冰场上一圈又一圈地飞驰。每滑到她身边，他总会冲她咧一咧冻僵的嘴巴微笑一下。

这就是他们最幸福、最浪漫的时刻了。

人的命运总是与时代的脉搏密不可分。

1974 年，七台河体育工作重新开展。

这天，七台河市体委主任徐继春来到孟庆余工作的仓库，问他愿不愿意去业余体校当滑冰教练。

"愿意！"这位话语极少的小伙子丝毫没犹豫，立刻爽快地答应了。

他觉得，自己虽然已经过了实现冠军梦的大好年华，但能到体校当一名滑冰教练，能带领一帮孩子练习滑冰，在孩子身上实现他没有实现的冠军梦，这也是他梦寐以求的事情。

这位怀揣梦想、从下井工转为仓库保管员的小伙子，终于迎来了人生最关键的一次转折。但是，却遭到未婚妻韩平云爷爷的强烈反对："一个大小伙子不干正事，不好好工作，去当孩子头儿，带着一帮孩子打哧溜滑儿，整天蹦蹦跳跳的，那叫啥工作？能有啥出息？不行，坚决不能让他去！我不能让我孙女嫁给一个没正事的男人！"

当时，国人对体育的认识远不像今天，观念陈旧，称运动员是四肢发达、大脑平滑的体育棒子！

当年，我父亲得知我要去当运动员，声称要打折我的腿。我却从家里偷走了户口本和行李，一头扎进了体工队！后来，父亲得知我找了一个滑冰运动员的男朋友，坚决不同意。但我的态度却很坚决，对父亲说："我爱他！除了他我谁也不要！"父亲拿我没招儿，气得好长时间不理我。

韩平云是一个善解人意的好姑娘。她理解孟庆余的心，知道他酷爱滑冰，一直心怀冠军梦，滑冰已成为他生命中不可或缺的精神支柱。她觉得他是一个有理想、有追求的人。但她知道，他已经 23 岁了，已经过了滑冰的大好年龄，不可能再去实现冠军梦了。现在，体委领导让他到体校去当滑冰教练，教孩子滑冰，这对他来说，是一次难得的机会，他可以在小运动员身上实现他的梦想。

于是，她找了父亲去说服爷爷……

1974 年 5 月，孟庆余兴致勃勃地走进了七台河体委下属的少年业余体校，当上了少年业余体校的滑冰教练。

而对好多来体校滑冰训练的孩子们来说，也因此改变了命运。

# 五

**一个人最幸福的事情，莫过于从事他所酷爱的事业，追求他所挚爱的梦想。**

然而，当孟庆余走进这所业余体校时，呈现在他眼前的却是这样一番景象——

体校的条件很差，速滑场地就是一处破旧的田径场，夏天用来跑步，冬天浇成冰场就用来滑冰，只有他一个滑冰教练。

1974 年，各行业荒废多年，百废待兴。

运动场的看台底下有几间小屋，就是孟庆余的办公室和小运动员的宿舍。屋里没有取暖设备，四面透风，一到冬天，墙上就挂满了白花花的霜。体委根本没钱修补。

然而，谁都没有想到，一帮穷孩子居然就是从这间简陋的宿舍，从这片简易的冰场，滑向了全国，滑向了世界，滑向了世界冰坛的最高峰……

少年体校教练，其职责是选拔人才，带领一帮有潜质的八九岁或十来岁的孩子，教他们滑冰，训练他们的体能，其任务就是为专业滑冰队输送人才，为师范院校培养体育教师。

体校教练是奖牌获得者的启蒙者，就像大厦的奠基人。但是，基层的体校教练工资不高，待遇也不高。当运动员训练出成绩了，就会被省、

孟庆余早期带着孩子们穿着绳绑冰刀滑冰

市、国家队调走。当运动员夺得奖牌获得荣誉时，基层教练常常被淡忘在人们的视野之外。

体校教练十分辛苦，无论零下二三十摄氏度的寒冬，还是零上三十多摄氏度的酷暑，都要早出晚归，带领小动员在外面训练。而且，他们没有假期，越是学生放假，他们越要带孩子们训练。

不过，一个人最幸福的事情，莫过于从事他所酷爱的事业，追求他所挚爱的梦想。

面对眼前的一切，孟庆余却丝毫没有退却，更没有一句牢骚，而是表现出那种无所畏惧的个性：自己动手，改变一切！

修房子、砌炉子、办食堂，没有锅碗瓢盆，就从自己家里拿；结婚时别人送他的穿衣镜，准备打家具用的红松木料，统统被他拿走了；没有浇冰车，他就把一个能装一吨水的大铁桶，安装在一只爬犁上，做成一辆"浇冰车"；没钱雇人浇冰，他就自己干，每天凌晨 2 点钟准时来到冰场。

人们都知道，黑龙江的冬天滴水成冰，零下二三十摄氏度，凌晨两三点钟，几乎是一天中最寒冷的时候。

他却顶着刺骨的寒风，凌晨 2 点钟来到冰场，先用大扫帚清扫冰面上的霜雪和灰尘。扫完 400 米的冰场已是满身大汗，浑身冒着热气，接着又拉着装有一吨水的爬犁开始浇冰，沿着冰场一圈接一圈地浇，直到把 400 米的冰场全部浇完。

当他浇完冰时，身上棉衣里的汗早已凉透了，而外面的棉衣却被溅上的水珠冻成了"冰糖葫芦"，走起路来就"哗哗"直响。

但是，他丝毫不觉得苦，而是在浇冰的苦差中，感到一种成就感，因为这是为了培养孩子，为了将来……

他经常想起那位老师对他说的那番话："记住……不要丢了滑冰！坚持就是胜利！你要坚信……早晚有一天，你的滑冰会有用武之地……"

他知道，他虽然不能到世界冰坛上去叱咤风云了，但他正带领着一帮孩子们去实现梦想。他相信这帮孩子将前途无量。他一定好好培养他们，让他们冲出国门，冲向世界……


"起床！快起床！该上冰训练了！"

浇完冰，清晨 4 点，孟庆余会准时来叫醒正在熟睡中的小队员们——一群稚气未脱的孩子。

他的话不多，只喊一遍。

正在熟睡中的孩子，就像听到进军号令似的，一个个揉着惺忪的睡眼，爬出被窝，迅速地穿上衣裤，心里却并不情愿。

孩子们穿上冰鞋，用冷水洗把脸，戴上帽子、手套，摇摇晃晃地向冰场走去……

因为是业余体校，小队员们早晨训练完吃过早餐，还要赶到学校去上课，下课以后再来训练。

小队员们背地里都叫他"魔鬼教练"！

的确是魔鬼教练，专业队也没有清晨4点就上冰训练的。

"魔鬼教练"的由来，是1965年经周恩来总理的批准，中国女子排球队邀请日本教练大松博文来协助训练中国女排，因其训练极其残酷而得名。

当时，大松博文的训练包含"从难、从严、从实战出发"的理念，其训练强度和运动量，把中国运动员练到极限，因此他被称为"魔鬼教练"。

但是，当中国女排走向成功时，却非常感谢这位"魔鬼教练"。

是的，不吃苦中苦，难做人上人。

没有超人的付出，就不可能获得超人的成就。

一群小运动员就像一群小鸟，在孟庆余的训练下，渐渐长出了丰满的羽毛，在银色的冰场上不停地飞呀飞，直到飞出了七台河，飞出黑龙江，飞向全国，飞向世界……

孟庆余对小运动员的训练既严格，又以身作则。浇完冰的他，穿上老师送给他的那双冰鞋，跟着孩子们一起滑，或在前面领滑，给孩子们做示范动作；或在后面跟滑，以监督孩子是否偷懒。一旦发现哪个小运动员直起腰来偷懒，他立刻严肃地喊道："滑两圈就累了，以后还怎么加量？"

他的这种示范教学，给小运动员们以极大的鼓励，也给孩子们以严格的监督。

小运动员们并不知道，教练跟着他们一起滑跑时，心里仍在追逐着他的冠军梦……

他本来是一个很有前途的速滑苗子，只可惜生不逢时，错过了滑冰

孟庆余教练和他的队
员们（一）

孟庆余教练和他的队
员们（二）

的大好年华。所以，他把全部希望都寄托在这些孩子身上……

　　他在冰场上喊得最多的一句话是："要把脚底下踩实了！"

　　虽然，他对小运动员的训练很严厉，但并不急功近利，不过早地给小运动员加大力量训练，而是给他们打下良好的冰上技术基础，练出良好的体能素质，培养出无坚不摧的毅力。

　　他知道，体校与专业队相比，对运动员的要求不同，专业队是训练运动员出成绩，而对体校小运动员来说，主要是训练他们的体能，给他

21

们打下良好的冰上技术基础，今后才会有更好的发展空间。

对运动员来说，这些无形的训练理念，至关重要。急功近利的训练，是少年运动员的大忌。不少有天赋的运动员，常常毁在急功近利的教练手里。

所以，冬奥冠军王濛曾说："小队员背地里都叫孟老师是'魔鬼教练'。但也正因为孟老师的严格要求，才造就了我的今天！"

# 六

有魔鬼的一面，更有慈父的一面。

他对小运动员的爱，是世界教练中少有的。

洞房之夜的第二天清晨，她的枕边却空空如也。

但是，许多人对他不理解，认为他起早贪黑、拼死拼活地训练一帮孩子，只不过是为了给专业队输送几个人才，等人家运动员拿奖牌那天，也不会有他的份儿了，他到底图啥呀？

甚至有人怀疑他是不是缺心眼儿、二傻子。

这些话也传到了韩平云的耳朵里，她只是一笑了之。

她知道，燕雀安知鸿鹄之志！

她知道，孟庆余既不傻，又不缺心眼儿。她知道，世界上有好多他这样的傻子，钻进一项事业当中，就不顾一切了！数学家陈景润不就是一个很好的例子吗？

孟庆余曾对她说过，每送走一个优秀运动员，他心里既感到高兴，又有一种失落感。

但他总是劝自己："你当体校教练的目的，不就是培养运动员进省队、国家队，将来为国争光吗？不就是让他们实现你当年没有实现的梦想吗？"

韩平云知道，他对滑冰太执着，执着得几乎不近人情。

他们相恋了六年，从未有过花前月下。他的世界永远属于冰场，永远属于他的那些孩子……

1978 年 4 月 30 日，他们恋爱了六年，终于走进了新婚殿堂——一间一屋一厨的茅草房，是体委领导帮助解决的。孟庆余自己做的茶几、木箱子。

没有新衣，没有婚戒，没有彩礼，也没有车马接送，孟庆余带着几个朋友来接韩平云，只有两颗相爱的心，就这样走到了一起……

"洞房花烛夜，金榜题名时"是人生最得意、最幸福的时刻。

韩平云以为新婚第二天，爱人不会早早地起床去带领他的那帮孩子训练，而一定会陪在自己身边。可是，当她醒来睁开眼睛，却发现，她的枕边空空如也。

她心一酸，顿时哭起来。

她忽然觉得自己苦苦相爱六年的男人，爱的并不是自己，而是他的小运动员，他的梦想，他的冰场……

哪有这样的男人，新婚第二天，就把妻子一个人扔在家里，早早地跑出去管他的队员训练去了？从今往后，在漫长的人生路上，他不得天天如此，天天都要把她一个人扔家里，独守空房吗？

没错，在今后漫长的人生路上，正如她所预料的，甚至有过之而不及。他把全部精力都投到了那些滑冰的孩子身上……

那天，晚上训练回来，孟庆余发现新婚妻子眼睛发红，好像哭过，一副受委屈的样子……他是个聪明人，急忙把她搂在怀里，红着脸，第一次说出了那句从未说过的话："平云，我爱你……但我必须对那些孩子负责……"

一句"我必须对那些孩子负责"，顿时化解了韩平云心中的委屈。

她对自己说：是啊！谁让你爱上一个怀揣冠军梦的人呢？既然你爱他，你就要理解他，支持他，支持他去实现冠军梦。你要不支持他，谁还会支持他呢？你要不支持他，他还能实现他的冠军梦吗？

这是一个了不起的女人，作为教练的妻子，她对孟庆余在各方面的支持和宽容，都远远地超出了一个教练妻子所能承受的范围和压力。

因为我也曾是滑冰教练的妻子，我的爱人做了十年教练，我深切体会到一个滑冰教练妻子的不易。我们用自己并不强悍的肩膀，支撑着男人常年不在家的岁月，买煤、买米、劈柴、挑水、背着孩子做饭、背着孩子挤公交车或骑自行车上班……

韩平云说，她跟孟庆余结婚二十八年，在一起生活不到四年，就连她生孩子时他都带队员出去比赛了。

1981年3月初，30岁的韩平云就要临产了，准备去住院。孟庆余正准备带队员去参加合江地区比赛，一边是妻子要临产住院，一边是队员要出去比赛，这令孟庆余心里十分纠结，坐立不安。

他跑到体校，看见一帮孩子正眼巴巴地等着他带队上火车呢。他急忙跑回家，满脸通红地对妻子说："平云，我得去！那么多孩子出去比赛我不放心！我必须对那些孩子负责！"

又是一句"我必须对那些孩子负责"，韩平云只好说了一句"那你就去吧"。

他立刻抓起背包向门外跑去，跑到门口又回过头问了一句："那你怎么办？"

"让我妈来陪我。"

孟庆余冲她感激地点点头，急忙向门外跑去。

韩平云并不责怪他，她理解丈夫，他以他的体校孩子为重，即使留在家里，他的心也不安宁。

母亲和妹妹陪着韩平云住进医院。第三天，因她是高龄产妇，医生劝她做剖宫产，但需要家属签字，可是，丈夫却不在。

当韩平云拿起笔，正准备给自己签字时，跑得呼呼大喘的孟庆余忽然推开了病房的门……

他虽然在妻子的剖宫产手术单上签了他的名字，但在儿子孟凡东的成长路上，他作为父亲的角色却一直是缺失的。小凡东常常用陌生的眼光，久久地看着进门的"陌生男人"，在妈妈的一再哄劝下，才怯怯地叫一声"爸爸"。有时，小凡东躲在妈妈的怀里，大声喊着："他不是爸爸！俺不叫他爸爸！"

在孟凡东的记忆里，爸爸花好多钱给小队员买冰刀、买好吃的，却从未给他买过礼物。爸爸送给他的唯一一件礼物，是一只小望远镜。那是因为他受爸爸的队员欺负了，哭着跑到爸爸那里去告状，爸爸才给他买的一只小望远镜。他如获至宝，睡觉都放在枕边。

的确，他对运动员的爱，远远超出了对自己儿子的爱。后来，孟庆余带队员出国比赛，也从未给他们娘儿俩买过一件礼物，他背回来的编织袋子里，装的都是冰刀或修冰刀的工具。他心里装的都是他的运动员。

# 七

**他强悍的臂膀，是孩子们摆渡的小船。**

**而他博大的胸怀，则是孩子们温暖的港湾。**

**他的巨大付出，润泽着茁壮成长的小苗。**

从体校运动员宿舍到冰场，还有一段距离。

好多孩子的冰刀没有刀套，再说孩子们刚刚睡醒，怕他们走不稳，摔倒了。于是，孟庆余就将他宽大的肩膀，变成了摆渡孩子们的小船，把他们一个个地背到冰场上。有时，腋下同时夹着两个小运动员，一只胳膊夹一个。

　　孟庆余深知七台河是矿区，并不富裕，来训练的孩子多是底层家庭出身的苦孩子，家里很穷，有的连伙食费都交不起。于是，他常常自己掏腰包替孩子们交伙食费，不是一个两个，而是很多。当他去世时，留下最多的就是孩子们给他打的欠条。

　　而且，他知道小运动员正是长身体的时候，训练又苦又累，营养必须跟上，但孩子们交的伙食费根本不够加营养的。于是，他就自己掏腰包买来牛肉、羊肉、蛋，给小运动员们改善伙食，增加营养。孩子们一看到餐桌上又有肉了，高兴得手舞足蹈，立刻狼吞虎咽地吃起来！

　　他把自己那点工资，全部花在了那些孩子身上。

　　所以，从结婚那天起，韩平云就没有见过孟庆余的工资。她说："他的工资从不往家里拿，我已经习惯了。我知道他不会乱花，都花在那些小运动员身上了。他既然这么爱他的事业，爱他的小运动员，那就让他去爱吧！我只能支持他。再说，我也很喜欢那些孩子，他们大多是矿工子弟。有的父母离异，没人管，我也很心疼他们！"

　　孟庆余把滑冰事业当成了他的生命，把有天赋的运动员更视若"掌上明珠"，格外关照。

　　队里有一名小运动员很有滑冰天赋，也非常刻苦，将来肯定能有出息。但她家里很穷，交不起伙食费，更买不起冰刀。孟庆余觉得这孩子如果因为贫穷而荒废了滑冰，就太可惜了。

　　于是，他为她一连交了三年的伙食费。而且，在她考上黑龙江体育运动学校冰雪分校时，他花2500元给她买了一副新冰刀，对她说："这副冰刀的钱我先给你垫着，等你将来拿了世界冠军有钱了再还我。"

　　"老师，我将来真能拿世界冠军吗？"女孩子瞪大眼睛，脸上流露出惊喜的疑惑。

　　"你好好训练，将来肯定能拿世界冠军！"

　　这时，女孩子却无意中发现教练脚上的袜子露出了脚后跟。她知道教练家里并不富裕，他自己连双袜子都舍不得买，总是穿着那身旧运动服，却给她花这么多钱买了一副新冰刀。这让她心里特别感动，眼泪都快流下来了。

当时，2500元对她这个贫穷家庭的孩子来说，简直是天文数字。

这时，她又听到教练说了一句："等你拿了冠军，别忘了把金牌挂到老师的脖子上！"

"老师，我肯定忘不了！我要真拿到世界冠军那天，一定亲手把金牌挂到你的脖子上！"

"老师就等着你这一天呢，咱们一言为定！"

"好！一言为定！"

孟庆余的这番鼓励，对这个13岁的小运动员来说，不仅是刻骨铭心的，而且是人生追梦的灵魂启迪。

就像当年中学体育老师送给孟庆余那双冰鞋时一样。

从此，这个小运动员无论遇到怎样的困难：因营养不良导致贫血，被省里退回来；因伤病住院……她都从不气馁，从不放弃，一直拼搏在冰场上，直到登上世界体坛的最高峰——冬奥冠军的领奖台。

她，就是在2022年北京冬奥会上，与曲春雨、任子威和武大靖携手拼搏，夺得短道速滑男女2000米混合接力金牌的范可新！


一个具有潜质的优秀运动员苗子，是教练眼中的宝贝。

为了能选到一些好苗子，孟庆余跑遍了七台河大大小小的学校，以及周围农村的学校。

赵小兵是从农村来的女孩子，学校离家很远，每天上学来回要跑二十多里路，从而练就了两条强有力的大腿和能吃苦的精神。

在全市中小学田径运动会上，15岁的她以突出的成绩及顽强的拼搏精神，被慧眼识珠的孟庆余相中了。

他找到赵小兵，让她参加滑冰队训练。

赵小兵进队以后，虽然训练得很刻苦，但成绩并不理想。她觉得自己学滑冰太晚了，年龄大，冰面不熟，不会有太大的发展，家里又穷，连食宿费都交不起。

于是，她趁孟庆余带队参加全国比赛的当儿，悄悄地跑回了家，准备专心读书将来考个师范学校，能把户口"农转非"，变成城市户口。这就是她最大的心愿了。

当孟庆余带队参加全国比赛结束后，得知赵小兵离队回家了，立刻骑着自行车赶了十多里路，来到赵小兵家里。可是赵小兵不在，他一天之内接连来两趟都扑了空。

当天晚上6点多钟，天已黑，刚到家的赵小兵从母亲那里得知孟老师来找了她两次，很是惊讶，以为他今天不会再来了。

说话间，孟庆余第三次走进了赵小兵的家门……

一天之内，骑着自行车接连三次往返了十几里并不平坦的土路，不为别的，只为了挽留住一个有发展的滑冰运动员。

并不善言辞的孟庆余，苦口婆心，苦苦劝了赵小兵两个多小时，说她身体素质好，训练刻苦，以后肯定有出息，不继续练滑冰就太可惜了。

赵小兵却说出了她的心里话："老师，我家里很穷，我爸每月挣37块钱，我交不起每月15元的伙食费……"

"伙食费我替你交！还有什么困难？"孟庆余立刻问道。

"我从体校到学校要跑十几里路……"

"那我把自行车给你骑！"

他话语不多，却掷地有声。

两句话说得赵小兵热泪盈眶。她知道那辆孔雀牌自行车是老师的"座驾"，他一天都离不开它。她一个成绩并不突出的少年运动员，哪能让老师如此破费呢？

"老师，那我明天就回队训练！"在听了孟庆余两个多小时的苦口相劝后，赵小兵终于说出了这句话。

孟庆余长舒了一口气，起身："那我明天等你！"

赵小兵站在大门口，望着老师骑着自行车远去的背影，她心里百感交集，眼里噙满了泪水。

第二天，赵小兵准时回体校训练了。

孟庆余从不食言，当天就替赵小兵交了当月的 15 元伙食费，并把新买不久崭新的孔雀牌自行车交到了赵小兵手里。

从此以后，赵小兵就骑着这辆自行车去上学了。孟庆余要用车时，还得冲她"借"呢。

就这样，赵小兵，这位虽然后来本人没有拿到世界冠军、却培养出冬奥冠军的教练，在孟庆余"三顾茅庐"的苦劝下，终于留了下来。

# 八

言传身教的弟子，成为滑冰事业的栋梁。
在他们身上，看到了师徒传承的力量！

在七台河，我采访了赵小兵，我们从清晨 5 点 30 分一直谈到上午 10 点 30 分。因为中午我就要离开七台河了，所以早早地开始了采访。她说她当了三十三年教练，受孟庆余的影响，清晨 3 点 50 分起床，早已成了习惯。

她向我讲述了她亲身经历的孟庆余的故事……

她说当年七台河没有室内冰场，他们一年只能滑三四个月的冰。这跟那些常年在室内冰场训练的运动员相比，远不如人家成绩好。于是，孟庆余请示领导同意，选出一批有潜质的好苗儿，成立了重点班，带着一二十名队员去哈尔滨冰上基地训练。她也是其中一个。

孟教练带着他们这帮体校的小队员，租住在离冰上基地较近的一间破烂不堪的平房里，条件很艰苦，队员们住上下铺。全省业余、专业的滑冰队都跑到这里来训练，上冰时间被排得满满的。白天是专业运动员训练时间，晚上才轮到业余体校的小队员。所以，他们这些业余队员每天都是半夜上冰。

因为资金紧张，队里就孟老师一个教练。他身兼多职，既当教练，又当采购员、厨师、裁缝，给小队员缝缝补补，又是冰刀、冰鞋的修理工，还要辅导队员们的文化课……队员有病发烧，他背着队员去医院。有一个小队员拉肚子拉到床上，大家都嫌他臭远离他。小队员哭着要回家。孟教练急忙安慰小队员，给他拆洗被子，晾晒小队员的床单……后来，才找来一位为队员做饭的阿姨。

孟教练对运动员高度负责，但也过于严酷，不许女孩子抹口红，不许女孩子穿高跟鞋，发现几个人偷偷地抹了口红，说两次不听，他就把她们的口红和粉饼全部搜出来，扔在脚下踩碎了。他发现三个女孩子偷偷地穿高跟鞋，居然把三双高跟鞋的左脚鞋跟全部弄下来烧掉了。气得女孩子直哭，背地里骂他：光知道练练练，一点不理解女孩子的爱美之心！

当时，赵小兵心里很不理解，心想：孟老师整天抛家舍业的，到底图啥呀？长年不着家，把妻子一个人扔在家里，不怕她有外心啊？他每月只有到月末才回去一次……不是一年两年，而是一干就是十年、二十年……

她跟我讲了这样一件事，由于孟教练长得帅气，体格健壮，人又老实，好几个女人都对他有好感。其中房子的女主人居然爱上了他，追他追到七台河家里了。

那天，孟教练带队刚刚回到七台河，他就匆匆忙忙跑来找赵小兵，满脸通红，结结巴巴地说："小兵，你……你跟我去我家一趟，你嫂子带孩子回娘家了，队里你年龄最大！"

赵小兵一听吓坏了，急忙问他："嫂子不在家，你让我去你家干啥？"

孟庆余急忙解释："啊……女房东来了……"

赵小兵这才恍然大悟，跟着孟教练去了他家，只见哈尔滨的女房东，果然在他家门口等他呢。

在赵小兵的陪同下，孟老师在家里请女房东吃了一顿便饭，便把她打发走了。

赵小兵说，她在孟庆余手下训练多年，虽然没有成为世界冠军，但孟老师无论是在训练上还是在做人方面，都对她影响很大，成为她的人生楷模，是她的精神领袖！她因此也成了一名像孟老师那样高度负责的优秀教练，一生都拼搏在追逐冠军的路上……不仅是她，好几个运动员都像她一样，后来都成了教练。

但在当时，还处于懵懂无知的她，并不理解教练的这番苦心。看着孟老师每天起早贪黑带运动员训练，凌晨2点钟就跑来浇冰，自己掏腰包给运动员买肉、蛋增加营养，而自己却连双袜子都舍不得买。有人甚至背后说他走火入魔，说他缺心眼儿。

多年以后，当赵小兵也成了一名教练，并结婚怀孕差五六天就要临产了，她请孟老师帮她带一个月的队员，等她休完产假后再接过来。

孟老师却说："小兵，把你的队员给我吧。"

一听这话，赵小兵既吃惊又生气，毫不客气地说道："你都当队长了，还当教练干啥？回办公室好好当你的领导得了，享享清福多好！何必吃这份苦头呢？"

没想到，这句话却深深地刺痛了孟庆余那颗常人无法理解的心……

只见这位身材高大、毅力超群的七尺男儿，眼里突然噙满了泪水，说出一句令赵小兵大感不解、却终生难忘的话：

"小兵啊，要是没有队员训练，让我整天坐在办公室里，那我活着还有啥意思？还不如死了呢。"

听他说出这种话，赵小兵急忙说："行行行！我给你，你要谁我都给你！这回行了吧？"

当时，她并不能真正理解孟老师的心。她觉得他就是走火入魔了！

直到多年以后，当她深受孟庆余身体力行的影响，也起早贪黑为小运动员的训练拼命时，她才真正理解了孟老师那颗崇高的心。

她才理解孟老师早已把他所追求的梦想、所奋斗的事业，融进了他的生命，成为他生命中不可缺少的重要部分——运动员就是他的命根子，是支撑他生命的强大支柱！没有了运动员，他的生命也就失去了希望，失去了动力，他的生命之树也就枯竭了。

随着年龄的增长，在成为一名教练之后，她才真正认识到，在她年少时能遇到这样一位恩师，是她一生最大的幸事！他就像她心中的一盏灯，永远照耀着她朝着梦想的方向前行。

赵小兵说，孟老师从教33年，55周岁去世，培养了那么多世界冠军。如今，她也55岁了，也从教33年，也面临着退休，她想告慰恩师的在天之灵，她没有辜负恩师的栽培，她也培养出了冬奥冠军孙琳琳，世界冠军王伟、李红爽，青奥冠军曲爱丽等一批优秀运动员。

被调到国家短道速滑队的七台河教练张利增说，他在孟庆余手下训练了五年。当时他年龄小，怕大队员欺负他，孟老师就让他跟自己住一个屋。晚上大家都睡下了，他看到孟老师就像爸爸似的，挨屋检查，看哪个队员没盖好被子，哪个队员的冰刀没磨好，他拿过来给队员重磨。为了不影响队员们休息，他躲进卫生间里磨冰刀，一磨就是半宿。

张利增说，他印象最深的是，在漆黑的野外训练时，孟老师为他们燃起一盏碘钨灯照亮。昏暗的灯光下，孟老师高大的身影伫立在冰场边，不断地弯腰叮嘱着他们……这个美好的画面，永远定格在他的脑海里。他说："孟老师就像一座灯塔，一直指引着我们前进的方向！"

孟庆余不仅带出了多名短道速滑世界冠军、奥运冠军，而且也带出了一批像他一样酷爱滑冰事业、把毕生精力都献给冰上事业的优秀教练，如董延海、赵小兵、张杰、张利增等一批人，而且在七台河这座煤城营造出全民热爱滑冰、参与滑冰的良好氛围。现任七台河市体育局副局长王猛，也曾是孟庆余的弟子。他说："孟教练的敬业精神，在世界教练中都是少有的。他把自己所有的一切，全部献给了那些小运动员，献给了短道速滑事业，培养出一批批有担当、有家国情怀的优秀运动员，为七台河、为国家的短道速滑事业做出了巨大贡献！"

# 九

**人们常说，爱好是最好的老师。**
**爱好，能最大限度地开发出人的潜能。**

孟庆余，这位把全部身心都投入所酷爱的滑冰事业上的教练，无时无刻不在思考着一个问题，那就是如何在不影响小运动员身心健康的情况下，迅速提高运动员的成绩。作为教练，如何拿出最佳的训练方案，让运动员尽快地冲出亚洲，走向世界。

"冲出亚洲，走向世界！"这是当时国家提出的奋斗口号，也是摆在每一位教练、运动员面前的重要任务。

孟庆余平时的话不多，在冰场上喊得最多的一句话就是："要把脚底下踩实了！"

这是一句滑冰的术语，就是把脚底下踩实了，不要发飘，只有踩扎实了蹬冰才会有力，才会产生速度。

他根据多年的训练经验，根据冰刀与冰面摩擦所产生前进动力的原理，摸索出一套科学的训练理念，总结出一套独特的训练方法，并在训练中加以实施。

他不仅训练运动员的体能，训练他们的冰上技术，而且也训练他们的胆量和心理承受能力。

他知道，体育竞技赛场很残酷，没有良好的心理素质，没有强大的心理承受能力，即使你训练成绩不错，在竞争激烈的赛场上，也很难得到最好的发挥。

于是，为了提高小运动员的心理素质，锻炼他们的胆量，孟庆余采取了独特的训练方式——带领小运动员到倭肯河大桥上跳水。他身先士卒，第一个从桥上跳下去。接着，他双手拉着那些不敢跳的小运动员，一个接一个地往下跳……

在一次次战胜自我胆怯的心理训练中，小运动员不仅练就了良好的体能和冰上技术，而且练出了一颗强大而无所畏惧的心！

正因如此，他们在后来激烈的赛场上，才表现出一种舍我其谁的霸气！


为了提高运动员的训练水平，孟庆余可谓绞尽脑汁。

当时，我们国家运动员所使用的训练器材都比较落后，只有省队和国家队的优秀运动员，才能有资格穿上进口冰刀，如挪威的马蹄金、荷兰的枫叶，以及后来被韩国收购的荷兰 MAPLE 牌的冰刀等。

而少年运动员，穿的都是国产冰刀，冰刀钢质较差，鞋帮很软，一滑起来鞋帮起不到固定脚踝的作用，即使鞋带系得再紧也没用，对运动员的滑行影响很大。

于是，孟庆余挖空心思琢磨，怎样才能让冰鞋帮硬起来，让运动员穿起来更适合、更可脚。

经过反复琢磨，他终于想出了一个土办法：采用 J39 混合胶和棉布头糊冰鞋，给冰鞋穿上一层层"马夹"，让冰鞋的鞋帮硬实起来，起到一种固定脚踝的作用。

他让妻子从她母亲那里要来一大包做衣服剩下的布头，五颜六色。他先在冰鞋上抹一层胶，再把一块块布头贴在胶上，一层接一层地糊，直到鞋帮坚挺地硬起来为止。

J39 胶味道特别刺鼻，孟老师怕对小运动员身体有伤害，从不让运动员靠近。只有他一个人跑到楼顶，来完成这项给每双冰鞋穿"马夹"的任务。有几次，他的手都被烈性胶烧得起了大泡。

就这样，一双双"特制"的冰鞋，在这位教练的手下诞生了。

这在中国冰坛上还是第一次。

小运动员穿着一双双五颜六色的特殊冰鞋，在冰场上排成一行，风驰电掣，成为冰场上一道亮丽而独特的风景！

## 十

一个人如果有梦想，并一直在为实现梦想而全力拼搏，那么，他的思维与人生格局，常常会超出常人的思想。

1987年，国际奥委会提出，把短道速滑从速度滑冰的项目中分列出来，单独立项。但当时只将短道速滑列为冬奥赛场的表演项目。

大道速滑的场地与短道速滑的场地大小不同，比赛规则也完全不同。

大道速滑是400米一圈，短道速滑场地是111.12米一圈；大道速滑比赛只有两个人，一个内道，一个外道，两人只能在换道区才能交叉，身体很难接触。而短道速滑的赛道，同时在起跑线上站着五个或更多的人，只有A组决赛时才是四个人。枪一响，参赛者同时起跑，同时争夺抢先进入弯道的机会，其竞争的激烈程度远远超出了大道速度滑冰。

这个消息传到黑龙江七台河的体校教练孟庆余那里，却使他一连几夜无眠。

他在认真思考，冷静分析当前国内外的冰坛竞技形势，分析亚洲人的体质特点。与欧美运动员相比，亚洲人矮小灵活，行动快，爆发力强，更有利于短道速滑赛场上的竞争。于是，他经过认真考虑之后，向七台河体委领导大胆地提出了一项建议："把我们七台河的速滑队，改成专攻短道速滑的滑冰队！"

一位基层教练能大胆地提出如此建议，充分展现了他的远见卓识，也体现了他对滑冰项目的深入研究和独到见解。

而七台河体委的领导，能遵从一位基层教练的建议，不顾少数人的反对，做出了大道速滑改成短道速滑的决定，说明他们对这位教练的充分信赖以及他们的高远目光。

从此，这个决定为众多速滑运动员开启了一扇实现冠军梦的大门，也为七台河开辟了通往"中国奥运冠军之乡"的大道……

从1985年开始，哈尔滨冰上基地的人工滑冰馆，一年四季都可以进行滑冰训练了。

从1985年到2006年孟庆余去世，长达二十多年，他送走了一批又一批小运动员，又迎来了一批又一批更小的运动员。

在孟庆余严厉而苛刻的要求下，在运动员的努力拼搏下，在市体委领导的大力支持下，七台河终于迎来了短道速滑的辉煌时刻——

1993年3月28日，孟庆余的弟子张杰与李琰、王秀兰、郑春阳等四人，在北京举办的世界短道速滑锦标赛中打破了女子3000米接力的世界纪录。

2002年，孟庆余带出的弟子杨扬，在美国盐湖城举办的第十九届冬奥会上，夺得了短道速滑女子500米和1000米项目的两枚金牌，又在女子3000米接力赛中摘得一枚银牌。

2006年，王濛在都灵冬奥会上的短道速滑女子500米项目上为中国夺金，从而在世界冰坛上刮起了"濛风"……

<h1 style="text-align:center">十一</h1>

孟庆余在一份述职报告中，这样写道："即使有一天我倒在了冰场上，我也无怨无悔！"

没想到，一语成谶。

这份述职报告不久，孟庆余就因车祸去世了。

2006 年 8 月 1 日那天，孟庆余开着小面包车，从哈尔滨回到七台河，进行车检。

回到七台河以后，他并没有马上回家，而是跑到十几名运动员的家里，询问家长要不要给孩子带东西，如果带东西就要在明天早 5 点之前送到体校收发室，他要起早开车在 10 点前赶回哈尔滨带队员上冰训练。他非常珍惜小队员被安排在白天上冰的机会，把队员的训练看得比什么都重要。

有人说："小运动员是他的心肝宝贝，比他儿子都重要！"

他儿子也曾说过："我爸眼里根本没有我，都是他的运动员……"

采访时，范可新的父亲回忆说，那天，孟老师来到他家里，问他要不要给可新带些东西，还说："可新这孩子错不了，将来肯定能拿世界冠军！"

可新的父亲却劝孟老师："孟老师，你这么大岁数了，训练这帮孩子太辛苦了，也该退休享享清福了。"

孟庆余却说了一句："我要看到可新拿世界冠军再退休！"

但是，他却没有等到范可新拿到世界冠军那天……

孟庆余跑完各个孩子的家里，回到自己家已经很晚了。

他告诉妻子韩平云，明早 4 点钟就得开车赶回哈尔滨，10 点钟他要带运动员上冰训练。韩平云没说什么，她已经习惯了这种生活，默默地为他准备一些该带的东西。她知道，他心里没有别的，只有运动员，只有训练。难怪儿子曾对她说："爸爸不是一位称职的父亲，他尤其对不起妈妈……"

的确，回头想想，他们结婚二十八年，夫妻俩真正在一起生活的时间，总共加起来不到四年。

这次，好久没回家的孟庆余突然回家了。

韩平云喜极而泣，以玩笑的口吻对他说："你说你一年到头总不着家，我连个人影都抓不着！你说我这一年一年地守活寡，啥时候是个头呢？"

一听这话，孟庆余顿时满脸涨得通红，严肃地说道："平云，我知道我对不起你，要不咱俩离婚吧。不过，离了你也不许找，你要等着我，等我……"

说到这里，他却哽咽得说不下去了。他不知让妻子等到什么时候，是等他退休，还是等他的运动员夺得更多的世界冠军。

韩平云却啼笑着说："你说你还当真了呢？"

"我当然当真了！"孟庆余难得地说出一句浪漫的话，"因为我爱你……"

"我也爱你……"

说完，两个深深相爱的人都哭了，一下子紧紧地抱在一起，久久没有松开……

他们万万没想到，这是他们最后的拥抱。

就在这次，孟庆余掏出100元钱给了韩平云，那是他第一次，也是最后一次给她钱，还说了一句："以后我再给你。"

但没有了以后。


第二天，2006年8月2日。

由于耽搁了些时间，早晨4：30分，孟庆余从家里出发了。

就是因为急着赶回哈尔滨冰上基地，上午10点钟带运动员进行冰上训练，他在途中出了车祸。就这样，他永远离开了他挚爱的运动员和冰场，离开了他的爱妻和儿子，年仅55岁。


得知他出事的消息，所有他带过的运动员都失声痛哭，都为失去这位父亲般的好教练而痛心不已。

运动员哭喊着："老师，你怎么说走就走了？你还没有给我们上完训练课呢！"

"老师，你不是说我将来一定能有发展吗？"

"老师，你不是要培养我拿世界冠军吗？可你突然走了，你让我咋办呢？"

赵小兵说，她无法接受这一残酷现实，一连数天哭得眼睛通红。

更令人痛心的是：

当人们整理孟庆余的遗物时，在他居住的半地下的狭小房间里，有一只上了锁的大铁柜。

铁柜被打开的刹那，所有在场的人都哭了。

韩平云更是泣不成声。

大铁柜里，只有几件破旧的运动服，两双带补丁的袜子，还有一副待修的冰刀，一堆修冰刀的工具，还有一沓厚厚的小队员们打的欠条，一本工作日记，一本账本，记录着运动员的各种花销……

在他的遗物里，发现了唯一一张存折，上面除了当月发放的副高职教练工资 2486 元，没有一分钱存款。

孟庆余获得的各种荣誉证书

而他生前，曾有人开出年薪"百万"的高薪，聘请他去当教练，却被他拒绝了。他说他离不开七台河，更离不开这些孩子。

如今，他走了，唯一留给家人的"财富"，是一堆荣誉证书。

他的离去，对他家，对七台河的运动员、对中国的滑冰事业，都是重大的损失。

他的弟子们哭喊着："孟老师，我多么希望把我所得的金牌挂到你的脖子上啊！"

是啊，孟老师只能在天堂里，笑望着弟子们登上冠军的领奖台了。他的弟子赵小兵说，她不止一次地梦见孟老师，他总是站在冰场上，还是穿着那身旧运动服，还在指导着一群小运动员滑冰。她真希望天堂里有冰场，那样，孟老师就能继续训练他的运动员，继续实现他的冠军梦了！

是啊，真希望这位追梦人，到天堂里继续站在银色的冰场上，去追逐他的冠军梦！

我曾问过韩平云："你嫁给孟老师，有没有后悔过？"

她回答得很干脆："从没有后悔过！我觉得我找这样一位丈夫，为国家培养了那么多优秀的运动员，能在比赛中为国争光，我为有这样的丈夫而感到骄傲！作为妻子，再苦再累，也值了，我丝毫不后悔！"

孟庆余去世后，为了表彰他为滑冰事业所做出的巨大贡献，为了弘扬他的敬业精神，七台河市委宣传部组织了"孟庆余模范事迹报告团"，由家属韩平云、运动员王濛、教练马庆忠三人组成，赴北京国家体育总局，向国家队的教练和运动员做了一场生动而感人的报告。

听了孟庆余的事迹，与会的众多运动员及教练无不泪目。

转眼，孟庆余已去世十六年了。

但人们并没有忘记他，尤其他的弟子们……

韩平云不记得是哪年清明节，她像往年一样，捧着鲜花，去给爱人扫墓，却发现墓碑前已摆满了鲜花和水果等。其中有一件东西格外抢眼，那是一张酷似冰刀的叠纸。她不知是谁送的，但她知道一定是他的弟子。

2022年1月13日，赵小兵在受邀前往北京冬奥赛场观赛的路上，含泪写下了这样一段话：

"孟老师，告诉您一个好消息，我要去北京冬奥会赛场观摩比赛了。我代表的是七台河所有的教练员。您听了一定会为我感到骄傲！如果您在，该有多好啊！孟老师，我好想你……"

为了纪念孟庆余，七台河市将一条荒芜的小道修成了庆余公园。大人可以领着孩子穿过这条庆余公园的小路，去人工冰场上冰……

目前，七台河市有18支短道速滑队伍，500多名运动员在训练。人们将翘首以待，下一个冠军也许又会在这里诞生！

前不久，黑龙江省短道速滑青年队正式落户七台河，张利增兼任教练。这一切，将是对孟庆余在天之灵的最好告慰。

写到这里，我不由得想起了影响中国几代人的苏联小说《钢铁是怎样炼成的》的作者奥斯特洛夫斯基说的那段名句：

"人最宝贵的是生命。生命对于每个人只有一次。人的一生应当这样度过：当回忆往事的时候，他不会因为虚度年华而悔恨，也不会因为碌碌无为而羞愧；在临死的时候，他能够说：'我把整个的生命和全部精力，都已经献给世界上最壮丽的事业——为人类的解放而斗争！'"

孟庆余的一生没有虚度，而是为他所追求的梦想，为他所酷爱的事业，奋斗了一生，贡献了一生！

他此生无憾！

# 令世界冰坛赞叹的中国女子

**第二篇**

## ——中国第一枚冬奥会金牌获得者**杨扬**

当我书写中国短道速滑名将杨扬的追梦人生时，不由得思绪万千，感慨良多。没想到，这位美丽、聪慧的姑娘所走过的路，竟是如此艰难，又是如此辉煌！

她出生在黑龙江省佳木斯市汤原县。在中国短道速滑竞技体育项目上，开创了历史。她是中国冰雪健儿的骄傲，是中国妇女的自豪，也是中国妇女在世界上又一位杰出的代表人物！

杨扬在其运动生涯中，共获得 59 枚世界冠军奖牌，是中国获得世界冠军次数最多的运动员，为中国短道速滑事业做出了卓越贡献！

她辉煌的人生，不仅体现在青春韶华的运动时代，而且体现在从国家队退役之后，在人生的第二次选择上，又成功地完成了华丽转身，从一名成绩卓著的中国短道速滑运动员，成长为一名卓有成就的国际奥林匹克委员会工作人员，并尽职尽责地完成着国际奥委会所赋予她的重任与使命！

一

回溯一下冬奥会的历史，第一届冬奥会于 1924 年在法国夏蒙尼举办，共

2002 年，杨扬获得第十九届盐湖城冬奥会短道速滑女子 500 米比赛冠军

有来自 16 个国家的 258 名运动员参赛。

　　中国首次参加冬奥会是 1980 年在美国普莱西德湖举办的第十三届冬奥会，共派出 28 名男女运动员，参加了滑冰、滑雪、现代冬季两项的 18 个单项比赛。中国运动员首次参加冬奥会，与世界的差距很大，无一人进前六名。

　　短道速滑起源于加拿大，赛道周长为 111.12 米。1980 年，短道速滑是美国普莱西德湖冬奥会的表演项目。1992 年，阿尔贝维尔冬奥会将短道速滑列为正式比赛项目，设男子 1000 米、女子 500 米和男女接力四项。1994 年，利勒哈默尔冬奥会增设男女 500 米、1000 米和男女接力六项。2002 年，盐湖城冬奥会又增加了男女 1500 米比赛项目。短道速滑已增加到八个比赛项目，并且深受观众热爱，是一项具有很强观赏性的冰上项目。

　　中国是十几亿人口的大国。体育健儿们在奥林匹克的赛场上所取得的成绩以及顽强拼搏的状态，也彰显了一个国家的综合国力及民族精神。因此，中国很重视竞技体育，尤其重视冰雪项目。自从 1980 年中国参加冬奥会以来，几代冰雪人抛家舍业，在冰天雪地中拼搏、苦练，一心想让五星红旗在冬奥会的赛场上升起，让雄壮的国歌在冬奥会的上空响彻！

　　可是，在冬奥会的奖牌榜上，中国人的名字一直没有出现。

　　直到 1992 年，叶乔波在第 16 届冬奥会上，获得速度滑冰 500 米、1000 米的两枚银牌，中国冰雪健儿终于在冬奥会上实现了奖牌零的突破！

　　为此，江泽民同志签署命令，授予叶乔波"体坛尖兵"的荣誉称号，表彰她为中国体育事业做出的杰出贡献。这是我国体育史上运动员所获得的最高荣誉。

　　但是，在冬奥金牌榜上，中国仍是一片空白。

　　时光荏苒。

　　中国的冰上健儿一直在冰天雪地里苦苦地拼搏，挥洒着人生最宝贵的青春和热血！直到 2002 年 2 月，在美国盐湖城举办的第十九届冬奥会上，中国姑娘杨扬以惊人的战绩，终于震撼了世界冰坛。

二

　　这朵在奥运冰坛绽放的铿锵玫瑰，来自哪里？出自怎样的家庭？她一心要夺取冠军的个性，来自父母的遗传，还是来自她后天的磨砺？在她的冰雪追梦生涯中，都经历了哪些风风雨雨？经历了哪些坎坷与磨难？

　　我和当年的冰友们每每谈论起杨扬，大家都为她感到骄傲，觉得她是我们中国冰雪界的荣耀。当我动笔写杨扬的这篇文章时，并不感到陌生，而是感到很亲切，很熟悉，就像写我身边的冰友一样。

让我们走进她的人生，看看她的人生都经历了什么——

作家李占恒在 2009 年采访杨扬时，杨扬在赠给他的一张纪念卡上写下这样一句话："我深爱故乡那条结冰的小河！"

我见过那条叫"北河流"的小河，并不浩渺宽大。

但是，杨扬的追梦人生就是从这条叫"北河流"的小冰河上开始的。

1975 年 8 月 24 日，杨扬出生在佳木斯市汤原县一个普通家庭。父亲是一名警察，母亲经营着一家小照相馆。

她下生后不哭、不闹，很可爱。母亲叫她"小冰心"，希望她有一颗冰清玉洁的心。后来给她取名杨扬，希望她长大以后，事业有成，名扬天下。没想到，一个"冰"字竟使她与滑冰结下了不解之缘……

杨扬和许多北方孩子一样，从小在冰天雪地里滚爬，堆雪人、抽冰杂、玩爬犁、打哧溜滑儿，整天在冰雪世界里疯耍。

她对滑冰感兴趣是因为在上学的路上看到冰场上有人穿着冰鞋，在冰上悠悠地滑得飞快，她羡慕极了，心想：我啥时候也能穿上冰鞋滑冰呢？

人生的机遇，往往在看似不经意间来到你的面前。你能否抓住它，并且持之以恒地坚持下去，是考验你能否成功的关键。

杨扬 8 岁那年夏天，汤原县体校教练王春尧来到学校选拔滑冰运动员的苗子，把长得瘦小却是班上体育委员的杨扬给选上了。

整个夏天，她都跟着二三十个孩子进行滑冰陆地训练，做一些滑冰的模仿动作，如屈膝走，一走就是几百米，又苦又累又枯燥，汗水滴了一地。这对每个孩子来说都是考验。夏训结束时，最后坚持下来的只有四个孩子，其中就有杨扬。不久，杨扬被选进了县体校，开始了边学习边训练的生活。

11月，结冰了。杨扬怀着兴奋的心情第一次穿上冰鞋，站在那条结冰的小冰河上。可她刚一站起来就头朝后四仰八叉地摔了个大跟头，后脑勺摔起了一个大包。但她很快就爬起来，重新站起，脚脖子硬挺挺地站在王春尧教练面前。

没想到这一站，却得到教练的表扬。

王春尧当了多年体校教练，见过许多初学滑冰的孩子，刚上冰时双脚踝就像面条似的根本支撑不住，他从没见过踝关节如此硬朗的孩子。于是，他鼓励杨扬说："杨扬，你的踝关节这么硬实，很有滑冰的优势，好好练，将来肯定能有出息！"

对滑冰运动员来说，踝关节硬实的确是一种冰上优势，它对整个身体起到一种强有力的支撑作用。

这番话对8岁的杨扬来说，使她看到一种希望，觉得自己跟别人不一样，觉得自己比别人强。

她在心里默默发誓：教练说我有滑冰优势，我一定好好练！将来，将来……她脑海里第一次浮现出在电视里看到的运动员光荣地站在领奖台上的情景。她认为那时的运动员就像是祖国的英雄。

她从小就有一种英雄情结。

这种英雄情结来自警察父亲的影响。在她心里，父亲是一个与众不同的人，身材高大，长相帅气，聪明，有才气，有独到的见解。在她的人生路上，每每遇到关键节点，都是父亲帮她拿主意。她走上滑冰道路，也主要是来自父亲的鼓励和支持。

可是，上冰第二天，她又摔倒了。

一个队员的冰刀从她左手臂上划过，划出一个很深的大口子，鲜血把手套都浸透了，鲜血滴在冰场上，很是刺眼。

可她既没有告诉教练，也没有告诉妈妈，一直坚持训练，直到伤口感染化脓，肿成了大脓包。后来母亲发现了，才带她去医院切开脓包，进行消毒、清洗，重新包扎好。

母亲责怪她："为什么不告诉妈妈？"

杨扬说："告诉你该不让我滑冰了。"

母亲一直不同意她练滑冰，觉得一个女孩子整天打哧溜滑儿，能有啥出息，不如好好学习，将来考个好大学。母亲管滑冰叫"打哧溜滑儿"。杨扬被选进体校后，一再向母亲保证："妈妈，我保证不耽误学习，保证考试不出前三名！"母亲这才勉强同意她去体校。

这次，母亲看到女儿伤得这么重也丝毫没有打退堂鼓的念头，她知道这孩子性格倔强、执着，对滑冰是铁了心了，只好不再阻挠她。

母亲语重心长地对杨扬说："既然你铁了心要练滑冰，妈也就不拦你了。不过，你不能耽误学习，以后不管发生什么事情，千万不要瞒着妈妈，妈妈心疼你……"

"妈妈！"杨扬一把抱住了满眼泪水的母亲。

杨扬知道妈妈是为了她好，但她更知道，她已经强烈地爱上了滑冰，任何人都拦不住她了！王教练对她说的那番话，已经刻在她的心里，成为她心中不可动摇的强大动力！

"你……有滑冰的优势，好好练，将来肯定能有出息！"

一个奥运冠军的梦想，就从一句鼓励的话开始了。所以，杨扬非常感谢她的启蒙老师：王春尧。

## 三

杨扬说："我渐渐进入滑冰的世界，从游戏到事业，从懵懂到执着。我相信，在我为滑冰、为体育不断付出我的拼搏及各种努力的同时，我也踏上了一条汲取收获的旅程！"

她年龄虽小，却是一个聪慧而明理的孩子，很早就懂得做事要为自己的承诺负责，不能三分钟热血，更不能见困难就退缩，要为自己的选择负责，对母亲的承诺负责，再苦再累，也要顽强地坚持下去！

在体校滑冰队里，杨扬长得又瘦又小，尽管她训练刻苦，但是她的体能及滑冰技术并不突出。

1986 年，由于杨扬父亲工作调动，他们全家从汤原县搬到了七台河市，11 岁的杨扬也随之转到了七台河体校。

当时她遇到两位高度负责的教练，一位是孟庆余，而另一位是董延海。董延海就是孟庆余教练的第一批队员，后来成长为一名经验丰富的教练。杨扬深受这两位教练的影响，无论在滑冰技术方面，还是胸怀志向方面，都有不可小觑的收获。

11 岁的杨扬，刚进七台河体校，她发现队里的运动员训练都很刻苦，技术也很棒。她觉得自己又瘦又小，体质也比别人差，这使她越发玩儿命的训练，一心想赶上队友。

可是，第一年夏训不久，她就生病了。但她一心想要训练，既没把生病的情况告诉教练，也没有告诉父母，顶着高烧仍然咬牙坚持。

没想到病情严重了，她得了胸膜炎。体校领导认为，根据杨扬目前的身体情况，不适合再待在体校继续训练了，希望她能转到其他学校进行调整。

听到这个消息，一心想滑冰的杨扬，陷入了极度的痛苦之中。她哭着求教练，不要让她回家，她不想离开滑冰队，她想滑冰！

孟庆余教练找来杨扬的父亲商量怎么办。

杨扬的父亲非常理解女儿的心情，女儿酷爱滑冰，把童年的乐趣与梦想，全都寄托在滑冰场上了。现在，让她就这样离开体校，离开冰场，孩子实在不甘心。

这期间，省里正准备举行全省青少年滑冰比赛。

于是，父亲跟孟教练商量，孩子练了这么久，从来没有参加过比赛，能不能给孩子一次参加比赛的机会，即使她从此告别冰坛，也希望给孩子一次展现自己的机会。这将是对孩子的莫大安慰。

怎样对待苦与累

　　我应该怎样对待苦与累呢？我想做为一名运动员就应该不怕苦不怕累爱动脑筋，长大能成为一名优秀的运动员。如果又是怕苦又是怕累的，即纵然是一个天才也会被陶汰的。每当我看见那些获得金牌的运动员站在领奖台上激动的哭了。我是多么的羡慕啊！我想如果我

**杨扬 12 岁时写的作文《怎样对待苦与累》**

也站在颁奖台上，胸前挂着用苦与累换来的闪着金光的金牌时，别人也会用羡慕的眼光瞧着的。那时我就会有一种自豪感，因为我感觉我是世界上最幸福的人。

1987 年 3 月 23 日

杨杨

想法很好，望你能努力奋斗，去实现自己的理想。

3/12 50

教练 裘

孟教练却担心杨扬的身体。

杨扬一听说可以让她比赛，一个高儿蹦起来，急忙说道："我身体没问题！我病好了！我想比赛！孟老师，求求你，就让我参加比赛吧！"

于是，为了安慰孩子，更为了安慰这位用心良苦的父亲，孟庆余教练同意了杨扬父亲的请求，让她参加并不属于她年龄组的全省青少年滑冰比赛。她不仅不会取得任何名次，也不会影响任何人，只是想给这个酷爱滑冰的孩子一点儿心理安慰。

无论是父亲，还是杨扬本人，尽管她的胸膜炎已经好了，却觉得，这很可能是她告别滑冰舞台的最后一次表演。

然而，谁都没有想到，幸运之神却在这时候突然降临，对这个苦苦追求滑冰梦想的孩子有了眷顾。

一个未来的奥运冠军，在这次特殊的比赛中，展露出她超人的天赋。

赛场上，只有13岁的杨扬夹在比她高大的孩子当中，显得格外瘦小。

但是，从她心底所爆发出的强大意志力，从骨子里爆发出的强烈的不服输的劲头，使她在所有的参赛孩子中，显得异常突出，格外抢眼！

赛场上这个小小身影，吸引了场外众多人的注意。尤其引起了速滑运动员出身的黑龙江省集训队的教练——金美玉的格外关注。此时她正在选拔滑冰苗子呢。

金美玉发现这个小家伙，有一股敢于拼搏的劲头，将来肯定能有出息！

接到省里通知的那一刻，无论是父亲还是杨扬，都惊呆了。他们无论如何都没有想到，杨扬会被金美玉教练选进黑龙江省滑冰集训队做预备队员，进体校边训练边学习。

可是，金美玉教练很快就为自己的决定感到后悔了。

金教练发现，在招来的七名预备队员中，杨扬最差，无论是体能还是滑冰成绩，都是倒数第一。但金教练觉得杨扬在冰上的感觉不错，最终还是把她留了下来。

这一留，就留住了一位冬奥冠军。

# 四

杨扬说："曾经的那段经历使我懂得，每个人都要为自己的选择负责，就算有人可以替你做出了决定，却绝没有谁可以替你承担后果。"

在金美玉选来的七个预备队员中，杨扬的成绩最差。但是，倔强、不服输的个性，却使杨扬小小的身躯里始终积蓄着一股强大的、常人难以想象的动力！

到队第二天早晨，队员们都在沉睡，她却悄悄地爬起来，蹑手蹑脚地推开寝室门，来到训练馆门前。等到看门老人帮她打开小门之后，她走进训练馆，开始跑步、蹬跳、练习器械，忙得不亦乐乎！直到天色大亮，出操的运动员陆续都进来了，她却早已是满头大汗地提前完成了一个多小时的训练。

不是一天两天，而是整个冬训都是如此。

写到这里，我这个运动员出身的作家，不禁由衷地佩服，一个十三四岁的孩子，有如此毅力，如此的自控力，相信她无论干什么都会成功！

冬训结束时，七名培训队员中成绩倒数第一的杨扬，成绩有了大幅提升，因此受到金教练的表扬。

金美玉教练是朝鲜族人，性格倔强而刚烈，对队员要求十分严格。而杨扬这个看似文静听话的女孩子，却有着率真、倔强、正直的个性，好打抱不平。有一次，杨扬居然公开指责教练偏心，被金教练狠狠地训了一顿。

杨扬心里不服，憋着一肚子气，没有告诉任何人，骑着自行车疯狂地向火车站奔去，一心要离开省集训队，离开这个偏心的教练！

可是，到了火车站，发现兜里没有一分钱，顿时傻眼了，她只好又垂头丧气地骑车回到队里。

从此，杨扬跟教练天天怄气，不跟教练说话，处处躲避教练，训练都远远地躲着她。但是，杨扬训练起来却比任何时候都玩儿命，她觉得不能因为跟教练怄气而影响了训练。金教练的眼睛也经常偷偷地瞄着她。

师徒俩的性格，一个比一个倔，谁都不理谁。

二人对"倔"了一个多月，金教练终于忍不住了，开口怒斥杨扬："怎么，你还没有认识到自己做错了吗？"

见教练终于对自己开口了，杨扬急忙顺着台阶赶紧道歉："对不起，教练，我错了！我不该……"

这场师徒"对倔"的风波，终于结束了。

多年后，金美玉教练在接受记者采访时，曾感慨道："我倔，没想到杨扬比我还倔！"

小小年纪的杨扬却在这次"对倔"中，总结了教训。

她不止一次地想过：如果那天我兜里有钱，一时冲动买了火车票走人了，那后果会怎样？也许，我永远离开了滑冰队，也许，我永远不可能……

天哪！太可怕了！

她感到后怕，也感到深深地自责。

这件事使她明白了一个道理：教练就是教练，就是管你的，就像父母一样，你不该同她对着干。再说，不管教练怎样，你都要为自己的行为负责，不能由着性子犯倔，更不能一时冲动耍小孩子脾气！否则，最后受影响的将会是自己！

这次"对倔"的教训，使杨扬一生受益匪浅。

从此，她再也没有顶撞过教练，更没有犯倔，而是跟教练、队友配合得很好。她把全部身心都投在训练上，成绩不久就跃居全队第一名。而且，在省里拿了不少大大小小的冠军。她看到教练瞅自己的眼神也变得温柔了。

一天，她终于鼓起勇气，向金教练提出，能不能给她买双新冰鞋？她的冰鞋还是刚进队时买的，已经很旧了。金教练爽快地同意了，给她换了一双 38 码的冰鞋，她应该穿 37 码，教练说她年龄小，买大点儿的，脚还在长呢。

1991 年年初，15 岁的杨扬穿着这双大一码的冰鞋，第一次参加在北京举行的全国短道速滑冠军赛。

当时她感冒了，又是第一次参加全国比赛，金教练给她的任务是，放松滑，只要不犯规就能进前八，进前八就完成任务了，并答应她，进前八名就奖励带她去爬长城。

一听进前八就去爬长城，从没见过长城的她，高兴极了。

在进行 500 米、1000 米、1500 米比赛时，她滑得很放松，心里想的是进前八就完成任务了，就能爬长城了。

当比赛进行到最后一项 3000 米时，她却觉得浑身的力气还没有使出来。剩最后两圈时，她甩开膀子拼了，眼看对手一个个地被她甩在后面，最后超过了所有的选手，第一个向终点冲去……

冲向终点的刹那，50 岁的金美玉教练高兴得破例跳到板墙上，为杨扬呐喊、加油！

金教练无论如何都没想到，这个倔强的弟子居然超出了她的预想，第一次参加全国比赛就夺得了全国冠军！今后将是前途无量！

这枚冠军奖牌对杨扬和教练来说，都是极大的鼓励。

# 五

人们说："有付出，才有回报。"
但所有的付出，却不一定都有回报。

在杨扬获得全国冠军的那年春天，她被正式调进黑龙江省体工队，开始了专业滑冰训练。

这时的杨扬，早已不是又瘦又小的小姑娘，而是身高 1.65 米、身材修长的美丽少女了。杨扬的成绩上升得很快，在一次全国锦标赛上，她又获得短道速滑女子 1500 米、3000 米两枚金牌。

1993 年，国家为了备战 1994 年 2 月在挪威利勒哈默尔举办的第十七届冬奥会，成立了国家集训队，把一些成绩好的选手选进了国家队集训。杨扬也在其中。

然而，天有不测风云。

就在她全身心地投入训练、一心想参加冬奥会期间，1993 年 6 月的一天，家里突然打来电话让她"火速回家"，把她一下子推向了痛苦的深渊……

父亲遭遇车祸，不幸去世。

杨扬回到家里，在恍惚中度过了三天三夜。

父亲是全家的顶梁柱，更是杨扬在滑冰事业上的大力支持者。父亲对她说："没有付出，就没有收获。学习可以学一辈子，搞体育就这么几年。所以，你必须抓紧时间，要对自己的选择负责！"

杨扬觉得，父亲是一个了不起的人。他的目光高远，曾对她说："你要走出去，只有走出去才能获得更多的机会，才能开阔眼界。"

可是，当她走出黑龙江，走向全国，正准备走向世界时，父亲却撒手人寰，扔下母亲、她和妹妹……

父亲的离世，使她的精神一下子垮了。

回到国家集训队，她整天精神恍惚，白天只好用拼命的训练来缓解对父亲的思念，晚上却是整夜整夜的失眠，体重一下子掉了 10 斤。队医提醒她：你已经出现了明显的疲劳状态，少练点儿吧！可她听不进去，照练不误，身体却出现了过度疲劳。

1993 年 11 月，全国举行冬奥会出国选拔赛。

这时的杨扬却身心俱疲，完全不在竞技状态，在比赛中滑得一塌糊涂。她的强项 1500 米曾经两次获得全国冠军，可这次却排在了第 13 名。

她在这次出国选拔赛中败得很惨。

一些成绩远不如她的队友，都纷纷地留在国家集训队，而她却孤零零的一个人，拖着行李，踏上了回哈尔滨的列车。

她感到了前途的渺茫。

她想起父亲说过的话："有付出，才有回报。"

她问自己：我付出得还不够多吗？我到底是不是滑冰的料？我今后的路到底该如何走？

她心里一片茫然。她甚至想到了退役。


她回到省队，继续留在金美玉手下训练。金教练对她一如既往，既严厉又负责。可是，杨扬却没有了以往的激情，完全不在训练状态，训练起来也达不到教练要求的高度了。

金美玉教练多次劝她，批评她，说："你已经长大了，应该成熟了！你应该好好想想今后的路，到底该怎么走……"

1994 年赛季最后一场全国比赛就要开始了。

金教练对杨扬说："你要认真地比完这场比赛，然后再考虑是否退役的问题！"她又问杨扬："你知道，当初我为什么把你选进省集训队吗？"

杨扬没有回答。

她知道，金教练是看中了她的拼劲儿，觉得她是一块滑冰的好料。可现在，她这样糊里糊涂地败下阵来，不仅辜负了金教练的期望，也违背了自己当初的心愿。

她这时才认识到：在人生关键时刻的十字路口，何去何从，这将决定她一生的命运。

于是，她决心要好好比完这场全国冬运会，然后再做最后的决定！

在比赛中，她又像以往一样玩儿命地拼了。她的疲劳期刚刚过去，短道速滑女子1500米拿到了第8名。这对她来说是极大的鼓励，她内心又重新燃起对滑冰的热情。

于是，她又留在了黑龙江省队，开始了训练。

# 六

**杨扬说："我已经长大了。卡耐基的一句话给了我很大启发，'stop忧虑'！我开始学着放下，因为我知道还有许多重要的事情要做。我不能让自己这样放任下去！"**

1992年，短道速滑正式成为冬奥会比赛项目。中国短道速滑名将李琰，获得了短道速滑女子500米亚军，取得中国短道速滑第一枚奥运奖牌。

1995年，中国短道速滑设国家队，吉林省的教练辛庆山被任命为主教练。

论成绩，杨扬不该入选国家队。当时，全国短道速滑女子前五名都是吉林省的。但是领导考虑地方平衡问题，就把黑龙江成绩最好的杨扬也选进了国家队。

当时，国家队短道速滑女队员都是吉林来的，全女队唯有杨扬一人是黑龙江的。吉林队中有个姑娘也叫杨阳，比杨扬小。因此，大家称杨阳为小杨阳，称杨扬为大杨扬。后来，大小杨扬（阳）在世界冰坛上创造了辉煌的成绩。

那年，杨扬 18 岁，是国家队里年龄最大、却成绩最差的一个。全队的女孩子自然没人把她放在眼里。

辛庆山是中国短道速滑的功勋教练。在他执教的二十多年里，曾培养出 23 位世界冠军，获得 103 枚世界大赛金牌。

他曾是一名专业速滑运动员，曾获得过全国冠军，却因一场车祸终止了他的冠军梦。他对滑冰的热爱，就像热爱自己的生命一样。他把自己的热爱全部投到队员身上，对手下队员要求极严。他的训练以高强度、大运动量而著称。队员要完不成训练任务就要挨罚，比如：夏训期间，运动员穿着沙背心做牵引登山，沙背心里装的沙子必须经他检查够重后才可开始做牵引训练。有的运动员途中太累，在半路偷偷地倒掉一些沙子，如果被教练发现了就要挨罚，要再装满沙子重来！

杨扬来到这样一个既严格，竞争又十分激烈的群体，常常感到一种从未有过的孤独与压抑，甚至感到被冷落，觉得人家都是来自一个地方，唯有自己是从外省来的。

但是，一心追逐冠军梦的杨扬，把这一切都不放在眼里，而是全身心地投入训练当中，一心要用成绩来证明自己！

而且，随着年龄的增长，她不再犯倔，而是学会了如何与教练沟通，如何与队友们处好关系。她以大姐姐的身份，经常帮助小队员缝缝补补，一心想融入这个大家庭。

苍天不负有心人。

这位一心想在冰场上创造辉煌的姑娘，经历了诸多坎坷与磨难之后，终于迎来了雨后天晴的第一缕彩虹……

这缕彩虹就是从她的故乡哈尔滨升起的。

1996 年 2 月，杨扬代表中国参加了在哈尔滨举行的第三届亚洲冬季运动会，在短道速滑女子 1500 米比赛中，她夺得了金牌。

当时，她面对的是四名实力雄厚、曾获得过冬奥冠军及世界冠军的韩国队员。

赛前，韩国奥委会主席根本没把中国队员放在眼里，不无傲慢地说："这块金牌我们是揣在兜里跟你们玩的！"

杨扬听了这句话心里很不服气，心想：别吹牛，咱们赛场上见！

韩国的短道速滑起步早，在世界赛场上一直雄居榜首。

但是，赛场如战场，绝非靠大话来决定胜负。

决赛的发令枪一响，杨扬就与四名韩国的强手展开了血拼，竟以 2 分 28 秒 93 的成绩，夺得了短道速滑女子 1500 米冠军，成为亚冬会上一匹谁都没有料到的黑马！

这枚来之不易的金牌，第一次落到中国女子短道速滑选手手里！在此之前，女子短道速滑一直是韩国队的天下。

当天晚上，来自各方面的祝贺如雪片般地向杨扬飞来。

随后，杨扬在短道速滑女子 3000 米接力赛中，她与队友王春露、小杨阳、张冬香以 4 分 23 秒 13 的成绩打破了世界纪录，并获得了亚冬会冠军！

从这时起，杨扬成为中国短道速滑的领军人物。她与队友们开创了中国女子短道速滑的新时代。

下一个奋斗目标，当然是冲击奥运金牌！

这是短道速滑运动员、教练、领导们的愿望，也是中国人民的愿望。

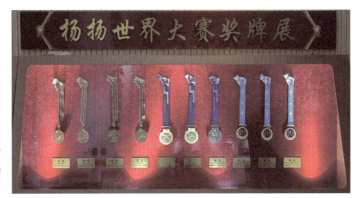

七台河短道速滑
冠军馆里展示的杨扬
获得的奖牌

# 七

马克思说得好："在科学上没有平坦的大道，只有不畏劳苦沿着陡峭山路攀登的人，才有希望到达光辉的顶点。"

攀登奥运冠军的山峰，同样充满了常人难以想象的艰辛与坎坷。

自从 1996 年杨扬夺得第三届亚冬会短道速滑女子 1500 米金牌之后，她的成绩持续上升，成为队里的佼佼者。

在接下来的两年里，杨扬在各项世界大赛中，不断以优异成绩彰显出她短道速滑的强大实力。

世界冬季大学生运动会，她与队友合作，获得女子 3000 米接力赛的冠军。在挪威举办的世界短道速滑锦标赛上，她又与队友合作，以 4 分 24 秒 68 的成绩打破女子 3000 米接力赛的世界纪录，并获得冠军。她在日本举行的世界短道速滑锦标赛上，获得女子 500 米、1000 米及女子全能三项冠军……

这一切都彰显出杨扬在世界短道速滑的赛场上不可小觑的实力。人们把 1998 年冬奥夺冠的希望寄予在了杨扬身上。

　　为了迎接 1998 年长野冬奥会，中国短道速滑健儿们练得很苦，很残酷。杨扬经常在训练结束后感到要虚脱，从不爱哭的她，在那段日子里，经常因为太累而忍不住呜呜哭泣。

　　当他们从体能、技术各方面都做好了充分准备，准备在四年一届的冬奥赛场上大显身手之际，迎接他们的却不是鲜花和掌声，而是一次接一次的残酷打击。

　　1998 年 2 月 7 日，在《欢乐颂》的旋律中，第十八届冬奥会在日本长野开幕了。一年前，杨扬正是在这里赢得了自己的第一个全能世界冠军。雄心勃勃地走进主会场的中国代表团由赵宏博担任旗手，全团上下有一个共同的决心，争取把握住这二十世纪的最后一次机会，实现冬奥会金牌零的突破！按照各个项目的实力分析，最有希望改写历史的无疑是短道速滑。

　　然而，在长野冬奥比赛场上，中国短道速滑队员们却频频与金牌失之交臂。在最有希望拿金牌的女子 1000 米决赛项目中，杨扬被判犯规取消了成绩，而与她同样进入决赛的小杨阳获得了一枚银牌。中国短道速滑队满怀希望的长野之旅只收获了五枚银牌、一枚铜牌。

　　比赛结束后，杨扬有好几天睡不着觉，无法面对那个失利的结果。恰好在这个时候，来自吉林的队友们都回去庆功了，国家队的宿舍里只剩下她一个人，她在经历了一番痛苦之后，独自一人走上了训练场。

　　事后她回忆说："很多天都缓不过这个劲儿来，感觉还没有比完，还应该再继续比。当时我最强烈的渴望，就是拿上冰刀再跟她比一次，而这一次我绝对不会输给她们！"

　　应该承认，短道速滑是新增加的奥运项目，各项比赛规则尚不健全，还处在不断修改、完善之中。但比赛结果是无法改变的，留给中国短道速滑队的领导、教练和运动员的，则是更多的教训和反思。

　　对于在冬奥赛场上被罚的运动员来说，其心情可想而知。四年的拼搏和梦想，就这样付诸东流，要想参加下一届冬奥会，就需再拼四年！

但是，短道速滑队的健儿们并没有气馁，从离开长野那天起，就开始了备战四年后在美国盐湖城举办的第十九届冬奥会！

戏剧性的是，中国短道速滑队是 1998 年 2 月 22 日从日本长野回到北京，正好一个月后的 3 月 22 日，中国短道速滑队在维也纳举行的世锦赛上取得了史诗般的跃进。他们赢得了六枚金牌，杨扬一人就获得了包括全能在内的四枚金牌——历史就这样翻开了新的篇章。

# 八

性格倔强，从不服输，一心要拿奥运冠军的杨扬，拼得更凶了。在她的人生词典里似乎没有别的，只有两个字：训练！无论是夏季陆地训练，还是冬季冰上训练，她都是练得最艰苦的一个。

而回报她的，则是不断提升的成绩。

1999 年 2 月，杨扬在韩国江源道举行的第四届亚冬会上，以 45 秒 490 的成绩获得短道速滑女子 500 米冠军，并打破了亚洲纪录，还获得了女子 1000 米冠军。3 月，在美国圣路易斯举行的世界短道速滑团体锦标赛上，她与队友合作，获得了冠军。3 月，杨扬在保加利亚索菲亚举行的世界短道速滑锦标赛上，分别获得女子 500 米、1000 米、3000 米和全能四项冠军；并与队友合作，以 4 分 23 秒 725 的成绩获得女子 3000 米接力赛冠军。10 月，她在美国犹他州举行的世界杯短道速滑赛上，与队友合作以 4 分 16 秒 260 的成绩获得冠军。12 月，杨扬在世界杯短道速滑长春站的比赛中，获得了女子 1000 米、1500 米、3000 米、个人全能和 3000 米接力赛五项冠军。1999 年，她被选为国际滑联运动员委员会委员……

2000 年 1 月，杨扬在瑞典哥德堡举行的世界杯短道速滑系列赛中，获得女子 500 米与 1500 米两项冠军。2 月，杨扬在荷兰海伦芬举行的世界杯短道速滑赛上，获得女子 1500 米冠军。3 月，她在荷兰海牙举行的世界短道速滑团体赛上，与队友合作获女子团体冠军。3 月下旬，她在谢菲尔德举行的世界短道速滑世锦赛上，获得女子个人全能、女子1000 米、女子 3000 米三项冠军，加上女子 3000 米接力赛冠军，成为该赛事历史上第一位连续四年获得女子个人全能冠军的运动员……

2001 年 4 月，杨扬在韩国全州举行的世界短道速滑锦标赛上，获得女子 1000 米、1500 米、3000 米、个人全能四项冠军及女子 500 米亚军……

这些数字告诉我们，杨扬距离冬奥冠军不远了。

冲金的任务自然落在了她的身上。

为了冲金，教练派出三名男队员陪杨扬一起训练。她知道，要想战胜三名男队员，首先要战胜自己！所以，她每天都在玩儿命地训练！

2002 年 2 月 8 日，杨扬苦苦等待了四年的美国盐湖城第十九届冬奥会终于开幕了。

女子第一项比赛是短道速滑 1500 米，这是杨扬的强项。她已连续五年获得世锦赛个人全能冠军，对这枚冬奥金牌志在必得。可是，她只获得了 1500 米第四名，连前三名都没进去。

第二天，国家体委领导袁伟民来给短道速滑女队开会，让大家帮助杨扬分析失败的原因，最后他对杨扬说了一句："你心里有个小鬼！你只要把它揪出来，你就还是原来那个敢打敢拼的杨扬了！"

经过一番内心的苦斗，杨阳终于找到了心中的小鬼：想赢怕输！

当天晚上，她在一张纸上写下九条语录，前七条是技术战术方面的，后两条是给自己打气的！

第一条：注意呼吸、注意蹬冰节奏；

第二条：起跑注意发令节奏……

前七条都是与技术相关的提醒。

第八条：老权你等着！

老权是韩国教练，一直非常重视杨扬这个对手，经常用集体战术前后夹击杨扬，与其说杨扬和韩国队竞争，还不如说是杨扬和权教练之间的竞争。

第九条，杨扬写道：我是杨扬A！

她要用那个敢打敢拼、不服输的杨扬A来激励自己，勇敢地面对比赛中的挑战！

2月16日，当杨扬踏上冬奥会500米决赛跑道时，她不停地默念这九条，从技术到心理不停地将自己拉回比赛现场，滑好每一刀、每一圈，做好当下的每一个细节……

一道魔咒终于被她打破了！

她以44秒187的成绩，夺得了这枚几代滑冰人都在为其苦苦奋斗的金牌，为中国滑冰（包括大道速滑）奥运金牌榜填补了空白。

杨扬在比赛中

当时，她只记得紧紧地攥着拳头，一遍遍地挥舞着，不记得是谁把国旗递到她手里的；只记得教练、领导、队友们一个劲儿地向她欢呼、庆贺，有的队友呜呜哭起来……可见冰雪健儿们多么渴望和珍爱这块来之不易的金牌呀！

接下来，2月24日，大杨扬和小杨阳携手踏上短道速滑女子1000米决赛的跑道。二人密切配合，全力搏杀，杨扬又以1分36秒391的成绩夺得了第二枚宝贵的奥运金牌！小杨阳夺得一枚铜牌。韩国选手高基玄获得了一枚银牌。

此后，杨扬又与队友共同努力获得了短道速滑女子3000米接力赛的银牌。

杨扬，这位美丽的中国姑娘，引起了世界冰坛的轰动！

她接连两次让鲜艳的五星红旗升起在美国盐湖城冬奥会的最上空，让庄严的中华人民共和国国歌在美国盐湖城冬奥会的上空响起！

她因此成为奥运史上第一位在同一届冬奥会上获得两枚金牌的运动员！

辛庆山教练说："为了这枚金牌整整奋斗了14年，很多运动员为之付出了努力。作为教练，我看在眼里。姑娘们拼出了优异成绩，对教练来说是最好的回报！"

从8岁开始滑冰，在冰场上拼了18年的杨扬，终于如愿以偿，以常人难以想象的毅力和拼劲儿，实现了她的奥运冠军梦！

# 九

杨扬说："我们这一代运动员是幸运的，踏上社会之际，在各个方面已经有了一定的准备与积累，有条件去做一些自己喜欢做的事情。而时代也给我们提供了这样的机会。退役之后，拓展体育的影响一直是我所追逐的目标。"

夺得奥冠之后，杨扬的人生面临着新的选择。

不久，她收到渴望已久的清华大学录取通知书，走进著名的校园，就读工商管理专业，享受着边读书边训练的生活。后来经过清华大学同意，由她自己申请，2003 年杨扬到美国学习一年。同年她当选世界反兴奋剂运动员委员会委员。2006 年 8 月，杨扬从国家队退役。2007 年 7 月，她从清华大学经济管理学院工商管理专业毕业。

2006 年，由国际奥委会主席雅克·罗格提名，她成为国际奥委会妇女与体育工作委员会委员。

2009 年 3 月，她发起了冠军基金，帮助退役运动员职业转型，并担任"阳光体育"形象大使，旨在增强青少年对体育的爱好，提高青少年对体育运动的兴趣。她和团队深入基层，培训体育教师，改变教学理念，捐赠体育器材……使孩子们在快乐的体育运动中，提高兴趣，增强体质，提高民族素质，而不单纯为了竞技体育。

2010 年，她参加国际奥委会委员的选举，以 89 票赞成 5 票反对的绝对优势当选，成为中国第一个以运动员身份当选的国际奥委会委员！这是继何振梁、吕圣荣、于再清之后第四位来自中国大陆的国际奥委会委员。

2015 年，她当选国际奥委会道德委员会委员。

2016 年，她在第 56 届国际滑联代表大会上，以 102 票名列第一，高票当选为速滑第一理事。在国际滑联成立 125 年的历史中，成为首位当选的女性速滑理事。

2019 年 11 月，在第 5 届世界反兴奋剂大会上，她又当选世界反兴奋剂机构（WADA）基金会董事会副主席。

同时，她任全国青联副主席、全国政协委员、政协第十三届全国委员会教科卫体委员会委员，北京冬奥会和冬残奥会运动员委员会主席……

最后，我想用 2023 年 4 月 8 日凤凰网在上海举办的女性影响力大赏高峰论坛上杨扬演讲的一篇文章，来作为本篇文章的结束语（稍有删减并编辑加工整理），使我们能更深刻地认识奥运冠军杨扬——

## 不设限，才有无限可能

大家下午好！我是杨扬。

我今天分享的主题是：人生不设限，才有无限的可能。其另外一种解读就是：人生，一直都是在困境中寻找突破。我的 23 年运动生涯，共经历了 3 届冬奥会，第一届 1998 年长野冬奥会，作为 1997 年新晋世锦赛全能冠军，我的目标当然是奥运会奖牌，甚至金牌。然而，现实与我所希望的相去甚远。我参加的两个单项比赛都因犯规被取消了资格。其中女子 1000 米，我在半决赛中打破了世界纪录，并在决赛中率先冲过终点。但是，1 分钟后我被判犯规、成绩无效。胜利如此之近，却又如此之遥远。你能想象那是一种什么感觉吗？

在长野失利后，是否再坚持一届奥运会是当时我面临的困惑。四年后，我的年龄、伤病似乎让一切有了很大不确定性。另外，即便我以良好的状态坚持到下一届奥运会，也有可能像 1998 年一样，不能获胜……对于一名运动员来说，有一个目标，尽最大的努力不是问题，问题是没有了目标，或者目标不清晰。而我知道，如果我不能给自己一个明确的目标，即使我继续训练和比赛，我可能会患得患失，尤其是在面对挑战时，很容易就泄了气。纠结与挣扎了大概一个月左右，我意识到四年后我可以接受失败，但我无法接受一个逃跑、没有尽力的自己。当我意识到这一点，其余的就变得清晰而简单了，这种认识给了我踏实的心境并坚定了再打一届的决心。在接下来的四年里，我没有动摇过，全力以赴每一天，享受每一次挑战和失败带来的学习和成长。最终四年后，我在美国盐湖城冬奥会上夺得了两枚金牌，也实现了中国在冬奥会上金牌零的突破。

中国女运动员在中国体育事业发展进程中有很多亮点。自 1979 年国际奥委会恢复中国席位以来，中国女性运动员的参赛比例一直在参赛国中处于前列；

从 1988 年汉城奥运会开始，中国女性运动员夺取金牌的数量就始终高于男性运动员。那么，也有人会问，中国女运动员为何如此强大？我个人有两点感受和大家分享：

第一，突破观念的枷锁。

我们都曾见过现实中裹小脚的老奶奶，封建社会距离我们并不久远。从旧社会的女性裹小脚不让出门，到现在我们能够驰骋在国内、国际赛场上，这种翻天覆地的变化听起来多么不可思议！每个人的成长都离不开大的时代背景，所以说今天中国女性的地位，我们的幸运，是无数前辈努力争取来的，我向她们表示由衷的感谢和致敬！面对未来，希望我们每个人所做的努力也会成为后来人的幸运！

2006 年的冬奥会，是我参加的最后一届冬奥会。开幕前，我就想有没有可能作为开幕式上中国代表团的执旗手，那将是莫大的荣幸。我发现从 1980 年我们第一次派代表团参加奥运会，无论是冬奥会还是夏奥会，所有的开、闭幕式从来没有过女运动员作为代表团执旗手。这和我们女运动员所取得的成绩是多么大的反差！我内心质问："凭什么啊？"于是，我向代表团领导表达了我的意愿。领导反问我：那个旗很重的，你能全程举下来吗？我说能，实在不行我扛着走！就这样，我获得了那份荣幸。那段手持五星红旗进入奥运赛场的经历也成为我运动生涯另一个高光时刻。

从 2021 年东京奥运会开始，国际奥委会规定：奥运会开、闭幕式上，各国家奥委会的执旗手由一男和一女共同担任……

我是退役后才结婚生子的，两个小朋友在婴儿时期都被我背着全世界出差。儿子四个月，我带他去 2012 年伦敦奥运会，女儿则在我肚子里的时候就跟我参与了很重要的工作。2015 年 7 月 31 日，在吉隆坡国际奥委会全会上，我怀着 7 个月的身孕为北京冬奥会申办做陈述，最后北京赢得 2022 冬奥会的举办权。获胜之后，国际奥委会委员们都笑称北京陈述团比对手多了一个人。那段不同寻常的经历，因为有了宝宝的陪伴，更加难忘。

2016 年 6 月，是国际滑联新一届理事的选举，我是候选人，但因为生老二，错过了那个赛季的大部分比赛，没机会向各国家协会去推广我的参选理念、去拉票。所以抓住那个赛季的尾巴，选举投票前，我抱着刚出生两个多月需要我喂奶的女儿，先飞到挪威的青奥会，然后飞到韩国首尔的短道世锦赛，之后又飞往美国波士顿花样滑冰世锦赛，连续飞行一个多月之后才回家。最后我以最高的票数当选了国际滑联速度滑冰的第一理事，这是有着 130 年历史的国际滑联的第一位女速滑理事。我想，这当中女儿帮我拉了不少票吧！

2022 年北京冬奥会筹备工作中，我提出支持妈妈运动员和妈妈工作人员项目，在冬奥会期间，设立儿童看护中心。该项目得到了组委会领导的大力支持。但后来因为疫情，减少随行人员入境，该项目没有具体实施，有些遗憾，但我从中也收获很多。

第二，制度保障。

中国女子体育强大的原因也是制度的保障。男女运动员有同样的机会和条件征战国际赛场、为国争光。90 年代初，国家体育总局正式提出了奥运争光计划，在经过分层、分项研究之后，尤其针对很多体育比较强的国家，由于职业化、社会偏见等原因，女子项目竞争不是很激烈。因此，我们的奥运争光计划将诸多女子项目列为重点夺金项目，女子短道速滑也是其中之一。我想正因为如此，我也才有了好的训练保障和机会实现了冬奥会金牌零的突破。

从现代奥林匹克的第一届奥运会不允许女运动员参加，到去年北京冬奥会女性运动员参赛比例达 45.4%，是冬奥会历史上参赛比例最高的一届，以及到明年 2024 年巴黎奥运会，按照国际奥委会的目标将首次实现 50/50，实现国际奥委会制定的 2020 议程中的性别平等目标。女性参与现代奥林匹克运动的历史，其实就是一部鲜活的争取平等权利的历史！

2006 年亚运会，申办条件中要求申办国必须有女运动员参赛才有资格申办。于是，我们在多哈亚运会上看到了当地的女运动员在赛场上驰骋，虽然还裹着头和身体，但她们每一步奋力奔跑与跳跃，都鼓舞和感染了很多人，对促进当地的性别平等、激励更多女性去争取平等、追逐梦想有着长远的影响和意义。这让我看到了体育更大的价值与更广的意义！

2012 年联合国妇女署与国际奥委会建立合作，以推动体育事业中的两性平等、用体育运动改善全球妇女生活品质为共同目标，通过体育运动，实现女性赋权，加强体育运动领域的女性领导力和性别平等。所以观念的突破、制度的保障，才能够真正推动性别平等的进程。

　　时至今日，体育领域依旧存在一些不平等的问题，如在职业体育中，男女同工不同酬，女性在运动成就上体现得很强大，但在收入待遇、关注度、发展机会等方面依然很弱小。如男足、女足，男篮、女篮等这些职业赛事大都存在这样的问题。与此同时，女性参与管理的比例偏低，社会和媒体关注度也有很大差距。在群众体育和学校体育层面，因为市场的导向，为女性、女童提供的支持、创造的机会和服务低于男性。

　　从世界各行各业来看，女性的整体能力仍然被低估，歧视和偏见依然存在，职业女性也仍然有着担心生孩子而失去工作的压力。而调查和数据显示，在学习能力、沟通能力、情商和智商方面，女性的水平并不逊色于男性。在积极倾听和同理心方面，女性通常胜过男性。女性在包容、坚韧、毅力、压力管理、耐心和多任务处理方面更具优势，尤其是职业母亲。

　　我自己经历了从运动员到创业者、到国际组织管理层等职业道路的转变。这当中我必须克服诸多障碍与困难，例如语言、文化、管理经验、社会经验等等。除此之外，作为两个孩子的母亲，我不想放弃事业，生活不可避免地变得更加具有挑战性。但我相信困难也是机遇。以开放、积极的心态，保持好奇心，不设限，困难只会让你变得更好，更强！

　　最后，感谢凤凰网给我这个机会讨论这个重要的话题。我相信，通过大家共同努力，我们将看到更多的女性的价值被认知，充分激发和展现女性的自信、坚强和努力进取的韧性，打破对女性的刻板印象，不给女性设限，才有无限可能。

　　感谢大家！

　　这就是我们的杨扬——一个从黑龙江省佳木斯市汤原县小冰河里滑出来的奥运冠军，一个令世界赞叹的中国女人！

# 美轮美奂 冰雪人生

**第三篇**

## ——花样滑冰双人滑冬奥冠军**申雪、赵宏博**

申雪、赵宏博说：

"为梦想而拼搏，因热爱而坚持，不惧挫折与挑战，不懈努力与奋斗！希望我们的故事，能给那些为梦想而坚持奋进的年轻人，带来希望和勇气，带来奋进而不服输的力量！这将是我们最大的快乐！"

2010 年，申雪、赵宏博在第二十一届温哥华冬奥会中获得花样滑冰双人滑比赛冠军

他们——

获得了中国首枚花样滑冰冬奥冠军奖牌！

三次世锦赛冠军！

六次世界花样滑冰大奖赛总决赛冠军！

四次亚洲冬季运动会冠军！

世界花样滑冰名人堂成员！

打破了俄罗斯在花样滑冰双人滑项目中长达 46 年的垄断地位！

是自 1924 年冬奥会以来，年龄最大的花样滑冰金牌得主！

在 2010 年 2 月温哥华举办的第二十一届冬奥会上，他们演绎了美轮美奂的"冰上芭蕾"，完美无瑕的技术动作、如梦如幻的艺术表现，征服了全体评委，评委们给出全场最高分 216.57 分，二人夺得了中国首枚花样滑冰冬奥金牌，实现了中国花样滑冰金牌零的突破！

同场，我国的另一对双人滑选手庞清、佟健以 213.31 分获得一枚宝贵的银牌！

在同一届冬奥赛场同一个项目上，中国选手同时夺得金、银两枚奖牌，让两面鲜艳的五星红旗同时升起在温哥华太平洋体育馆的上空，这是中国花样滑冰冬奥史上从未有过的光荣时刻！

一

奥林匹克运动会，从诞生那天起，就不是一个单纯的体育赛事，而是通过赛场上的博弈，彰显出各个国家的政治、经济、民族体魄等诸多方面综合国力的赛事。

百年前，西方国家运动员早已在柴可夫斯基《胡桃夹子》的旋律中，在冰场上翩翩起舞了。而我们国家内忧外患，很少有人进行专业体育运动，更别说涉足花样滑冰这项高雅的体育运动了。

2010 年，申雪、赵宏博夺得奥运金牌的那一刻，我国花样滑冰双人滑国家队，才刚刚组建十七年。

十七年，弹指一挥间！

中国的花样滑冰虽然起步晚，却像腾飞的中国一样，以超人的速度内道超越，仅仅用了十七年，就赶超了有着百年花样双人滑历史积淀的西方高手！

申雪、赵宏博牵手追梦的奋斗历程，就是中国花样滑冰双人滑走向世界、走向冬奥冠军领奖台的过程。

回首往事，在与申雪、赵宏博的交谈中，让人感到他们的人生，充满了浪漫色彩，充满了童话般的绚丽，更充满了为实现梦想而相互搀扶、相互鼓励、共同走过坎坷而漫长的风雨历程。

申雪、赵宏博都出生在哈尔滨，都来自普通的家庭。

申雪的父母都是交电公司系统的职工，她是家里的独生女。

赵宏博的母亲是哈尔滨亚麻厂的工人，他出生那天，母亲还在上班。父亲是哈尔滨动力区工商局的一名科长。一家人住在亚麻厂的筒子楼宿舍里，楼道里充满了做饭炒菜的油烟味儿。宿舍很小，他有三个哥哥、一个姐姐，他是家里最小的孩子。

哈尔滨是一座独特的城市，有着"东方小巴黎"之称。当年曾被犹太和沙俄人称为"流亡者的天堂"。无论是建筑风格还是民俗风情，都深受外来文化的影响，尤其受俄罗斯文化的影响巨大。

中国的第一个交响乐团和芭蕾舞团都是在哈尔滨成立的……孩子们从小就听着教堂里传来悠扬的钟声及风琴声，听着公园里传来巴扬琴弹奏的优美乐曲，看着金发碧眼的外国女人，穿着漂亮的布拉吉（连衣裙）在公园或松花江边跳舞或滑冰……

出生在这样一座中西方文化交融的美丽冰城，深受外来文化的影响，自然而然就与冰上运动结下了不解之缘。

赵宏博从小就活泼好动，爱打篮球，有着良好的身体素质和体育天赋，是亚麻厂有名的小篮球明星，还带领亚麻厂小篮球队获得过全市童年组冠军呢！

老师发现他在体育方面很有天赋，就做他父母的工作，把7岁的小宏博送到哈尔滨市重点业余体校花样滑冰教练孙治平手下，让他学花样滑冰。

赵宏博生来一副要强的性格，从不服输，从小就想做一个出类拔萃的人。学花样滑冰不久，他很快就显露出在这方面的天赋，能出色地完成两周跳，成为二十多名小队员羡慕的佼佼者。1991年，18岁的赵宏博就与搭档谢毛毛，获得了全国运动会的双人滑冠军，一举成名。

申雪比赵宏博小5岁，是父母唯一的宝贝女儿。童年时的她，身体瘦弱，经常感冒。5岁那年，为了让她锻炼身体，多吃点儿饭，父亲把她送进哈尔滨市体育幼儿园，让她学花样滑冰。父亲每天骑自行车接送，看着她像小燕子似的在冰场上飞来飞去，格外开心。一年之后，她的身体明显好起来，很少再感冒。

父亲对她说："你好好练，以后爸爸送你去体校，去体工队！"

年幼的小申雪不知道什么是体工队，但她是个听话的乖乖女，性格温顺，为人随和，从不惹父母生气，父母让她干啥她就干啥。父母对她没有过多奢望，只希望她能健健康康地成长。

申雪虽然身材瘦小、柔弱，但骨子里却有着顽强的性格。老师半夜叫醒大家起床去上冰训练（白天冰场由专业队用），好多孩子吃不了这份苦，只好哭着跑回家去。她却一声不吭地跟在老师身后，半夜上冰训练，从不叫苦。

后来，申雪、赵宏博遇到了改变他们人生轨迹的恩师姚滨教练。

二

在他沉默的内心世界里，却燃烧着一团火，一团不达目的誓不罢休的勃勃雄心之火！

早在三十多年前，我曾采访过姚滨和他的妻子曹桂凤。当年，他们都是专业滑冰运动员，一个是花样滑冰运动员，一个是速滑运动员。一个在冰场上翩翩起舞，一个在冰道上没完没了地"拉磨"（滑跑）。

1982年1月，曹桂凤在张家口举行的全国速滑达标赛上，独自一人夺得了500米、1000米、1500米、3000米四个项目及女子全能的五项冠军，轰动了整个冰坛，成为中国速滑史上的特大新闻。当时，我还写了一篇关于她的报道，发表在龙江报纸上。

姚滨是全国著名的花样滑冰运动员，曾连获五届全国冠军，并与栾波组合，获得过世界大学生冬季运动会双人滑第三名。

1984年，姚滨第一次，也是唯一一次参加在萨拉热窝举办的第十四届冬奥会，中国共有37名运动员参赛，无一人进前六名，仅得团体总分5分，排在49个参赛国（含地区）的第23位。而姚滨在花样滑冰比赛中排名倒数第一。

这次"打狼"的成绩令姚滨彻夜无眠，内心充满了耻辱感："国内是英雄，国外却是狗熊，算啥能耐？"

他第一次发现中国花样滑冰水平与世界水平相比，差距太大，一时半晌根本赶不上！

后来，当他一心想发奋拼搏之际，却在一次训练中意外造成韧带撕裂，不得不退役。他父母都在黑龙江日报社工作，从小受文化熏陶，内向、不善言辞的他，不爱张扬，不爱出风头，喜欢一个人默默地读书、学习，还弹得一手好钢琴。他考上了哈尔滨师范大学体育系想去读书，但是，领导却让他留下来担任哈尔滨市花样滑冰队教练，带着难舍的花样滑冰梦，他最终选择了留下。

他内向、老实、寡言少语。

但在他沉默的内心世界里，却燃烧着一团火，一团不达目的誓不罢休的勃勃雄心之火！

他永远忘不了在萨拉热窝冬奥赛场上"打狼"的滋味儿，更忘不了走下赛场时，外国运动员向他投来的目光，轻蔑而冷漠。胜者为王，败者为寇！运动场就是战场。

知耻而后勇，知弱而图强。

姚滨从他当教练那天起，就决心要改变中国花样滑冰在世界赛场上"打狼"的现状。但是，对起步晚、基础弱、条件落后的中国花样滑冰来说，要想"冲出亚洲，走向世界"，谈何容易？

他向领导提出，要让运动员走出国门，开阔眼界。他带着运动员到离黑龙江最近的俄罗斯小城乌拉尔去训练，去想向高手学习，因为俄罗斯的花样滑冰是世界最厉害的。然而，结果在乌拉尔小城训练了两个月，连一个高手都没见到。

见不到高手，他只好反复观看优秀运动员的录像，研究他们在高难度动作中如何表现优美的内涵，在优美的动作中又如何展现出深层的音乐美感……

他觉得，花样滑冰运动员不仅要刻苦训练，而且要提高文化修养及音乐素质。

他跟运动员一起吃住，一起训练，一起研究训练方案，为运动员设计比赛服装，选配比赛音乐，亲手剪辑录像带……

他带领运动员，仅用十七年时间，就赶超了有着百年花样滑冰史的西方国家的选手，培养出多名世界级的著名运动员，最著名的要数他的三对弟子了——

申雪、赵宏博，在2010年温哥华冬奥会上夺得双人滑金牌，并多次获得世界冠军。

庞清、佟健，在 2010 年温哥华冬奥会上获得银牌，在 2006 年、2010 年两届世锦赛上获得冠军。

张丹、张昊，在 2001 年世界青少年大奖赛两站分站赛、总决赛、世界青少年锦标赛，获得了大满贯冠军，在 2006 年都灵冬奥会上获得亚军。

姚滨，创造了世界滑冰史上的奇迹——一名教练同时培养出三对选手，三对选手同时进入世界锦标赛前六名，而且包揽了四大洲锦标赛的全部金牌！

这在世界花样滑冰史上并不多见！

国内外的荣誉，也像雪片般地飞来——

2004 年，他获得美国权威杂志《国际花样滑冰》评选的代表最佳教练荣誉的学院奖；同年被日本 NHK 电视台评为世界花样滑冰年度最佳教练员；2005 年，获中国体育运动荣誉奖章；2006 年，获最佳教练奖，被意大利都灵市政府授予嘉奖；2007 年，获国家最佳教练员奖；2009 年，当选第 11 届全国政协委员；2010 年，获国家体育运动荣誉奖章……

姚滨和妻子曹桂凤，一个成为国家功勋教练，一个成为国家体育总局分管冰雪项目的干部，二位都为中国的体育事业做出了杰出的贡献。

我这次采访姚滨时，他因腰椎间盘问题正在住院。

这位不苟言笑、连运动员获得奥运金牌都不露声色的教练，却说出一句令我吃惊的话："并不是我选择了花样滑冰，而是花样滑冰选择了我。"

我第一次听到教练或运动员说出这样的话。

大多数运动员都是因热爱而坚持，因酷爱而拼命。他却因为有体育天赋，被老师送到体校学滑冰。他的妹妹也很有体育天赋，曾是亚洲跳远纪录保持者。他想退役，又是组织决定让他当了教练，花样滑冰再次选择了他。

他说,他最亏欠的就是妻子曹桂凤:"整个军功章都是她的!"

三

"你在双人滑方面很有潜质,你才 18 岁,将来肯定会大有作为!不仅要冲出亚洲,而且要冲向世界最高的领奖台!"

1992 年 6 月,赵宏博双人滑舞伴谢毛毛因伤退役,没有了搭档,赵宏博产生了退役去上学的想法。

于是,姚滨教练对赵宏博语重心长地说出了这番话:"你在双人滑方面很有潜质,你才 18 岁,将来肯定会大有作为!不仅要冲出亚洲,而且要冲向世界最高的领奖台!"

姚滨的话语极少,但这席话在赵宏博心中却极有分量。

1992 年 6 月 22 日上午,姚滨带着一名小女队员来到赵宏博面前,让他看看做他的新伙伴合不合适。

申雪,当时 13 岁,身高不足 1.5 米,身材瘦小,长相并不出众,就像一个孩子。

赵宏博,当时 18 岁,身材高大,长相帅气,风华正茂,全国比赛双人滑冠军、亚洲锦标赛冠军,是好多女孩子的偶像,单人滑的女孩子,都渴望能成为他的新搭档。但是,姚滨教练却选中了成绩并不很突出的申雪。赵宏博瞅瞅申雪,不冷不热地说了一句:"先练一个月试试看吧。"

赵宏博似乎并不太可心,但他相信教练的眼光。在他成长的路上,姚滨教练就像他的指路明灯,关键时刻总是给他把舵。

赵宏博的态度,却深深地刺激了自尊心极强的申雪。赵宏博是大牌运动员,是她们这帮小运动员心中的偶像。所以,她把这句"先练一个月试试看吧"当成了一次人生大考，极其认真地对待！

人的命运，常常就在这看似不经意间做出了选择。

她告诫自己：一定要好好表现，绝不能失去这次千载难逢的机会！能成为宏博哥这样高手的伙伴，是她梦寐以求的向往！

从那天起，她每天上冰就像上考场一样。

赵宏博拉着她，做一些她从未做过的双人滑动作，她一次次地摔倒，一次次地爬起，一次次地从头再来……

她不记得摔了多少次，也不记得泪水多少次滴落在冰场上，只记得赵宏博让她做啥，她就乖乖地做，一遍遍地做，直到做好为止。她记得，一个月里，她没跟赵宏博说过一句关于训练以外的话。

每天晚上，她浑身又累又疼，腿上摔得青一块、紫一块，她常常蒙着被子偷偷地抹泪。但第二天早晨，她仍然微笑着出现在冰场上。

对赵宏博来说，他不仅要考验女伴的冰上技术、发展潜质，还要看她的性格、人品、意志，以及她与伙伴合作的包容性。

因为双人滑不同于单人滑，单人滑是个体项目，双人滑则需要两个人高难度的配合。所以，双方要有极好的心灵默契与身体协调性，相互间要有发自内心的高度信任与爱护。同时，双方对音乐也要有深刻的领会，这样才能诠释出音乐的美感。

一对优秀的双人滑伙伴，要朝夕相处几年，甚至十几年，才能达到高度默契，才能演绎出最美的冰上"芭蕾"，才能为观众呈现出高水平的冰上艺术！

在这一个月里，赵宏博发现申雪这个小丫头身上有一种与众不同的劲儿，这种劲头深深地打动了他。他从心里接受了这个小他5岁的小妹妹。而申雪在心里也乐颠颠地接受了这位大哥哥，整天像小尾巴似的跟着他。

这一切，都被姚滨看在眼里。

他觉得，申雪与赵宏博是一对难得的好搭档，相信他们一定能创造出奇迹！

# 四

**教练的一双慧眼，造就了一对好搭档。**

申雪、赵宏博是一对难得的好搭档。

赵宏博的性格好，无论是训练还是平时生活，都像大哥哥似的照顾小妹妹申雪。

他洗衣服，就把申雪的大件衣物拿过来一起洗；她在冰场上摔哭了，他为她拂掉身上的冰沫，搂着她肩膀安慰她："好啦！好啦，没事了！咱们从头再来！"有时，一个动作申雪多次做不好，他就耐心地陪着她、指导她，直到她做好为止。外出训练、比赛，他包揽了所有的体力活，为她拎箱子、背包。申雪则像小妹妹似的，乐颠颠地跟在他身后……

采访时，申雪说："谁找宏博哥谁都会很幸福，他人特好，让人信赖！不过，刚开始跟他搭档，我爸爸、妈妈特讨好他，总怕他把我摔喽！后来发现他心特善良，像大哥哥似的照顾我，我爸妈这才放心了。"

赵宏博却笑着说："小雪的性格好。我俩合作这么多年，配合得十分默契！"

申雪、赵宏博牵手三个月后，参加了一次队内测试。

结果，滑得一塌糊涂，申雪摔了两个大跟头！

申雪下冰就哭了。他们两个既懊恼又不服，从赛场出来，直接去了训练场。两人一边训练，申雪一边哭……

功夫不负有心人，四个月后，两人第一次参加全国花样滑冰比赛，就获得了全国花样滑冰双人滑冠军！

# 五

成功从来不会一帆风顺。

失败与挫折，时时考验着每一个追梦者的灵魂。

1994 年，二人的境况跌入了低谷。

赵宏博的父亲去世，对宏博的打击很大。申雪的家中被盗，奖牌全部失窃，对她的打击也很大。全国冠军赛，二人仅获得了第三名。

赵宏博觉得坚持不下去了，想退役。

姚滨教练找他谈话，苦口婆心地劝他："你才 20 岁，正是出成绩的好年华。如果现在退下来，不仅辜负了国家对我们的培养，也辜负了你父亲对你的期望！"

教练的这番话，深深地触动了赵宏博的心。他从小就怀有为国争光的抱负。是啊，如果现在就这样败下阵来，不仅对不起国家，对不起父亲，而且也对不起教练！姚教练对他和申雪及其他运动员就像对自己的孩子一样，把全部精力都放在他们几个运动员身上了！

"好吧！教练，我听你的！"

姚教练却说："我们一起拼！到时候你们还不出成绩，我这个教练跟你们一起退役！"

雄心壮志，不是写在风中的誓言，而是要靠辛勤的付出来兑现。

接下来的几年，教练和运动员一起拼！

申雪和赵宏博整天在冰场上滚爬，在高难度动作上下功夫，在抛跳、捻转、托举，在外点冰三周单跳、后内抛跳三周、后外抛跳三周等这些高难度动作上花气力，直到练得娴熟而精湛为止！

抛跳三周，就是男伴把女伴高高地抛向空中，女伴在空中旋转三周后落到几米外的冰面上，稍一不慎，就"啪唧"一声摔到冰上了！所以，人们都说双人滑抛跳三周的成功，是女伴用无数次摔跟头换来的。

赵宏博每次将申雪瘦小的身体抛向空中的刹那，都为她提着心……她每次摔倒，他都急忙跑过去拉起她。

别看申雪长得瘦弱，却非常顽强，即使哭着，也要一次次地练下去，直到练好为止。

1992年，申雪、赵宏博第一次代表中国参加世锦赛，24对选手，他们排在第22位。

外国人笑话他们，说他们不是在表演，而是在练功，说中国人缺少艺术细胞，不适合练花样滑冰这样艺术性很强的体育项目。还说这个项目是属于欧美的。

这番话对申雪、赵宏博的刺激很大。

姚滨教练曾对他们讲过，他第一次参加冬奥会，尝到了最后一名"打狼"的滋味。

申雪、赵宏博决心发奋，在艺术上下狠功夫。队里请来国外大牌编舞师及服装设计师，帮他们设计舞蹈和服装。

三年后，在1997年加拿大举办的世锦赛上，申雪、赵宏博的排名从第22升到第11。

1998年，在日本长野的第十八届冬奥会上，他们进入了前5名。

时任法国花样滑冰协会主席的伽吉亚预测：中国这两位年轻的选手，将是未来的世界冠军！

1999年，在世界大奖赛总决赛中，申雪、赵宏博的对手是世界冠军俄罗斯选手别列日娜娅、西哈鲁利泽。比赛中，俄罗斯选手在抛跳、托举等动作上都失败了，俄罗斯女教练气得当着众人的面哇哇大哭，觉得丢人!

申雪、赵宏博却表现得非常出色,夺得了第一枚分量很重的金牌。

然而,当他们怀着极大的信心奔赴芬兰赫尔辛基举办的 1999 年世界花样滑冰锦标赛,在比赛中,他们把冰上技术发挥得十分完美,正期待着获得第一枚世界冠军的金牌时,裁判打出的艺术分,却把他们本该到手的金牌判给了刚刚在大奖赛总决赛中,被申雪、赵宏博击败的俄罗斯选手别列日娜娅与西哈鲁利泽⋯⋯

当时,全场观众发出了不满的嘘声,都认为裁判不公,有明显的压分倾向!

但在赛场上,裁判就是上帝。

在现场新闻发布会上,当主持人念到申雪、赵宏博获得亚军时,全场所有的运动员、教练员都起立为他们鼓掌,以示对中国运动员的礼赞!

赵宏博在新闻发布会上发言时说道:"希望下次比赛,各位裁判能更喜欢我们!"

中国领队和教练要求运动员,即使裁判判决不公,也不许跟裁判公开叫板,要注意国际影响,留得青山在,不怕没柴烧!

然而,当姚滨和运动员憋着一肚子气,去外面中餐馆就餐回来,却听见有人在大声议论:"出事了!出事了!裁判出事了!"

这才得知,裁判出事就出在打分上。

原来,在裁判席身后,加拿大电视台装有一台直播的电视机,恰巧拍下了这样一个镜头:申雪、赵宏博比赛结束后,一位俄罗斯裁判与一位乌克兰裁判,在桌子下面用手势打暗语呢,并且被直播了出去。

这件丑事顿时引起了轩然大波。

后来,两名裁判被判罚停止裁判一年。

但是,冠、亚军的名次却无法改变了。

双人滑项目,一直由俄罗斯与欧美运动员主宰,其他国家的运动员

申雪、赵宏博在比赛中

很难冲进他们的圈子。

所以，申雪、赵宏博不仅要在技术上夺冠，而且要在裁判的印象分上夺得裁判的"心"。

他们常常是满怀信心地奔赴赛场，最后却心怀不平地失望而归。每次归来，他们都眼里含着泪，内心充满了沮丧与不平！

但到第二天早晨，申雪总会面带微笑地出现在赵宏博面前，亲切地叫一声："宏博哥，该出操了！"

后来，申雪曾对赵宏博说："我知道我笑起来并不好看。但我相信，我的笑脸能拂去宏博哥心中的郁闷和阴霾！"

赵宏博却笑了，说她笑得很美，说她是世界上笑得最美的姑娘！

赵宏博很早就发现，在这个小他5岁的小姑娘身上，有着比美丽更重要、更宝贵的精神品格——那就是在失败与挫折面前，有着百折不回的乐观与无坚不摧的毅力！

这使他对她越来越充满了敬慕，就像她越来越崇拜他一样。两颗心在不知不觉中，越走越近……


优秀运动员，都有着顽强、不肯服输的个性。

遭遇裁判的不公待遇，并没有使申雪、赵宏博气馁与退却，反而使他们越战越勇！他们把《花木兰》电影的主题曲选为自由滑曲目，因为申雪的性格就像当年的花木兰一样！

为了冲击2002年在盐湖城举办的第十九届冬奥会金牌，他们从2001年5月，便在教练的指导下，开始冒险练习当时世界最高难度的动作——沙霍夫四周抛跳。

要知道，空中三周抛跳已经够难了，四周抛跳就可想而知了。

第一次练习四周抛跳，赵宏博不忍心，拉着申雪的手在冰场上转了一圈又一圈，迟迟不忍心把她抛出去，直到从不发火的申雪急了，破天荒地冲他发起火来："宏博哥，你到底抛不抛啊？"

赵宏博这才狠心把她高高地抛出去，申雪吓得顿时失去了控制力，就在她慌乱落地的刹那，赵宏博急忙抢上前去用身体接住了她……

赵宏博不忍心再继续抛下去。申雪却要求他继续抛！她知道，每一项抛跳的成功都是摔出来的。

赵宏博只好狠下心来，一次次地抛，申雪一次次地摔，冰场变成了"摔跤场"。

申雪身上被摔得青一块、紫一块，到处是伤。

摔得最重的一次，她身上缠着两斤重的纱布在床上躺了三天。姚教练和队医都来问她，"还行吗"？

她微笑着回答："没问题，过两天就好了。"

教练问她："要不，先别练四周抛跳了？"

"不！一定要练！"申雪说得斩钉截铁。

赵宏博自责自己没有把她抛好。

申雪却说："宏博哥，你别自责！两周跳、三周跳，哪一项抛跳不都是摔出来的？过两天我就能上冰训练了！"

三天后，他们果然又上冰场了，果然又开始了一次次地抛跳，一次次地摔跤，直到熟练地掌握了日后问鼎世界花样滑冰双人滑桂冠的撒手锏——沙霍夫四周抛跳！

然而，命运总爱捉弄人。

在期待已久的2002年盐湖城冬奥会赛场上，申雪、赵宏博在短节目比赛之后排名第3。

双人滑分两套节目，第一套是双人短节目：运动员自选音乐，在2分40秒的规定时间内完成双人短节目的规定动作。第二套是双人自由滑：运动员自选音乐，在规定的4分30秒内完成一套自编动作。裁判员根据运动员在比赛中完成动作的难度、质量、动作编排、音乐配合，以及舞姿、表情、独创性等评定出技术分及表演分。

**申雪、赵宏博的精彩表现赢得了观众的热烈掌声**

在接下来的自由滑比赛中，申雪、赵宏博拿出了他们的撒手锏——赵宏博把申雪高高地抛向空中，她在空中成功地完成了"沙霍夫四周抛跳"，当人们正准备为他们欢呼创造历史之际，已经落冰滑出一段距离的申雪，却忽然脚下一滑，摔倒了！

功亏一篑，只得到一枚铜牌。

一连几天，申雪都打不起精神来。

赵宏博不停地安慰她："别难过，我们还有下一次。下一次我们肯定会夺金牌！"

一个月后，在 2002 年 3 月 20 日本长野举办的世锦赛上，申雪、赵宏博终于获得了"沙霍夫四周抛跳"的圆满成功！

这对牵手十年的合作伙伴，终于夺得了中国花样滑冰双人滑的第一个世界冠军，也是他们运动生涯中夺得的第一枚花样滑冰世锦赛的金牌！

但是，接下来的卫冕冠军之路，却充满了坎坷。

2003年，花样滑冰世锦赛在华盛顿举行。

申雪在赛前练习抛跳时，右脚意外扭伤，顿时不敢动了。队医急忙给她敷冰块、打针，采取急救措施。

申雪扭伤的消息，立刻在运动员中疯传开来："世界冠军申雪，因伤不能参赛了！"

教练和队医都为申雪捏一把汗，赵宏博更是一夜未眠。

第二天早晨，教练和队医敲开申雪的房门，却发现，申雪的脚肿得像馒头似的，正在痛苦地穿冰鞋呢。

申雪说："教练，我只要能穿上冰刀就能比赛……你看，我穿进去了！"

在场的人，都被申雪这种顽强的拼劲儿，深深地打动了。

姚滨教练问她："你能行吗？"

"能行！"

"不疼吗？"

"打上封闭就不疼了！"她不想因自己的意外而痛失这块宝贵的金牌。

队医说："你的脚肿得这么厉害，能参加比赛吗？"

"能！只要不疼就行！上场前，你给我打两针封闭就不疼了！"

说这话时，申雪下意识地瞅瞅赵宏博，赵宏博也在瞅她。两人心照不宣，都不想错失这块宝贵的金牌。赵宏博的眼睛里，充满了对申雪的疼爱，他越来越爱慕这个顽强的小妹妹了。

晚上，申雪在上场比赛前，要求队医给她打了两针封闭针止痛。

当申雪面带微笑与赵宏博手拉着手出现在赛场上时，观众席顿时传来惊讶的赞叹和议论声……

就在教练、领队和队医都为他们高度紧张担心之际，只见申雪、赵宏博却面带微笑，翩翩起舞，时而抛跳，时而托举，时而来一个"沙霍夫四周抛跳"，完美地诠释了堪称经典之作的《图兰朵》全部动作，震撼了全场观众！观众纷纷起立，为他们热烈鼓掌，很多观众都看哭了。

在申雪带伤的情况下，毫无争议地战胜了俄罗斯选手，蝉联了2003年世界冠军！

一位加拿大前双人滑冠军说："我们一致认为这是我们迄今为止，看到的最完美的双人滑表演，如此默契地配合，每个动作、每个细节都做到了极致。这是一套难以逾越的双人滑巅峰之作——除了申、赵他们自己！"

赛后，赵宏博却后怕不已，他知道小雪的右腿打了麻药，整个小腿以下都是麻木的，毫无知觉，完全凭着平时训练的感觉在进行比赛。如果在比赛中出现失误，那后果不堪设想。但申雪却担负着巨大危险，献上了一场精美的演出。

当时，在现场观看比赛的美国国务卿赖斯，看到申雪带伤夺冠，极为感动，赛后给申雪、赵宏博发来贺电，赞扬他们顽强的拼搏精神。这事被美国媒体报道后，轰动一时。

中国驻美国大使杨洁篪，亲自来宾馆看望中国运动员，并向蝉联世界冠军的申雪、赵宏博表示祝贺。

就在他们卫冕世界冠军的第二天，赵宏博和师弟张昊轮流背着申雪，去逛华盛顿，去参观白宫了。

在参观白宫时，一群美国冰迷居然认出了申、赵二人，冰迷们围住他们，激动得热泪盈眶，说他俩的表演太精彩了！还纷纷要求与二人合影。

申雪、赵宏博觉得，在欧美主宰的运动项目里，能有人被他们折服得流泪还是第一次遇到。他们感到无比骄傲，因为他们代表的是中国！

# 六

他们无法接受这个残酷的现实！

他们忘记了身边的人，忘记了是在汽车上，两人忍不住抱在一起失声痛哭……

当申雪、赵宏博满怀必胜的信心，为夺取 2006 年第二十届都灵冬奥会金牌，为实现"大满贯"的梦想，又投入新的训练周期之际，没想到，灾难却接踵而至，不请自来……

2005 年年初，赵宏博左脚跟腱劳损，影响了训练，他们不得不退出 2005 年的花样滑冰世锦赛。

接着，国际滑联推出新规则：不再给高难度跳跃动作加分，使凭借高难度动作征服世界的申雪、赵宏博，一下子失去了高分的优势！

2005 年 8 月 5 日，距离 2006 年都灵冬奥会仅剩半年时间，赵宏博在做外点冰三周跳时，左脚跟腱突然断裂。这对一心想夺取奥运金牌的申雪、赵宏博来说，无疑是晴天霹雳！

那天，申雪因感冒没去上冰，在宿舍里听到这一消息，她脑袋里顿时一片空白，继而心里惊呼："完了！完了！这回奥运金牌又完了！"她哭着向门外跑去……

跟腱断裂对于双人滑运动员来说，意味着什么？

有人说：提前宣告，他们奋斗十几年的奥运金牌梦，彻底破灭了！

苦苦追求的梦想，突然破灭，申雪、赵宏博觉得瞬间失去了一切，见面时，忍不住抱在一起失声痛哭。

他们无法接受这个残酷的现实！

赵宏博在教练和队医的陪同下，来到北京大学第三医院，找到外科专家田大夫，赵宏博第一句话就问："大夫，我还能参加都灵冬奥会吗？"

"放心！我保证让你半年后参加冬奥会！"田大夫回答说。

赵宏博不敢相信，又问了一句："真的吗？"

"当然是真的！"

"太好了！"赵宏博就像溺水者突然抓到了一根救命稻草。

而姚滨教练也长长地吁了一口气。

医生为赵宏博做了跟腱缝合术，为了确保术后的效果，从赵宏博的小腿肌膜上割下一块肌膜，缝在他的跟腱上。

赵宏博对医生说："请给我缝结实点儿，我还要参加冬奥会呢！"

医生给他缝了七十多针，并打上了石膏。

在接下来的日子里，申雪、赵宏博度过了人生最痛苦、最难熬的一段时光……

两人都备受身心痛苦的折磨。

赵宏博躺在病床上，承受着伤痛的折磨及内心的煎熬，想到跟腱断裂的后果，常常有一种要崩溃的感觉。

而申雪无论是睡着还是醒着，眼里总是噙满了泪水。

她梦见赵宏博拉着她的手，在冰场上快乐地滑着，滑着滑着，赵宏博突然摔倒了……

她猛地惊醒了，发现自己满脸是泪，再也无法入睡，望着天花板，喃喃自语："宏博哥的跟腱真能接上吗？他还能参加都灵冬奥会吗？他还能拉着我，一起滑《图兰朵》《胡桃夹子》吗？呜呜……"她蒙着被子呜呜大哭。

清晨，她一个人去训练馆，独自一人上冰训练。看到队友张丹、张昊、庞清、佟健都手拉手地训练，她的泪水又夺眶而出。

她吃不好，睡不好，手机不离身，时刻盼望着赵宏博发来消息。她看到他的好消息会哭，看到坏消息也哭。她脚肿得像馒头似的仍然参加世锦赛、没掉一滴泪的坚强，不知跑到哪里去了？现在却变成了一个林黛玉似的泪人。

但是，在她见到赵宏博的时候却把所有的坏情绪都埋在心底，泪水咽进肚里，带给赵宏博的总是微笑和鼓励："宏博哥，别着急，你很快就会好起来的！我等着你，我们还要参加冬奥会，还要夺奥运冠军呢！""宏博哥，你是最棒的！你一直是我心中的偶像！"

然而，她总是在私下里默默地哭泣。

患难见真情。

通过这次磨难，两个人都意识到：他们的心早已连在了一起，任何力量都无法将他们分开！他们之间越发信赖与珍惜彼此，一个眼神儿，一个微笑，相互之间都能心领神会。

# 七

*为这可爱的姑娘，为多年坚持的梦想，为了祖国的荣耀，我还有什么理由不去努力，不去拼搏，不去奉献一切呢？*

跟腱断了，一般运动员都会选择转业。

赵宏博却在术后麻药劲儿一过，不顾医生的反对，就开始训练了。

脚不能动，就躺在床上练腰腹肌，坐在凳子上练托举。他知道，运动员绝不能让肌肉萎缩。

出院后，赵宏博让申雪陪着他，拄着拐，去健身房进行力量练习。

教练让队医看着赵宏博，不许他开车去滑冰馆。

这天，队医发现赵宏博开车要走，他立刻挡在汽车前面，怒斥道："下来！除非你从我身上压过去！"

赵宏博只好乖乖地下车。

队医又伸出手："把车钥匙交出来！"

赵宏博只好乖乖地交出钥匙。

运动员的这种玩儿命劲头，可敬、可佩，又可怕！也正是这种可怕的拼命劲儿，才能使他们创造出常人难以企及的成就。

就在赵宏博离开冰场的第八十八天，他终于又回到了冰场。只是受伤的左脚跟腱太厚，穿不了原来的冰鞋，特制了一双装有海绵的冰鞋。

一对亲密的战友，又手拉着手，走进了久违的冰场。那种感觉真好，就像鱼儿游回了大海，雄鹰飞回了蓝天，骏马跑回了草原……自由自在，尽情释放。

两个人的眼睛里都闪烁着激动的泪花。他们知道，能重新回到冰场就是胜利，能走进都灵冬奥会赛场，就是更大的胜利！

可是，停止训练了三个月的运动肌体，想重新调动起来进入以往的训练状态，却是异常艰难。

术后的赵宏博，对跟腱断裂的外点冰三周跳动作，心存阴影，甚至有点恐惧，一次次总是做不好。申雪就让他一遍遍地反复做，反复放音乐。

很少发脾气的赵宏博，破天荒地发火了。

"你总是逼我，要是我跟腱再断了，我就再也不能滑冰了！"

申雪也毫不客气地回一句："你跟腱不是没断吗？没断就得练！你不是要参加冬奥会吗？你不练，我们拿什么去参加奥运会？"

一句话，把赵宏博说得哑口无言。

其实，为了克服赵宏博的心理障碍，申雪让他一遍遍地做着外点冰三周跳，她也很心疼。转头又微笑着对赵宏博说："宏博哥，你别生气，我也是为你好。如果你举起我时感觉动作不稳，没必要再像过去那样保护我，尽管把我扔出去。我摔一下没关系，只要你不受伤就行！"

赵宏博深知申雪是一位又善良又无私的好姑娘。在以往的训练中，他们总是为对方着想，总是千方百计地保护对方，很怕给对方带来伤害。

听到这番话，赵宏博心里很是感动，心想：为了这么好的姑娘，为了对我们寄予厚望的祖国，我还有什么理由不去努力拼搏，不去奉献一切呢！

# 八

跟腱断了半年后的赵宏博，携手申雪，奇迹般地出现在都灵冬奥会的赛场上，继续上演着他们美轮美奂般的追梦人生……

2006 年 2 月 13 日晚，当赵宏博携手申雪，出现在都灵冬奥会的赛场上，以常人难以想象的顽强，战胜了导致他跟腱断裂后外点冰三周跳的心理障碍，完美地完成了全套动作，博得了全场一阵阵热烈的掌声！

然而，申雪却在自由滑的节目中，因担心宏博哥的伤脚出问题，心里过分紧张，在平时从不失误、百分之百成功的动作上，却出现了失误，最终只获得了一枚铜牌。

但这枚来之不易的铜牌，其意义却远远超过了一般意义上的奖牌。

它使一对携手十四年的伙伴，彼此靠得更近，使两颗朝夕相处的心，紧紧地贴在了一起……

赵宏博搂着自责哭泣的申雪，安慰她说："别难过，我们还有明年，还有下一次……"

"还有明年，还有下一次……"这是他们经常用来安慰对方的一句话。

明年是他们的希望，下一次是他们的奋斗目标！

而且，他们从没有让对方失望，更没有让祖国失望……

这次也是一样。

2007年，申雪、赵宏博先后夺得了本年度的世锦赛、四大洲锦标赛、NHK杯、花样滑冰大奖赛总决赛等六项大赛的六个冠军。第三次夺得世锦赛冠军之后，这对牵手十五年、27岁与32岁的搭档，迈出了人生中重要的一步。

2007年3月21日晚10点，在日本东京代代木体育馆，伴随着一曲《沉思》的音乐，申雪、赵宏博身穿灰蓝色服装，这是姚滨教练亲自给他们设计、缝制的，飘逸而轻盈，滑起来就像一对美丽的蝴蝶，你追我赶，在银色的世界里翩翩起舞，时而飞快，时而舒缓，时而被腾空抛起，时而携手同行，十五年的逐梦历程，十五年如梦如幻般的友情、爱情，艰难而无悔的追梦人生，都浓缩在这短短几分钟的自由滑节目里了。

而此刻，只有一个人坐在教练席上，不时地拭着眼角的泪。他知道，这将是两位爱徒最后一场告别演出，这次世锦赛之后，他们就将退出国家队了。

然而，令姚滨教练没想到的是：

当《沉思》乐曲结束，申雪、赵宏博圆满地完成了全套动作，全场观众起立为他们欢呼喝彩时，只见向观众深深鞠躬谢幕的赵宏博，忽然转向申雪，右膝单腿跪地，向申雪做出一个西方式求婚的姿态……

姚滨教练愣住了。

申雪也稍显懵懂，因为原本节目的编排中并没有这个动作。但她立刻像以往一样，心领神会，配合赵宏博也跪了下来，两人跪在冰场上紧紧地拥抱……

赵宏博向申雪送去深情的一吻，并用英语小声说道："我爱你……"并不知情的观众，报以热烈的、经久不息的掌声。而中国记者、队员们，也高兴得欢呼雀跃起来……

对这场浪漫的求婚仪式，赵宏博没有告诉任何人，连申雪都没告诉。他想给她一个惊喜，却给了她一个"惊吓"。申雪当时并没有理解赵宏博的浪漫，而是出于十几年来的默契，配合他的动作也跟着跪下来，并接受了他深情的一吻。

下冰后，申雪、赵宏博来到姚滨教练面前，三个人都热泪盈眶，紧紧地拥抱在一起。

三个人都在为第三次夺得世锦赛冠军而感到高兴，也为即将到来的分别而深感不舍。

申雪和赵宏博深知与教练十五年来的合作，受益良多。其感情之深，不是父兄，却胜似父兄，不是父女，却胜似父女！

当天晚上，回到住地，赵宏博对申雪歉意地说："小雪，我没有事先告诉你，是想给你一个惊喜！我觉得，没有比今天这个特殊的时刻向你求婚，更美好、更有意义的了！"

申雪却笑道："这是一个美丽的误会！我当然很高兴。"

"小雪，你愿意嫁给我吗？"

"宏博哥，我当然愿意……不过，你得给我补一枚求婚戒指……"

"没问题！统统满足你！"

说完，二人张开双臂，紧紧地拥抱……

这对"冰上情侣"的恋情，不仅瞒着媒体，也瞒着各自的家人。直到媒体公布了赵宏博在世锦赛冰场上向申雪浪漫式求婚的消息之后，一直为他俩操心的双方父母，才得知这一准确消息，别提有多高兴了。双方父母早已成为朋友，早就认定这两个孩子是最完美的一对。

姚滨却说："宏博事先并没告诉我，他下跪我都不明白是什么意思，还以为是他们结束运动生涯的仪式呢！如果宏博早告诉我，我一定让播音员在现场宣布这一喜讯，让全世界的观众都来分享他们的幸福！"

当时，时任东京世锦赛解说嘉宾的世界冠军伊藤绿，在记者招待会上说："中国的申雪、赵宏博，改变了花样滑冰双人滑历史，虽然他们没有得到冬奥会的金牌，但并不影响他们创造了属于自己的时代！"

# 九

这对冰上情侣所创造的真正奇迹，才刚刚开始——

世锦赛之后，这对花样滑冰名将暂时告别了国家队。

2007年5月28日，他们领取了结婚证，开始了新的生活。

这对新婚夫妇，并不像一般人那样，带着三次夺得世锦赛冠军的光环，去度蜜月，去遨游世界，去享受从未享受过的人生幸福时光……而是跟随着"冰上之星"表演团，到世界各地去演出。在晶莹剔透的冰场上，这对中国冰上伉俪，伴随着优美的音乐旋律，翩翩起舞，上演着精美绝伦的冰上芭蕾，把"罗密欧与朱丽叶"演绎得如梦如幻，看得西方人如醉如痴，热泪盈眶。

然而，簇拥他们的并不都是鲜花和掌声，还有他们离开运动队所面对的复杂社会……

两人从小在运动队中长大，只知道训练和比赛，形成一种单纯、阳光下竞争的性格。第一次面对复杂的社会，复杂的人心……这是他们在运动队从未遇到过的。现实的复杂性，远远超过了他们长这么大所经历的总和！

过去，他们只知道训练比赛，既单纯，又守规矩，根本无法应付精于算计、以金钱为目的的演出公司。无奈之下，他们只好求助于法律，将前经纪人及演出公司告上了法庭，两起官司，都以他们获胜而告终。

在赢了两起官司之后，赵宏博在接受记者采访时说："我和小雪都在运动队长大，对复杂的社会根本不了解。这两场官司都赢了，觉得很开心，使我们远离了烦恼，也使我们长了不少见识！"

跟随"冰上之星"表演团期间，他们不仅获得了鲜花和掌声，还获得了西方观众的高度赞誉，经常在国外媒体上出镜。申雪、赵宏博还登上了著名刊物《环球人物》的封面，他们成了世界名人。

然而，无论光环多么灿烂，多么耀眼，都驱不散赵宏博心中那份永远无法淡去的遗憾，永远忘不了他心中没有实现的梦想……

多少个夜晚，他彻夜难眠，思绪经常驰骋在几届冬奥会的赛场上——

1998年，第一次参加长野举办的冬奥会，两人进入了前5名。

为备战2002年盐湖城冬奥会，两人成功地掌握了最高难度的"沙霍夫四周抛跳"，为此，申雪摔了无数个跟头。比赛中，申雪在空中圆满地完成了"沙霍夫四周抛跳"，已经平稳地落地了，却意外摔倒，距离金牌只有一步之遥，只获得一枚铜牌。

为了第三次冲击奥运金牌，他战胜了常人难以想象的跟腱断裂，半年之后，携手申雪，奇迹般地出现在2006年都灵冬奥会的赛场上，并且完美地完成了全套动作。然而，申雪又在自由滑节目中意外摔倒，又与金牌擦肩，又获得一枚铜牌。为此，申雪不知流了多少泪。

他和申雪成了冬奥会上的"千年老三"。

然而，他们多么不甘心当这"千年老三"啊！

他忘不了，姚教练曾对他讲过第一次参加冬奥会，倒数第一的那种耻辱……

他忘不了，姚教练对他语重心长说出的那番话："你在双人滑方面很有潜质，你才18岁，将来肯定会大有作为！不仅要冲出亚洲，而且要冲向世界最高的领奖台！"

"冲向世界最高的领奖台！"不仅是教练的梦想，也是花样滑冰几代人的梦想，更是祖国人民对他们这些花样滑冰运动员的期望！

可是，梦想却一直未能实现。他和申雪一直背着"千年老三"的遗憾。

没拿到冬奥冠军，是他终生的遗憾。

因为他和申雪完全有能力拿到这枚奥运金牌，只是由于偶然因素，使他们一次次地错失良机。所以，他俩心灵深处一直隐藏着重返奥运赛场的冲动，一心想冲上那座"世界最高的领奖台"……

因此，两年来，他们通过到世界各国参加明星表演团的巡回演出，一直保持着不错的竞技状态，严格地控制体重，并在演出中，不断提高自己的艺术表现力，目的就是重返奥运赛场……

2008年年末，申雪和赵宏博正在北美巡演，演出间歇，赵宏博和申雪一边喝着咖啡，一边闲聊。

宏博说，他睡不着觉时经常想起国家队，想起在国家队的生活真好，虽然训练很苦、很累，但大家很单纯，很快乐，肩负着为祖国争光的重任，觉得自己很了不起，很有成就感！

申雪开玩笑地问他："下辈子要是还让你当运动员，你还干不干？"

"当然干！而且还选你做我的搭档！"赵宏博话题一转，以玩笑似的口气说道，"不仅是下辈子，这辈子我还想再干呢！"

听到这句话，聪慧过人的申雪，顿时明白了赵宏博内心的真实想法，于是说："宏博哥，如果你真想归队，我会全力支持你的！"

这真是一对灵魂的伴侣，彼此心灵相通，十分默契。

"知我者莫过于我的爱妻也！"

赵宏博拉起申雪的手，进行了一场长时间的正式谈话。

赵宏博认真地说："小雪，我一直在考虑，趁着我们还年轻，还有体力，我想重返国家队，最后一次征战冬奥！不拿到这块奥运金牌，我感到终生遗憾！因为我们完全具备夺取奥运冠军的能力！"

"宏博哥，我一切都听你的！你说咋办就咋办！"

"那好！那我们就重返国家队！"

"好！我听你的！"

于是，申雪、赵宏博在与国家队领导和教练进行深入沟通之后，做出了重返国家队的决定。

2009年5月4日上午，国家花样滑冰队召开了隆重的动员大会，会议有三项内容：（1）欢送男单花样滑冰名将李成江及一对双人滑运动员退役；（2）宣布申雪、赵宏博正式归队；（3）为备战 2010 年温哥华冬奥会向全体队员进行动员。

会场上，领导这边宣布 19 岁的双人滑女队员退役，那边却宣布 36 岁的赵宏博携着 31 岁的申雪正式归队……

大家都以为申雪、赵宏博归队，是回来当教练，而不是来当运动员。

当听到赵宏博的发言，大家都惊呆了。

"虽然，我们离开国家队两年多了，但心里却从未离开过国家队！一看到你们我感到格外亲切。当我穿上绣有'中国'二字的队服，一种发自内心的自豪感与责任感顿时油然而生！为国家征战的愿望，强烈地呼唤着我们，感召着我们！于是，我们回来了！再次回来征战冬奥会，承担起为祖国争光、为民族争光的使命，我们感到万分荣幸！我们将全力以赴……"

听到这里，全场顿时响起热烈的掌声。

就这样，申雪、赵宏博以运动员的身份重返国家队。

一个 31 岁，一个 36 岁，与国家队的年轻队员相比，差十几岁，甚至二十岁，不是大哥、大姐，而是可以当叔叔、阿姨了。

他们却以运动员的身份，住进了各自的宿舍，跟着年轻队员一起，开始了第四次备战冬奥会的新征程……

赵宏博知道，他们这次决定回来参加冬奥会，不仅是对自己体能与技术的考验，也是考验他们面对失败的勇气与承受力，考验他们遇到各种困难都必须全力以赴坚持到底的决心……

**十**

**超人的毅力，辉煌的成绩！**

回队第二天，申雪、赵宏博就开始了高强度的训练。

从周一到周六，全天训练，只有周日调整一天。他们拒绝众多媒体的采访。即使赵宏博过生日，仍然用高强度的训练方式来庆祝。

刚参训那段时光，赵宏博的身心压力非常大。毕竟 36 岁了，身体和精神都备受煎熬，浑身肌肉痛，就像重新长肌肉似的。而且，四年前左腿跟腱断裂动了手术，左腿机能明显下降，整个一条腿疼痛难忍，无论是训练还是休息都在痛。但他咬牙挺着，不吭一声！

同样，申雪也经历了重返训练的痛苦，但她知道宏赵宏博比她更难，年龄更大，跟腱又断裂过，所以，她总是不断地鼓励他，二人相互鼓励着，渡过了这道痛苦的难关。


世界级优秀运动员那种不达目的誓不罢休的拼搏劲儿，是常人难以想象的。

天道酬勤，不负韶华。这句千古名句正是对申雪、赵宏博夫妇的真实写照。

他们于 2009 年 5 月归队，表现出惊人的毅力，继而表现出更加令人惊叹的竞技状态——

2009 年 10 月，他们在国际滑联举办的中国站、美国站比赛中摘得了桂冠，并在总决赛中以总成绩 214.25 的高分获得了总冠军。


2010 年 2 月 12 日，终于迎来了在温哥华举办的第二十一届冬奥会，花样滑冰比赛是在温哥华太平洋体育馆进行的。

2 月 15 日上午，双人滑短节目比赛正式开始。

第一个出场的就是申雪、赵宏博，对运动员来说，第一个出场并不利，裁判一般不会给打出高分。但对这对携手十八年、四次征战冬奥，把美好青春乃至一生都献给了他们所酷爱的花样滑冰夫妇来说，并不在乎，因为他们早已成竹在胸！

他们进场前，举起双拳，轻轻相击，微微颔首，以示鼓励。随后，音乐响起，伴随着《渴望永生》，这首曾红遍全球的皇后乐队创作的世界名曲，二人携手，滑向了十八年来追逐的梦想，滑向了如梦如幻般的爱情世界，滑出了他们辉煌而自豪的高光时刻……

"如果爱情终将凋零，谁会渴望永生？请用你的双唇吻干我的泪，用你的指尖触碰我的心，这样我们就能相亲相爱到永久。如果此刻即永远，谁会渴望永生？"

这首世界名曲，就像特意为他们二人所作，在二人精彩绝伦的演绎下，又焕发出风靡全球的新生！

比赛结束，掌声雷动，76.66 分！

不仅超过了他们二人历届花样滑冰国际大赛的最好成绩，而且，创下了国际滑联的历史新高！

短节目结束后，他们领先第二名德国名将萨维琴科、索尔科维 0.7 分，暂居首位。距梦寐以求的奥运金牌，只差咫尺之遥。

在接下来 2 月 16 日进行的自由滑比赛中，他们是最后一个出场，身穿一套"中国红"的表演服，一出场亮相，就展现出舍我其谁的雄心与金牌必得的霸气！

二人踏着意大利作曲家阿尔比诺尼著名的《G 小调柔板》音乐，相偎相依，相伴相随，永不分离。

他们不是在比赛，而是在晶莹的冰场上，用灵魂书写着人生，演绎着他们在冰上相识、相恋、相伴、相守的传奇……

一曲终了，掌声雷动，经久不息！

　　继而，二人泪流满面，跪拥在冰场上，紧紧地拥抱……

　　这是他们在运动生涯中演出的最后一套比赛节目，也为双人滑留下了一套经典之作！

　　少顷，他们起身拉手，一起跑向教练席，去拥抱一直支持和关爱他们的领导和教练……

　　总分数出来了，216.57分！

　　第二十一届冬奥会花样滑冰双人滑冠军——中国运动员申雪、赵宏博！

　　申雪、赵宏博与教练紧紧地拥抱在一起……

　　为了这一天，他们苦苦奋斗了十八年！

　　为了这一天，他们四次征战冬奥会！

　　为了这一天，申雪、赵宏博迟迟没有要孩子……

申雪、赵宏博和他们的女儿

中国终于打破了俄罗斯在冬奥赛场上四十六年的垄断！37 岁的赵宏博和 32 岁的申雪，也因此成为 1924 年以来年龄最大的冬奥双人滑冠军！

更加令人惊喜的是，中国运动员庞清、佟健，以 213.31 分的成绩，获得一枚宝贵的银牌！

两面五星红旗同时升起在花样滑冰的冬奥赛场上，这是中国在冬奥会上从未有过的高光时刻！

他们知道，这也是由于国家对体育的高度重视，为运动员创造了优越的训练条件，才使他们创造了今天。

赵宏博说："没有国家队的全力支持，没有教练、队医、后勤团队的大力支持，就没有我和小雪的今天……这枚奥运金牌是属于全体中国花样滑冰人的！"

2010 年 2 月 18 日，申雪、赵宏博正式宣布退役。

鲜花与掌声之后，他们走上了不同的岗位，但他们仍在为中国花样滑冰事业贡献着力量。

申雪当选为中国花样滑冰协会的首任主席，共青团北京市第十四届委员会常务委员会副书记，北京市第十五届人民代表大会代表。赵宏博当选为中共十八大、十九大代表，并于 2017 年接替了功勋教练姚滨的中国花样滑冰总教练职务，2020 年获得"全国先进工作者"等荣誉称号。

令他们感到最欣慰的是：在 2022 年北京举办的冬奥会上，韩聪、隋文静再次夺得了双人滑奥运金牌。

赵宏博和申雪为此激动不已，他们看到了中国花样滑冰队后继有人。这也是一种传承吧！

他们希望有更多青少年投入到冰雪运动中去，强健体魄，为中华民族伟大复兴而贡献力量！

体育强则中国强，国运兴则体育兴！

# 第四篇 创造奇迹的高光时刻

## ——自由式滑雪男子空中技巧冬奥冠军**韩晓鹏**

韩晓鹏说：

"没有一件事情可以一步登天，所有的结果都有一个积累的过程，这个过程就叫作坚持！"

国家体育总局局长刘鹏讲：

"今天晚上，韩晓鹏创造了两个奇迹：第一个奇迹是实现了中国运动员在冬奥历史上男子项目金牌零的突破；第二个奇迹是实现了中国男子在冬奥历史雪上项目金牌零的突破！两个突破，是多少代人努力的结果，凝聚着多少代人的心血和奉献！多年以来，空中技巧的教练员、运动员，默默无闻地在冰天雪地中训练，甘于寂寞，甘于艰苦，甘于为祖国奉献，今天终于结出了丰硕的成果！这将是中国冰雪健儿在冬奥赛场上新的里程碑！"

2002 年，在美国盐湖城举办的第十九届冬奥会上，中国短道速滑运动员杨扬，一举夺得了短道速滑女子 500 米及 1000 米的两项冠军，为中国在冬奥历史上实现了金牌零的突破，从而刮起了中国短道速滑的旋风，开创了中国短道速滑的新时代！

2006 年 2 月 23 日，在意大利都灵举办的第二十届冬奥会自由式滑雪男子空中技巧的决赛现场，巍峨的阿尔卑斯山，见证了中国滑雪健儿创造历史的伟大时刻——

2006 年，韩晓鹏获得第二十届都灵冬奥会自由式滑雪男子空中技巧比赛冠军

韩晓鹏，身穿带五环旗的中国红色队服，胸前印有 7 号号码，以优美的姿态凌空一跳，跳出了他人生的辉煌，跳出了祖国的荣誉，跳出了中国运动健儿几十年来所追求的梦想。

他把中国人的名字，第一次刻在这个项目的金牌榜上；把中国男运动员的名字，第一次写入了冬奥冰雪项目冠军的史册……

当韩晓鹏夺得自由式滑雪男子空中技巧那枚宝贵的奥运金牌之后，他挥舞着双拳，冲着世界发出了一声巨吼："啊——我终于赢了——"

现在，让我们回溯一下这位 23 岁的小伙子，曾走过一段怎样的追梦人生——

一

父母双双下岗。

爱好体育的父亲，发现儿子在技巧方面有天赋，于是，让儿子早早地走上一条艰难的追梦之路……

采访中，我发现韩晓鹏讲话的声音洪亮，说一口豪放而粗犷的东北话，丝毫不像南方人。

他告诉我，他并不是北方人，而是江苏沛县人。

他出生在江苏省徐州市沛县一个普通的工人家庭。父亲韩波和母亲董广侠，都是沛县粮食系统的工人。后来国企改制，众多国企职工纷纷下岗。全国粮食系统大减员，韩晓鹏的父母也双双下岗。他们跟许多下岗工人一样，在改革大潮中艰难地寻找着新的生活出路。他们先后生了两个男孩儿，韩晓鹏是长子。为了生计，父亲韩波借了七八万元的外债，买了一辆旧的大卡车，跑起了长途运输。

我发现，这个在冬奥赛场上叱咤风云的冰雪骄子，也是一个来自底层普通家庭的苦孩子。他们生命的底色充满了艰辛与不甘，因此，一心要拼出一番天地来，要用青春和热血，书写出自己辉煌的人生乐章！

韩晓鹏，1983年12月13日拂晓出生。

父母看他是一个男孩儿，又是拂晓出生，就为他取名"晓鹏"，意在迎着拂晓的曙光，大鹏展翅，鹏程万里！希望孩子将来能有出息，成为一个顶天立地的男子汉，一个大有作为的人，能为韩家带来美好的生活！

说来也巧，父母为他所取的名字，恰巧与他辉煌的人生有着惊人的"巧合"——大鹏展翅，鹏程万里，一举创造了中国在冬奥史上的辉煌，不仅改变了他个人的人生，而且也改变了他家庭的命运！

江苏沛县，是一个历史悠久、文化底蕴丰厚的县城，被称为"大汉之源"，传承着独特的汉文化，是汉高祖刘邦的故乡。刘邦带兵出征，击败了淮南王，得胜回军途中，途经故乡沛县，曾举杯高歌，以帝王之豪气，吟出了千古之绝唱《大风歌》：

"大风起兮云飞扬。威加海内兮归故乡。安得猛士兮守四方！"

如今，这首千古绝唱已成为沛县的珍贵遗产。这里的大人、孩子，都能背诵汉高祖刘邦的这首大气磅礴、有着忧国忧民情怀的《大风歌》及《鸿鹄歌》：

"鸿鹄高飞，一举千里。羽翮已就，横绝四海。横绝四海，当可奈何？虽有矰缴，尚安所施？"

除此，沛县还是一个闻名遐迩的"武术之乡"，也被称为"技巧之乡"。

这里曾向国家队输送了 17 位技巧世界冠军。国家技巧队在这里设有训练基地。

2019 年，全国技巧冠军赛在沛县举行，沛县体育中学，在全国技巧冠军赛中，竟夺得了 15 金 5 银的好成绩。

韩晓鹏就出生在这样一个历史文化底蕴深厚、有着武术之传统的南方县城。

故乡独特的文化，培养了韩晓鹏独特的个性，培养了他独特的追求。

## 二

**在懵懂无知的孩童时代，父母的选择常常决定着孩子的命运。**

韩晓鹏这只大鹏，从小却是一个爱动、爱玩、蔫儿淘，不爱说话，不爱写作业，让母亲操心的家伙。他上学以后，母亲每次检查他的作业，都会听到两个字："没写！"

一听这话，性格急躁的母亲顿时大发脾气，甚至动手打他，逼着他写作业。可他却屡教不改，下次回答母亲的，还是两个字："没写！"

对晓鹏抱有莫大希望的父母，像天下所有的父母一样，希望孩子能好好学习，将来考上大学能有出息。

可是，最让父母头疼的还不是晓鹏不爱写作业，而是他不爱吃饭，从小就得了"厌食症"，一让他吃饭他就喊肚子疼，比吃药都难。母亲做什么好吃的，他都不感兴趣。他平时的饭量还不及同龄孩子的一半，因此，身材比同龄孩子都显得瘦小。

人们都知道，人是铁，饭是钢，孩子正是长身体的时候，不爱吃饭将影响孩子的发育。为了解决晓鹏的吃饭问题，父母费了不少脑筋，可一直都没有好的办法。

沛县是全国有名的武术之乡、技巧之乡，街头巷尾，经常看到折跟头、打把式的孩子。

韩晓鹏 6 岁那年秋天，一天傍晚，在外干了一天活的父亲，拖着疲惫的身子回家了，发现一帮孩子正在家门口翻跟头比赛呢。晓鹏也在其中。

父亲发现，这个不爱吃饭、不爱写作业的家伙，翻起跟头来倒显得既灵活又轻盈，而且跑跑、跳跳都冲在众多孩子前面。

父亲觉得儿子能跑、能跳的劲头，是遗传了他的基因。他在体育方面很有天赋，当年，曾在江苏省举办的运动会上，百米比赛跑了 11 秒多，还得过奖呢。在晓鹏三四岁时，他经常带着晓鹏去跳蹦蹦床，晓鹏在同龄孩子中，总是跳得最高、最勇敢，也玩得最开心！

看到晓鹏折跟头、打把式的架势，一个大胆的想法突然在父亲的脑海里闪过：这个不爱吃饭、不爱写作业的家伙，也许将来是块搞武术技巧的料呢。不如把他送到体校去锻炼，起码能让他多吃点饭吧！

一位未来的奥运冠军，就是这样起步的……

当天晚上，韩波就跟妻子商量，决定把晓鹏送到业余体校技巧队去训练，让孩子多学一门本事，将来也多一条谋生的出路。还说孩子训练累了，就能多吃饭了。

韩波有个同学叫刘德镇，就在沛县业余体校技巧队当老师，他决定去找这位老同学，把儿子送到他那里。

韩波是一位做事果断、很有责任心的父亲。

第二天，他就带着韩晓鹏来到沛县业余体校技巧队，找到他的同学刘德镇，并对他说明了来意。

到了体校训练场，生来爱动的韩晓鹏就瞪着那双童真而跃跃欲试的眼睛，立刻被眼前折跟头、打把式的场面吸引住了，恨不得自己也上去露一手！

刘德镇老师问韩晓鹏："你喜欢技巧课吗？"

他立刻回答："喜欢！"

刘老师又问他会做什么动作，让他做两下给老师看看。

韩晓鹏毫不犹豫，立刻来几下踢腿，又来了两个侧手空翻。

看到晓鹏的表现，韩波心里很是高兴，觉得儿子毫不怯场，也许将来真能在这方面有所发展。

刘老师也露出了满意的笑容。根据他多年的训练经验，他觉得这个孩子无论是心理素质还是动作的灵敏性都不错，很有搞技巧的潜质。

刘老师又问晓鹏："你愿意来体校技巧队训练吗？"他知道，爱好是最好的老师。如果孩子自己不喜欢，家长逼着他来训练，即使孩子来了，对训练也会有抵触情绪，也不会有出息。

"愿意！"韩晓鹏立刻爽快地回答。

"不过，这可不是来玩！"刘老师郑重地说道，"而是来训练，每天早晨五点半就要到学校出操，下午两点来训练，你能坚持下去吗？"

韩波急忙瞅瞅儿子，只见晓鹏绷着小脸，斩钉截铁地说："能！"

虽然看到儿子的态度很坚决，但父亲的心里还是有些担心。他知道，来这训练可不能三天打鱼两天晒网，说来就来，说走就走！而且，每天早晨五点半就要准时来出操、训练，长期下去，孩子能坚持住吗？

出了校门，韩波就对晓鹏说："晓鹏，从今往后，你一个人天天跑这来出操、训练，我和你妈都没时间陪你，你能坚持下去吗？"

"能！"话语不多的晓鹏，又说了一个字。

就这样，6岁的韩晓鹏走进了沛县业余体校的技巧队，像许多怀揣梦想的孩子一样，开始了他漫长的训练生涯，开始练习技巧中所包含的腰、腿、跟头、柔术、钢丝等各种项目的训练。

8岁时，他便成为业余体校技巧队的正式学生，刘德镇就是他的老师。

## 三

中国的父母是世界上最优秀、最无私的父母。为了孩子的前途，他们可以不惜一切代价，可以舍弃一切，多苦多累都毫无怨言。

一个6岁孩子说出的话，尽管信誓旦旦，但真正做起来，可不是一件容易的事。

孩子的天性爱玩。

开始，韩晓鹏对出操、训练还蛮有兴趣。早晨早早地爬起来，一个人跑到体校去出操，下午去训练。别家孩子都是由父母或爷爷、奶奶接送，而他却是自己跑来跑去，好在体校离家不远。

自从他参加了体校训练，跟大家一起翻跟头、打把式、跳蹦床等练习，他知道饿了，回家还没等进门，就冲着母亲大声嚷嚷："妈，我饿了，我要吃饭！"

母亲看着儿子吃起饭来狼吞虎咽的样子，像小饿狼似的，心里很是高兴，再不用为儿子厌食的问题发愁了。

可是，韩晓鹏毕竟是个孩子。

孩子的天性是贪玩、好奇、没长性，注意力不能长时间集中在某个动作或某件事情上。但技巧队的训练却恰恰相反，必须不断地重复一个动作，单调而枯燥，直到把这个动作练会、练好，练得炉火纯青，方才罢休。

而且，韩晓鹏很有技巧方面的天赋，动作一学就会。这反倒使他童趣的好奇心得到满足之后，对枯燥的训练渐渐失去了刚来时的热情和兴趣。

　　早晨要来出操，上午要上文化课，下午要训练，他觉得又累又乏味。所以，训练时经常偷偷跑出去打台球……

　　而且，随着年龄的增长，随着他在技巧训练中渐渐崭露头角，他的性格也变了，不再像过去那么沉闷、蔫淘，而是变得爱惹事，爱张扬，为此，老师没少批评他。

　　刘德镇老师曾对韩波说过，晓鹏这孩子在技巧方面很有天赋，动作灵巧，心理素质好，好好训练将来肯定能有出息。老师的这番话越发给韩波以鼓励，他对晓鹏抱有莫大希望。

　　有一次，父亲韩波开着那辆借钱买来的旧卡车，从沛县跑了一趟四川，开了几天几夜的车。当他筋疲力尽地回到沛县，却没有马上回家，而是直接来到体校，想来看看儿子的训练情况。

　　当韩波来到训练场，瞪大眼睛在队员中找了好几遍，却不见儿子的身影，心里顿时疑惑起来：这个家伙怎么没来训练？是受伤了，还是……

　　他急忙找到刘德镇老师，从老师那里得知，韩晓鹏根本没来训练。

　　韩波揣着一肚子火气开车往家走，心想自己借了那么多的外债买了一台旧卡车，拼死拼活，没黑夜没白日地跑长途运输，不就是为了这个家，为了孩子将来能有出息吗？可是，这个调皮的家伙居然贪玩旷课……

　　他想，等晓鹏回来以后，一定好好教训教训这个不争气的家伙！

　　在路上，他看到一帮孩子在路边玩耍，只见他们嘻嘻哈哈、你追我赶，玩得特开心、特快乐，却不见晓鹏。

　　看到这一幕，作为父亲的他心里忽然产生一种歉疚感：是啊！晓鹏也是个孩子！按理说，晓鹏也应该跟眼前这帮孩子一样，尽情地享受他们童年的快乐！可我却把他送进了体校，让他一边读书，一边接受严格的训练……

的确，好多运动员的训练，都是从童年开始的，体操、乒乓球、武术、技巧……不仅是体育，好多事业都是从儿童抓起的，比如，钢琴、背古诗词、书法……人类竞争越来越激烈，好多事情都要从儿童抓起。

为了孩子将来能有出息，父母只好强忍着对孩子的这份疼爱，让孩子早早地开始了各种训练，参加各种培训班。有的父母不忍心孩子受这份苦，只好半路退却了。

这天晚上，当韩晓鹏玩完台球跑回家来，又冲着母亲大声嚷嚷肚子饿时，却发现桌子上摆着饭菜，父亲却躺在床上睡着了，而且响起了震耳的鼾声。

晓鹏坐在餐桌前，又像小饿狼似的狼吞虎咽。

母亲却在一旁唠叨起来，说爸爸跑了几天几夜的长途货运刚回来，家都没回，就跑到体校去看你训练，可你却不在……

得知父亲去体校找过自己，晓鹏心想：坏了！这回肯定逃不过挨训，甚至屁股会挨板子了！

他知道父亲跑长途运输很辛苦，有时十天半月才能回来一趟。他更知道，父亲对自己有着很大的期望，可他却不好好训练，跑出去打台球……

吃完饭，他急忙回到自己房间提心吊胆地写作业，却迟迟不见"暴风雨"的到来，在不知不觉中，他趴在桌子上睡着了，不知母亲什么时候把他抱上床的。

第二天早晨，晓鹏早早地按时起床去体校出操，蹑手蹑脚地向门外走去，很怕惊醒了父亲。到门口却发现，父亲出车穿的那双旧皮鞋却不见了。

母亲告诉他，爸爸又早早地出车走了。

母亲还告诉他，爸爸来你房间看你睡得很香，不忍心吵醒你。他让我叮嘱你，让你好好训练，将来才能有出息！

听到母亲的这番话，晓鹏心里很是歉疚，觉得对不起父亲，他第一次告诫自己：不能再胡混了，一定要好好训练！否则，对不起父母……

一天傍晚，训练结束了，晓鹏跟着队员们一起往家走，好多人都被爷爷、奶奶或父母接走了。有的父母是开车来接的。

晓鹏刚出校门，忽然听到父亲的喊声："晓鹏！"

晓鹏急忙循声望去，只见路边停着一辆旧大卡车，父亲坐在驾驶室里正冲他招手呢。

他又惊又喜，急忙向父亲跑去……

当他被父亲整天握着方向盘的粗糙大手拉上高高的货车驾驶室，坐在副驾驶的座位上时，他感到特别自豪，不断地向路边被父母领着的同学招手，向同学们显摆，心里在说：你们看我爸爸开车来接我了！你们看我爸爸开车来接我了！

尽管父亲开的并不是别人家那样的轿车，而是拉货的大卡车，还是旧的，但对晓鹏来说，却胜过了那些宝马、奔驰、凯迪拉克……

因为，这是父亲第一次开车来接他。他心里感到无比自豪，也无比骄傲！

父亲看出了儿子的小心思，歉意地说："咱家没钱，这辆旧卡车还是借钱买的呢。等爸爸以后挣钱了，一定买一辆小车……"

"不！爸爸！"晓鹏却打断了父亲，"等我长大以后挣大钱了，一定给你买辆小轿车！"

父亲却苦笑着，说："孩子，爸爸不要什么小轿车，爸爸只希望你将来能有出息……"

"爸爸，你放心！我将来肯定能有出息！"晓鹏信誓旦旦地说道。

父亲就想听到儿子的这句话，他的眼眶湿润了。

当孩子年幼无知，还不懂得前途为何物时，能遇到一双慧眼，无论是父母还是老师，能发现孩子身上潜在的天赋与才能，并引导他走上追梦的人生，那么，这个孩子是幸运的！

韩晓鹏虽然出生在一个并不富裕的家庭，但却有一位对家庭、对孩子高度负责的父亲，还有一位严厉而善良的母亲。他们在孩子懵懂无知、顽皮淘气的年龄，发现了孩子身上的特长，并不惜一切代价送他到体校去学习锻炼，从而引导孩子走上一条追梦之路……

## 四

一位优秀教练，一旦发现了有前途的好苗儿，就会像淘金者发现了金矿，采参者发现了多年的老山参，要不惜一切代价地把它弄到手。

有人说，韩晓鹏能登上世界体坛的最高峰，是因为他遇到了三位恩师：一位是他在技巧方面的启蒙教练刘德镇；一位是后来的外籍教练达斯汀·威尔逊；另一位则是带了他多年的"妈妈教练"杨尔绮。

杨尔绮，一名滑雪运动员出身的女教练，28岁任吉林省高山滑雪队教练，在1976年第三届全国冬运会上，已近而立之年的她，以运动员和教练员的身份参赛，获得了高山速降滑雪和高山滑雪小回旋两项冠军。1993年，她被调入沈阳体育学院，任自由式滑雪空中技巧队教练，好几位自由式滑雪名将都出自她的门下，韩晓鹏、李妮娜、邱森、张鑫、郭心心、王姣……她把一批批运动员送进国家队，送上世界的领奖台。之后，她又重新招收小队员，继续培育一批批新人。她对运动员的关爱，就像母亲对孩子一样，所以，大家都亲切地称她"妈妈教练"。

1995年7月，在沈阳体育学院任教的杨尔绮，准备组建自由式滑雪空中技巧二队，到全国各地去选拔有培养前途的运动员苗子。

经人推荐，她来到武术之乡江苏沛县。因为自由式滑雪的空中技巧项目与体操及技巧动作有许多相通之处，所以她决定来这里选拔。

这位年近半百的女教练，来到沛县体校技巧队，只见一帮生龙活虎的小家伙在她面前翻跟头、打把式、弯腰、劈腿，从她眼前一一闪过。她这双"阅人"无数的独特慧眼，一眼就相中了正在翻跟头的韩晓鹏。

只见他动作灵活、轻盈，做起动作来毫无惧色，可见他的身体素质好，弹跳力好，心理承受力强，有着良好的训练功底，是一个搞自由式滑雪空中技巧不可多得的好苗儿！

要知道，教练的人生价值，是通过培养运动员来实现的。因此，她决心把这个小家伙挖到手，带他去沈阳对他进行专业培养。

杨教练问韩晓鹏几岁了，来体校技巧班训练几年了？

韩晓鹏说他 12 岁，6 岁来的，练 6 年了。

杨教练又问他愿不愿意去沈阳体育学院，跟她学自由式滑雪空中技巧？

当时，并不知自由式滑雪空中技巧为何物的韩晓鹏，出于天生好奇，立刻说："愿意！"

杨教练却担心他父母不同意，孩子这么小就离开家，怕家长不放心。她在刘老师的带领下，专程去拜访韩晓鹏的父母，做他们的思想工作。

她说，她搞体育多年，根据她的经验，觉得韩晓鹏在空中技巧方面很有天赋，是一个搞自由式滑雪空中技巧不可多得的人才！如果不让他接受专业训练，就太可惜了。

"所以，我准备将这个孩子带去沈阳，让他加入我正在组建的自由式滑雪空中技巧二队，让他一边读书，一边训练。"说到这里，她担心韩晓鹏的父母不同意，便加重了语气，郑重地说："请你们相信，我向你们正式承诺，我一定要对这孩子负责，要把他培养成世界冠军！"

听到杨教练的这番话，韩晓鹏的父母简直不敢相信自己的耳朵，他们正为这个"不争气"的儿子前途发愁呢。没想到，突然天降这等好事，他们高兴还来不及呢，岂有不同意之理？

韩波急忙说："杨老师，我们相信你，把孩子交到你手里我们一百个放心！你可以把他带走，他要不听话，你就打他、骂他，我们全没意见。孩子就交给你了！"

韩波知道，他这个儿子并不是省油的灯，从小就蔫淘，现在大了，越来越愿意惹事，动不动就跟队友动起拳脚，并不是一个好管教的家伙。现在居然有教练相中了他，还说他是一个难得的好苗儿。谢天谢地！夫妻俩求之不得。

听到晓鹏父亲说出这番话，杨教练急忙说："请你们放心，我也是母亲！我绝不会打他，我会像母亲一样照顾他，把他培养成为祖国争光的世界冠军！晓鹏，你有没有这份信心？"她转头问站在一旁的韩晓鹏。

韩晓鹏急忙信誓旦旦地说了一句："有！"

"好！咱们一言为定！"

杨教练向韩晓鹏伸出手来，紧紧地握住了韩晓鹏的一双小手，这一握就是八年，直到韩晓鹏被选进了国家队……

# 五

### 从一句承诺到冬奥冠军，他经历了怎样的艰难历程？

当时正值夏天，韩晓鹏穿着一双 20 元钱买来的回力牌运动鞋，跟着父亲兴高采烈地来到沈阳体育学院。

当他第一眼看到七八层楼高的训练跳台，下面还有一个大水池，心里顿时惊呼起来："我的妈呀，咋这么高啊！"

当时，沈阳体育学院的训练条件很差，自由式滑雪空中技巧队没有标准的训练跳台，只有一座人工搭建的钢架台，上面铺着塑料布，下面是水池，这就是技巧运动员夏天训练的场地了。

第一次看到这么高的跳台，既不会滑雪，又不会游泳，更不会轮滑的韩晓鹏，吓得半天没说话。

父亲韩波心里也打起鼓来：这么高的跳台，孩子要是从上面掉下来，那可就……

他不敢再想下去，对韩晓鹏悄声道："要不，咱不干这个了。咱回去吧！"

此刻，站在一旁的杨尔绮教练，正用那双寄予厚望的眼睛，注视着韩晓鹏……

只听韩晓鹏说了一句："既然来了，还是留下来试试吧。"

听到这句话，杨教练心里微微松了一口气。

性格决定命运。韩晓鹏从小就有一股天不怕、地不怕的"虎"劲儿，从不甘心轻易败下阵来，所以决心留下来试试。父亲只好尊重儿子的意见。

于是，12岁的韩晓鹏被杨尔绮老师以特殊人才选进了沈阳体育学院，成为一名学生，也成为该校自由式滑雪空中技巧队年龄最小的队员，开始了他的追梦人生。

对韩晓鹏来说，自由式滑雪空中技巧是全新的项目，滑雪、跳台，甚至是游泳，做各种空中技巧翻腾动作，一切都要从头学起。

第一次从高高的跳台上往水池里跳，他双腿发软，心想：这么高，我跳下去会不会淹死？但他看到老队员都一个个地跳下去，只好壮着胆子硬着头皮也跳了下去。

有了第一次，就不怕第二次、第三次了。

到了冬天，教练带着队员们跑到长白山、亚布力深山里去训练。当时，条件很差，没有旅店，大雪封山，交通不便，吃住就在老百姓家里。对韩晓鹏这个南方出生的少年来说完全不适应，他常常躲在墙角里偷偷地抹眼泪。

杨尔绮教练不仅要负责年少队员的训练，还要照顾他们的冷暖穿戴、饮食营养。孩子正是长身体的时候，营养要跟上，杨教练经常把韩晓鹏叫到她的家里改善伙食。每当看到他情绪低落，就找他谈心，给他讲奋斗者的故事，讲世界冠军的故事，像母亲一样关爱他。

韩晓鹏虽然是江苏人，但性格却不像南方人那么温和，到沈阳体育学院不久，就学会了东北男人那种仗义，讲哥们儿义气，为哥们儿"两肋插刀"的鲁莽劲儿。

用他自己的话说，成了一个标准的东北"糙老爷们儿"，经常为哥们儿"两肋插刀"！

为此，杨教练没少为他操心，最严重的一次，学校要开除他——

这天下午，韩晓鹏又被杨教练叫到家里。每次去她家，要么是改善伙食，要么就是挨批评。他知道这次去肯定不是什么好事，因为前两天他又惹祸了，把一名学生给打了，家长要求他赔偿医疗费呢。

韩晓鹏来到杨教练家，发现杨教练不在，只有她爱人戈炳珠教授在家，他是沈阳体育学院的教授。夫妻俩在沈阳体育学院有着很高的威望。

韩晓鹏问戈教授杨老师去哪儿了。

戈教授没有正面回答他，而是让他坐下跟他"闲聊"起来，问他父亲借的外债还完没有？

韩晓鹏说没还完。

戈教授又问："那你这次打人的医疗费怎么办？还跟你父亲要钱吗？"

韩晓鹏顿时无语，不知该如何回答。

戈教授又问："晓鹏，我问你，杨老师把你从沛县选拔到沈阳体育学院，你父亲是借钱买的卡车，辛辛苦苦地跑长途运输挣钱供你，这一切都是为了什么？"

"……为了我将来拿世界冠军。"韩晓鹏低着头嗫嚅道。

"不！"戈教授严肃起来，郑重道，"他们首先要培养你做一个遵纪守法的人！如果一个人不能约束自己，整天惹是生非，打架斗殴，连学业和训练都无法完成，那么，他还拿什么去夺世界冠军？"

一听这话，韩晓鹏恍然大悟，急忙抬起头来，惶恐地看着戈老师，问道："戈老师，是不是学校要开除我？"

　　戈教授没有正面回答，而是说："你刚才问我杨老师去哪儿了。我告诉你，她去向被打的学生家长赔礼道歉，去找校领导为你担保，否则……"

　　他没有说下去，而韩晓鹏眼里已噙满了泪水，拖着哭腔说："戈老师，请你求求杨老师，求求学校千万别开除我！我不能离开滑雪队，更不能离开杨老师……杨老师对我比我亲妈都好！呜呜……"他抱头大哭起来。

　　而这一切，被早已进门的杨尔绮教练看在眼里……

　　只见戈教授起身拍拍韩晓鹏的肩膀，说道："别哭了，抬头看看吧。"

　　韩晓鹏懵懵懂懂地抬起头来，发现杨老师站在自己面前，他一头扑到老师怀里，就像迷路的孩子突然见到母亲一样，抱住杨教练失声痛哭："杨老师……我、我再也不打架了……你千万别开除我……呜呜……"

　　杨教练早已泪流满面，说了一句："孩子，我相信你。"

　　杨教练叫了他一声"孩子"。

　　在杨尔绮眼里，他的确是个孩子。十几岁的少年在她眼里，就像她的孩子，对他们百般呵护。所以，大家都亲切地称她为"妈妈教练"。

　　此刻，站在一旁的戈教授，一直用欣慰的眼神望着这对"母子"。

　　韩晓鹏在"妈妈教练"的精心培养下，终于长大了，成熟了。

　　1999 年，16 岁的韩晓鹏被选进了国家队。

　　2003 年，韩晓鹏换了外教，已身在国家女队任教的杨尔琦教练，从未放松过对这个"儿子"的关心与管教。

<h1 style="text-align:center">六</h1>

**功夫不负有心人。**

**不鸣则已，一鸣惊人！**

经过多年的拼搏，让教练操心的懵懂少年，终于成长为羽翼丰满的大鹏，从2000年开始，一连三年获得全国锦标赛及全国冠军赛的冠军，成为中国自由滑雪空中技巧项目的领军人物。就等有朝一日，这只大鹏将展翅到世界赛场上去搏击长空、鹏程万里了！

然而，命运从来不会按照你的设想出牌。

韩晓鹏玩儿命地拼了四年，正期待着2002年2月在美国盐湖城举办的第十九届冬奥会上大显身手。然而，他却在训练中意外摔伤，右膝关节前十字韧带和内侧副韧带断裂。此刻，距离盐湖城冬奥会还剩半年时间。父亲陪着他去北京三院进行了打钢钉手术。

18岁，风华少年，正准备大展宏图，却躺在了病床上，心情跌到了谷底，从6岁练技巧到今天，足足拼了12年，却遭遇到这样的事情，他甚至想到了退役……

父母极力安慰他，让他振作起精神。

教练和领导也极力鼓励他，战胜伤病，是对每个运动员的考验。

杨教练问他："你我之间的承诺是什么？"

"拿世界冠军……可是老师，我还能跳吗？"

"当然能跳！这点伤算啥？哪个运动员没受过伤、哪个运动员没住过院、哪个运动员没在病床上躺过？你给我振作起来，别灰心丧气，我们不仅要跳，而且还要跳出世界冠军来！"

听到"妈妈教练"的这番鼓励，本像霜打的茄子似的韩晓鹏，立刻打起精神，嗫嚅着问道："教练，你说我……我真还能跳吗？"

"废话！"

在领导和教练的鼓励下，韩晓鹏很快走出了阴霾。而且，他不想成为冬奥会的"看客"，决心参加六个月后在美国盐湖城举办的第十九届冬奥会。因此，他在病床上便开始了训练。

一个优秀运动员都有这种玩儿命的劲头，自由式滑雪空中技巧项目，更要有这种玩儿命的劲头。尤其那些世界顶级的运动员，他们所表现出的顽强精神，是常人难以想象的。否则，他们不可能冲上奥运冠军的领奖台！

六个月之后，在韩晓鹏的强烈要求下，腿上打着钢钉，他走上了盐湖城的冬奥赛场，在比赛中仅排名第 24。

这个成绩很差，但对第一次参加冬奥会的韩晓鹏来说，却觉得别有一番收获：觉得自己经历了一次奥运大赛的历练。而且，这还使他充满了信心："我带伤能跳成这样，要是不带伤，再好好准备四年，下一届冬奥会，说不定能拿枚奖牌呢！"

冬奥会之后，他右腿韧带的伤还没好，又恢复了三个多月。三个月之后，他重新回到了他心爱的雪场，又开始备战四年一届的 2006 年在都灵举办的冬奥会。

2004 年，国家体育总局冬季运动中心为了提高运动员的训练水平，也为了备战 2006 年都灵冬奥会，请来了加拿大外籍教练达斯汀·威尔逊和辛迪。当时，中国的空中技巧队多名队员受伤，大家的情绪比较低落。外教的到来，带来了科学的训练方法，调整了大家的情绪，使队伍的精神面貌焕然一新。

威尔逊任中国自由式滑雪空中技巧队总教练，他总是鼓励大家："你们是最棒的，你们要对自己充满信心！"

拼了四年，终于迎来了 2006 年在都灵举办的第二十届冬奥会。

赛前，中国队给韩晓鹏的任务是：冲进前六名。

在预赛中，他却以 250.45 分的成绩，排在了第一位，成为这届冬奥自由式滑雪空中技巧比赛中的一匹黑马！

但他知道，预赛中高手们对自己的动作都有所保留，都会把最难的动作留在决赛。

在决赛的前一天晚上，中国领队、教练、外籍教练，以及国家体育总局冬季运动中心的领导，通宵未眠，开会研究韩晓鹏的决赛方案：

如何在确保韩晓鹏没有心理压力的情况下，去冲击男子滑雪空中技巧的这块金牌？

——这是中国队的重中之重！

中国队自 1980 年参加冬奥会以来，26 年过去了，在冰雪两个类别的大项上，中国男运动员却没有获得一枚金牌。短道速滑女将杨扬和王濛都夺得了金牌。在刚刚结束的中国自由式滑雪女子空中技巧决赛中，有着夺金希望的女队，李妮娜只获得了一枚银牌，又与金牌擦肩而过。所以，这块夺金的重任，就落在韩晓鹏身上了。

自由式滑雪空中技巧项目，难度大，稳定性差，在比赛中，很容易发生意外。谁具有良好的心理素质，谁能保持平稳的竞技心态，谁就能笑到最后。

会议整整开了一宿，天快亮了才结束。

经过教练与领导的经验与智慧的碰撞，最后决定，为韩晓鹏在决赛中设计出两套方案。

决赛要进行两次跳，为他设计的第一跳方案，难度系数为 4.425；第二跳方案，则难度系数降为 4.175。

当时，韩晓鹏的主要夺金对手是白俄罗斯的达辛斯基，他的两次跳难度系数都是 4.425。

教练们考虑，高难度未必有高稳定性。所以，为韩晓鹏设计的第二跳难度降为 4.175，以确保他的稳定性。

正是这次英明的决策，使中国夺得了这枚宝贵的金牌。

这一夜，韩晓鹏也经历了有生以来，从未有过的失眠之夜。以往，他心理素质好，什么大赛都照睡不误。但这次，他却浑身冒汗，翻来覆去，满脑子胡思乱想：我要失败了怎么办？我要赢了又怎么办……直到天快亮了，才小眯了一会儿。

2月23日，当地时间20：30分，决赛开始了。

因韩晓鹏预赛排名第一，被排在最后一个出场。

他站在等待席上，看着选手们一个个地冲向高高的跳台……

他看到倒数第二个出场、夺金呼声最高的白俄罗斯选手达辛斯基，跳出了完美的第一跳，得了131.42的高分。

而韩晓鹏的第一跳，则得了130.53分，比达辛斯基低了0.89分！

这个分差，使达辛斯基兴奋不已，接下来的第二跳，只要他发挥稳定，金牌肯定到手！他甚至拿出了准备好的国旗……

然而，有着坚强的意志，有着良好心理素质的韩晓鹏，却对自己说：我从未在国际大赛上得过金牌（最好成绩是世界杯的银牌），我今天来就是跟你拼的！我能拼上冬奥会的领奖台就是赢！来吧！拼了！此刻不拼更待何时？

为自己松绑，是运动员在赛场上一种良好的心理素质表现，只有放下包袱，没有心理负担，才能赛出好成绩。

于是，韩晓鹏带着轻松与平静，以弱手拼强手的心态，最后一个登场了。

只见他高举双手，以最快的速度冲向跳台，随即腾空而起，就像一只矫健的雄鹰，在空中完美地完成了横轴翻转三周，再加转体三周的动作……

从起跳、空中翻腾，到最后落地，完成得相当漂亮！裁判给出的技术最高分达6.9分。

韩晓鹏获得全场总分最高分250.77分！周围顿时响起了欢呼声："中国赢了！中国夺金了！"

欢呼声震撼着阿尔卑斯山，也震撼着所有中国人的心……

此刻，白俄罗斯选手悄悄地收起了预备好的国旗，而韩晓鹏却把鲜艳的五星红旗高高地举起，奔向教练席，与教练和领队紧紧地拥抱……

而此刻，他最想拥抱的就是杨尔绮教练。但她没有在现场，正陪着获得银牌的李妮娜领奖呢。

当杨教练得知韩晓鹏不负众望，终于拿下这枚宝贵的奥运金牌时，她忍不住热泪盈眶。

她对记者说："我特别激动，韩晓鹏这孩子我带了他八年。我是看着他长大的，他能拿到这块金牌，实属不易！这块金牌，是他的梦想，也是我的梦想，更是中国队的梦想！多年的辛酸苦辣，此时此刻化成了两个字：值了！"

而此刻，远在万里之外的中国沛县，守在电视机前的韩晓鹏家人，正为他欢呼庆祝呢！

今天，从未在世界大赛中夺得过金牌的韩晓鹏，竟在冬奥会上夺得了这枚宝贵的金牌，完成了中国冰雪项目的两大突破！

真是"十年不鸣，一鸣惊人"！

在这届冬奥会上，中国以 2 金、4 银、5 铜的成绩列第 14 位。


当韩晓鹏带着这枚沉甸甸的金牌凯旋，在鲜花与掌声的簇拥下，回到北京，各种奖励也随之而来。

他给家里打去电话，第一句话就对父母说："爸、妈，我这次所获得的奖金，就可以还上父亲借的全部外债了！今后，希望爸爸不要再那么操劳了！"

他还告诉父亲，一汽大众奖励他一台速腾轿车，他准备送给父亲。

听到这一消息，父母激动得满脸泪水。

从小让父母操心的儿子，终于出息了，懂事了。他不仅为国家争了光，也改变了家里的经济状况。

接下来，韩晓鹏向父母说出一个重大决定。

他说，他之所以能走到今天，在东北投身训练这么多年，戈炳珠、杨尔绮夫妇对他的恩情，就像他在东北的父母，无论是训练还是做人，都是他的人生导师，是他们把他这个爱惹是生非的懵懂少年，培养成了一名优秀的运动员，一名冬奥冠军！所以，他决定认他们为干爹、干妈，希望父母能同意。

在沛县的风俗里，"认干亲"是一件严肃而认真的事：两个家庭一旦确定了"干亲"关系，就意味着"儿女联姻"或结为"世交"了。

看到儿子如此懂事，夫妻俩非常高兴。

他们叮嘱晓鹏，人要懂得知恩、感恩，对杨教练夫妇的恩情一定要报，对其他教练，对领队、对国家队，也要知恩图报！

都灵冬奥会之后，韩晓鹏又拼了四年，取得过世锦赛金牌等优异成绩。2007 年，他光荣地加入了中国共产党。2010 年 2 月，27 岁的他因身体原因宣布退役。

离开雪场，他感到迷茫，不知该去往何方。

是工作，还是去学习？

他考虑干运动员这么多年，文化底子差，决定去恶补文化知识。2010 年他去北京体育大学读书。2011 年 3 月，又赴美国威斯康星大学学习，用运动员的毅力，一点点地啃着书本……

毕业后，他被分配到国家体育总局冬季运动管理中心，先后担任自由式滑雪空中技巧国家青年队领队、自由式滑雪雪上技巧国家队领队、竞赛工作办公室副主任等职，一直在为中国的冰雪运动发展而努力工作着。

他说："运动生涯改变了我的人生，金牌改变了我的命运。今后不管干什么，我都会保持着运动员的本色，不服输，不惧困难，越是困难越向前，把自己有限的生命，全部投入到体育事业之中！"

## 刀尖上的追梦人生

第五篇

### ——短道速滑冬奥冠军武大靖

在中国群星灿烂的奥运明星中，有一颗星格外引起我的关注，因为他来自我的故乡——黑龙江省佳木斯市；

来自我和爱人曾经追梦的冰场；

来自我们许多冰友曾经奋斗过的地方……

他就是中国短道速滑领军人物武大靖！

2018 年，在韩国平昌冬奥会上，武大靖夺得了短道速滑男子 500 米金牌，并打破了世界纪录，为中国男子短道速滑夺得了首枚奥运金牌！

2022 年，在北京冬奥会上，由武大靖、任子威、范可新、张雨婷及曲春雨组成的中国队，夺得了北京冬奥会的首金——男女 2000 米混合接力项目的冠军！

武大靖在 18 年的滑冰生涯中，共夺得 62 枚金牌，29 枚银牌，26 枚铜牌。

他是中国的骄傲，更是故乡的骄傲，也是几代老滑冰运动员的骄傲！

一

如此辉煌的成绩，是天赋的恩泽，还是执着而倔强的个性使然？

从陪练到冬奥冠军，再到党的二十大代表……

这一切，又告诉了我们什么？

2018 年，武大靖获得第二十三届平昌冬奥会短道速滑男子 500 米比赛冠军

树高千尺也忘不了根。

说到佳木斯，我内心充满了深深的感激之情，所以下起笔来，自然带着深切的情感。

那里是我的故乡，是我追梦的摇篮，也是我实现梦想的地方。

当年，佳木斯被称为"东北小延安""革命文化的摇篮"。因为佳木斯是最早被解放的北方城市，很多文化名人从延安到这里工作过。

佳木斯地处东北亚经济圈的中心，是三江平原的政治、经济、文化中心和交通枢纽，拥有 5 个国家一类口岸。这里拥有亚洲最大的湿地——

三江湿地，是国家级自然保护区，有大片肥沃得能攥出油来的黑土地。从松花江乘船顺江而下入黑龙江，可直达俄罗斯远东最大的城市哈巴罗夫斯克……

佳木斯留给我最深的记忆：冬天，天寒地冻，哈出一口气就能结成一团冰雾。但孩子们却穿着不系扣的棉袄，鼻子下淌着两条"过河"的鼻涕，在松花江边打冰尜、打冰爬犁、滑脚划子，玩得特开心。而一群冬泳爱好者，则穿着泳裤，跳进被砸开几十米长的冰冷的江水里，人们看得浑身直起鸡皮疙瘩，而冬泳者却在冰水中激浪前行，自由潇洒，享受着冬泳带来的快乐。

到了夏天，你将看到江边成群结队的游泳爱好者，跳进松花江里畅游、横渡。人们划着小船桨，伴随着一阵阵歌声，在江中穿梭："让我们荡起双桨，小船儿推开波浪……"

当年，去松花江里划船、游泳是我的最爱。每当休息日，爱人就划着小船跟在我身边，我在江里畅游，游累了就爬上小船歇一会儿。那是我青年时代最美好、最快乐的时光。

清晨，你会看到松花江边一伙伙晨练的人群，迎着朝阳，跑步、打拳、唱歌，最多的则是跳广场舞。全国兴起的广场舞，就是从佳木斯传出去的。

我去采访武大靖父母的第二天早晨，在江边散步，一对长得很帅气、很精神的中年夫妇，忽然叫住了我："张老师……"

我惊讶地发现，原来是武大靖的父母，穿一身运动装在江边跑步呢。

武大靖，就出生在这样一个众人爱锻炼、爱生活的北方城市，出生在一个普通的工人家庭。父亲武志卫，是工农玻璃厂的工人。母亲吕玉香出生在农村，后来进城，经人介绍与武志卫结为夫妻，同公婆住在通江街一间20多平方米的东西屋里，过着平静而并不富裕的生活。

父亲武志卫内向，不善言辞，最大的爱好是钓鱼。母亲吕玉香则恰恰相反，性格开朗，能说善讲，人也长得漂亮，开干洗店，家里外头是一把好手。

1994 年 7 月 24 日下午 5 点，一个小家伙踢蹬着两条有力的小腿，"呱呱"地落地了。

父亲翻字典给儿子起了个名字，大靖，意思是安静、靖默。没想到却恰恰相反，这孩子从小就特淘气、好动，除了睡觉没有消停的时候。

当我采访大靖母亲吕玉香及启蒙教练李军时，吕玉香第一句话就说："大靖这孩子，从小没少挨打，扫帚疙瘩打坏了好几个！我真后悔，不该那样打孩子……"

我却笑着安慰她："别后悔，要不是您严加管教，大靖也许不会这么有出息呢。"

她说："大靖从小就特淘……"

于是，一个顽皮、淘气而又倔强的孩子形象，就这样呈现在我的眼前……

大靖从小就爱动，手里总爱拎根棍子或炉钩子之类的东西，见啥抽啥；走路蹦蹦跳跳，见啥踢啥；爱说俏皮话，热心肠，爱替别人打抱不平；贪吃，半夜醒来发现一个苹果，也要把它吃掉。5 岁那年就偷偷跑江边去玩，被父亲用鞭子狠狠地抽了一顿屁股，从此再不敢擅自去江边玩了。

父母看他爱动，6 岁那年把他送到私人办的武术班学武术，正符合他爱动的性格。

8 岁时，该上学了，他却坐不住板凳，很淘气，老师多次来找家长。为此，母亲没少打他。爷爷、奶奶却非常疼爱这个宝贝大孙子，奶奶经常把挨打的孙子搂在怀里，心疼地抚摸着孙子被打得一道道印子的屁股，却说："淘丫头出巧的，淘小子出好的！我大孙子将来肯定会有出息！"

爷爷、奶奶的期待还没有成为现实，但武大靖从小所显露出来的倔强个性，却在他后来的追梦人生中，起到了至关重要的作用——

倔强而执着，坚决捍卫自己的名誉！

为荣誉而战！

为成功而玩儿命！

这就是武大靖从小彰显出的个性，充分体现了那句人生格言："性格决定命运。"

的确如此。

## 二

一个懵懂少年的梦想，从一个冬天的凌晨 4 点钟开始……

大靖 10 岁那年冬天，像许多贪玩的孩子一样，那颗好动而竞争意识极强的心，却被电视里播放的短道速滑运动员李佳军、杨扬他们在冰场上你争我夺的场面深深地吸引了。

他觉得滑冰好玩，滑起来悠悠的，比汽车都快！而且，还能出国比赛，为国争光，升国旗，奏国歌，多带劲哪！

他的小脑袋里忽然突发奇想："我要学滑冰！我也要为国争光，升国旗，奏国歌！"

于是，他向母亲提出要去体校学滑冰。

父母本不想让他去滑冰，希望他好好读书，将来考个好大学能有出息。再说，家里并不富裕，买一副冰刀、冰鞋要花好多钱呢。

但是，父母最终还是尊重了孩子的意愿，花去父亲两个多月的工资，给大靖买了一副比他脚大很多的轮滑鞋。考虑孩子的脚长得快，买大点能多穿几年，还给他买了冰刀、刀套、磨刀架、磨刀石等全套工具，全力支持他。

这天，母亲带着兴致勃勃的大靖来到佳木斯体校，找到体校教练李军。

大靖开口就说："老师，我想学滑冰，我想当冠军！"

李军看着眼前这又黑又瘦的小男孩儿，忍不住笑了，问他几岁，会不会滑冰？

大靖回答："10岁。不会滑冰！可我很快就能学会！"

李军说："滑冰很苦，早晨4点钟就得来冰场训练，白天你要去学校上课，能坚持下去吗？"

"能！"

"那好，明天早晨4点钟，我在冰场等你……"

一个懵懂少年的梦想，就从这个冬天的凌晨4点钟开始了。

北方的冬天，零下二三十摄氏度，天还没有大亮，路灯幽暗，马路上行人寥寥，一个瘦小孩子的身影，跟着母亲，蹦蹦跳跳地向他所向往的冰场跑去……

当时，佳木斯没有室内冰场，业余体校的条件很差，冰场旁边有一个临时搭起的棚子，棚子里安着一只简易的铁炉子，供家长和孩子们取暖、休息。

灯光昏暗的冰场，就是李军带领二十多名小队员追逐梦想的地方……

大靖是队里年龄最小的孩子，不会滑冰，加之冰鞋又大不合脚，第一天上冰，摔了一百多个跟头。全冰场就他一个瘦小的身影，在冰场上跟头把式地摔着。母亲看到儿子的狼狈样儿，眼泪都下来了，甚至后悔不该让孩子来滑冰。

大冷的天，凌晨3点多钟就从被窝里爬起来，别说一个10岁的孩子，就是成年人能坚持下去都不容易，不少孩子和家长都因太苦而退却了。而且，爷爷、奶奶心疼大孙子，也极不赞成大靖去学滑冰。

大靖每天一大早就从被窝里爬起来，母亲看着儿子天天缺少睡眠，很是心疼，几次劝说儿子："滑冰太苦了，要不咱就别去练了！"

武大靖知道，妈妈是在心疼他。

其实，母亲吕玉香内心很矛盾，她希望大靖能打退堂鼓，但她又深知惯子如杀子，干任何事都必须吃苦。

一天早晨，大靖身体有些不舒服，但他照样起个大早。这回母亲吕玉香却不让他去了，看着大靖一起床就守在门口，没等大靖出来就用扫帚阻在门外，并厉声道："大靖，我告诉你，当初，我和你爸不想让你去滑冰，可你坚决要去！我俩省吃俭用给你买了想要的冰鞋、冰刀，支持你……而且，为了离冰场近点儿，还给你转了学校，不就是让你少遭点罪嘛！可你倒好，学起滑冰来不要命了！今天必须听妈的，等你身体好了，再去冰场。今天我也不送你了，你实在要去你就自己去吧！"说完，赌气地把扫帚一扔，转身走出门去，一股冷风从外面呼地吹进来。

母亲并没有拦住这个倔强的儿子，大靖第一次一个人去了冰场。

这件事却令母亲难过了好一阵子。

听了母亲的一番话大靖知道父母的不易，这更让他变得懂事了。大靖心里明白了一个浅显而深刻的道理：无论做什么，都必须能吃苦，坚持下去，否则将一事无成！

从那以后，大靖再也没有让母亲接送，而是自己定好闹钟，凌晨三点半准时起床，背起冰刀就向冰场跑去。训练完了，六点半再跑回家来吃饭，然后去上学。

母亲看着儿子瘦小的身影，匆匆地消失在昏暗的路灯下，常常心疼得流下泪来。但她知道，绝不能惯孩子，否则会坑了孩子。

李军教练说，武大靖进队时，是全队年龄最小的，也是队里最调皮、最淘气的一个。每当大靖淘气时，李军就用冰刀套抽他的屁股，挨了打的大靖冲教练调皮地做着鬼脸。

但是，武大靖却是李军心中最寄予厚望的队员。

他觉得，武大靖虽然身体素质不是全队最好的，滑冰技术也不是全队最突出的，但是，这个孩子却是全队最能吃苦、最认真、最有头脑的一个……

每天清晨4点，

武大靖少年时期滑冰时的照片

李军带着队员开始训练，武大靖瘦小的身影跟在全队最后，总爱摔跟头。队员们开他玩笑，说有武大靖在后面扫冰场，就不用扫冰工人了。

武大靖却在心里暗暗发誓："等着瞧！有你们撵不上我的那天！"

的确，大靖的进步很快，很快就从最后一个撵上来了！

但没人知道，武大靖的冰鞋太大，双脚早已磨出了血泡，血泡化脓结痂，一连好多天都脱不下袜子，双脚都变形了。

当母亲发现大靖变形的双脚，心疼得哭了，抱着大靖的双脚，嗔怪道："你这孩子，咋不告诉妈呢？这样会感染的，要不……"

她却没有说出下半句话。

当李军教练看见武大靖变了形的双脚，也很惊讶，让大靖回家休息。可是，第二天清晨，李军看见大靖又出现在冰场上，他心里很是感动，心中默默地断言："这孩子将来肯定错不了！"

的确，李军的断言没错。

武大靖的滑冰技术提高得很快，不久，就从最后一名"扫冰者"变成了前面的领滑者……

再后来，他开始崭露头角，第一次参加全国小学滑冰比赛，就获得了第三名。

三

背井离乡，只为了追求心中的梦想。

进国家队多年，却无权参加国际比赛，而是做女子短道速滑队的陪练。

在他艰苦的奋斗历程中，经历了怎样的磨炼与煎熬？

2007年5月，江苏省短道速滑队到全国各地选拔人才，在佳木斯体校相中了13岁的武大靖，并向他发出邀请，说南京的训练条件好，有室内人工冰场，请大靖去江苏省队当专业运动员。

有室内冰场，当专业运动员，顿时吸引了武大靖。他决定放弃学业去南京搞专业，父母只好尊重了他的选择。

于是，13岁的武大靖带着李军教练的叮嘱、父母的牵挂，满怀憧憬地踏上了南去的列车……

可是两年后，江苏省队却解散了。

武大靖没了去处，只好跟随吉林来的朱雪松教练去了吉林，成为吉林市冬季运动管理中心的一名运动员。

这期间，武大靖第一次回家，父母看到已长成1.82米的儿子，几乎不敢认了，抱住他，哽咽得半天说不出话来。

2011年9月，在全国短道速滑联赛长春站男子5000米接力决赛中，武大靖代表吉林冬季管理中心队获得了冠军。

后来，16岁的武大靖又被临时组建的国家青年队选中。可是不久，国家青年队解散，武大靖只好又回到了吉林。

从 13 岁到 16 岁，从佳木斯到江苏，从江苏又折腾到吉林，从吉林又来到国家青年队，从国家青年队又回到吉林……

这期间，在一次比赛中，武大靖与他人相撞，脚踝被冰刀划伤，还缝了好多针。

写到这里，我不由得感慨万千：一个十几岁的孩子，在短短的几年时间里，折腾了四五个地方，换了好几位教练，吃的苦头自不必说了。如果没有顽强而执着的信念，没有超人的毅力和志气，没有对滑冰的酷爱，是不可能坚持下去的！也正是这种超乎常人的追求与信念，才使他走到今天……

2010 年 11 月，在全国短道速滑比赛中，武大靖在赛场上的表现，被中国短道速滑主教练李琰相中了。

李琰发现，在这个少年身上有一股不服输的拼劲儿，有一股为争冠军而玩儿命的劲头！这对运动员来说是非常宝贵的。于是，她破格调他进了国家短道速滑队。

进国家队，对武大靖来说是梦寐以求的，终于实现了童年的梦想。他以为，这回他就可以代表中国出去参加世界比赛，能为国争光了！

然而，国家队人才济济，他的成绩还不具备参加国际比赛的能力，只是一个二线队员，给国家女队当陪练，这一当就是两年。

当时，每当女队员从他身边超越时，都用戏谑而调皮的目光转头瞅瞅他，那意思再明白不过了。

武大靖的自尊心，每天都受着打击，心里就像压着一块大石头，压得他喘不过气来。

他甚至怀疑自己：我到底是不是滑冰的料？

但他倔强的性格又让他不肯服输，心里暗暗较劲：我就不信，我永远干不过你们？

他知道短道速滑名将李佳军，也曾给国家女队当过五年的陪练……

李佳军的时代，中国短道速滑集训队 15 名队员，只有他一个男生。当时条件有限，一般都是女队员出国参赛，李佳军平时主要任务就是当陪练。

李佳军却说："能给世界冠军当陪练也是光荣的，也在为国争光呢。"

武大靖却在心里暗暗发誓：我绝不甘心永远当陪练！更不甘心看着人家出国比赛，而自己却留在家里当看客……

他知道，要想提高成绩，别无选择，只有拼命苦练，认真提高滑跑技术，让成绩为自己说话！

于是，当李琰教练带领国家队出国比赛时，武大靖留在队里训练。他一有时间就向其他教练请教滑跑中的问题，然后自己练……

有一天晚上，他竟然累得昏倒在空寂无人的冰场上，半个多小时才醒过来。

记得一位革命者，在写给他母亲的信中，有这样一句话："把我献给祖国吧！"

我想用这句话来描写我们的冰雪健儿："把我献给冰雪运动吧！"

的确，这些酷爱冰雪运动的孩子，从小就在冰天雪地里滚爬，把自己的童年、少年，乃至美好的青春，都献给了所酷爱的冰雪事业。他们跌倒了爬起来，摔伤了治好伤重新奔向冰场，不为别的，就为了追逐心中那个美好的梦想！

冰雪是寒冷的，但对冰雪健儿来说，却充满了常人难以理解的火热。因为冰雪蕴藏着冰雪健儿的血与泪、伤与痛、追与求！蕴藏着他们至高无上的荣誉与使命，也蕴藏着他们无怨无悔的青春与梦想！

看吧！

这就是冰雪运动员执着得近乎痴迷的心！

# 四

**他的玩儿命劲头，终于迎来了运动生涯的春天。**

**在李琰教练的精心指导下，他从一名陪练成长为国家队的主力队员，不久，又成为中国男子短道速滑的领军人物，被国际滑联称为短道速滑之王！**

2013年，武大靖第一次参加短道速滑世界杯索契站比赛，在男子1000米决赛中，夺得了国际大赛中的第一枚金牌，并在2014年世锦赛上获得了500米冠军。

2015年，在世界短道速滑锦标赛男子500米决赛中，武大靖实现了在世锦赛上的卫冕。在短道速滑世界杯蒙特利尔站男子500米决赛中，他再次夺冠，并在短道速滑世界杯上海站男子500米决赛中，再次摘金……

一次次摘金，一次次夺冠。

因此，国际滑联称他是短道速滑之王！

李琰教练说，武大靖身高1.82米，滑法凶悍，爆发力极强，不像传统意义上的亚洲选手，颠覆了亚洲选手小、快、灵的传统，更像欧美选手。而且，他训练刻苦，每天都在寻求突破，不断地提升自己，他将有希望在冬奥会上夺冠。

在奥运会上夺得金牌，是每个运动员的梦想。中国滑冰运动员从20世纪50年代起，几代滑冰人都在苦苦地拼搏，以求实现在冬奥会上金牌零的突破。

2002年，中国短道速滑女运动员杨扬在美国盐湖城举办的冬奥会上，一举夺得了500米和1000米两块金牌，创造了中国冬奥史上从未有过的辉煌！

2006年，在意大利都灵举办的第二十届冬奥会上，王濛获得了短道速滑女子500米的金牌，实现了中国在这个项目上的卫冕。2010年，在加拿大温哥华举办的第二十一届冬奥会上，王濛在短道速滑比赛中大放异彩，夺得女子 500 米、1000 米和 3000 米接力三枚金牌。

然而，中国短道速滑男运动员却一直没有摘得过冬奥金牌。所以，大家把希望寄托在了短道速滑之王武大靖身上……

时间走到了 2014 年，这届冬奥会在俄罗斯索契举办。本来拥有夺冠实力的武大靖，却在他最擅长的项目男子 500 米决赛中，因缺少大赛经验，以微弱之差输给了代表俄罗斯参赛的前韩国运动员安贤洙，获得了一枚银牌。这使武大靖很是沮丧，觉得自己辜负了教练和祖国的希望。

教练却鼓励他，年轻，是时间上的富翁，有拼搏的本钱。教练给武大靖定好了下一个目标：在 2018 年平昌冬奥会上夺金——

但在平昌冬奥会上，却发生了意想不到的情况。实力很强的中国短道速滑队，却屡遭裁判判罚，中国队的几个优势项目都与金牌无缘。这使中国代表团的领导及运动员的情绪都沉浸在压抑之中。大家把最后夺冠的希望全部投在了武大靖身上！

大家一见到他，就说："大靖，就看你的了！"

"大靖，就看你的了！"

这是每一个参会的中国人都会说的一句话。

武大靖内心的压力可想而知。


2018 年 2 月 22 日，平昌冬奥会的最后一个比赛日。

这一天，武大靖要参加短道速滑男子 500 米及男子 5000 米接力赛。

中国短道速滑队能否夺得一枚金牌，能否实现中国男选手在冬奥赛场速滑项目上金牌零的突破，就看武大靖的了！

令人担心的是：

作为主力选手的武大靖，这次参加了 500 米、1000 米、1500 米和 5000 米接力在内的所有男子项目。在 1500 米和 1000 米比赛中，他两次被判罚犯规，没有了成绩。

在 1000 米四分之一决赛中，武大靖滑在前面已超过对手半个身位，内道超越的选手明显地碰撞了武大靖，然而，裁判却再次判罚武大靖犯规，取消了他的决赛资格。

中国队主教练李琰看完录像，立刻向主裁提出抗议。但是，判罚结果已经公示，不可能再更改了。

武大靖气愤地说道："我已经领先超过他半个身位，他从内道冲上来撞了我，却判我犯规，简直是不可思议……"

两个项目都被裁判判罚，这对运动员的心理打击，可想而知。

中国队领导和教练都为武大靖担心，担心他因接连被判罚而影响情绪，从而影响他在比赛中的发挥。而且，就在刚刚过去的 2 个小时里，武大靖进行了 500 米的初赛、预赛、四分之一决赛、半决赛四次紧张的比拼，无论是精神还是体力，都有着极大的消耗。

接下来，男子 500 米决赛开始了。

只见武大靖入场，路过教练席时，李琰教练冲他挥了挥紧握的拳头。武大靖也冲教练用力握了握拳头。师徒二人心照不宣，心里都在说着同一句话："拼了！此时不拼更待何时？"

李琰了解武大靖，她带了他 8 年，知道他有着顽强倔强、越挫越勇的个性，有着强烈的国家荣誉感和使命感，一心想夺取奥运冠军为中国争光！他宁可拼倒在冰场上，也绝不会轻易地败下阵来！他深知他代表的不是个人，而是祖国……

他说："我在比赛中最激动的时刻，就是看到五星红旗升起、奏起国歌的时候……"

而这次冬奥会，到此时中国一枚金牌都没有拿到。能否拿到一枚金牌，就看武大靖的了！

"啪！"

500 米最后决赛的发令枪响了。四名运动员像离弦之箭，冲出了起

武大靖（左一）在比赛中

跑线……

　　只见武大靖身穿红、黑两色中国比赛服，像一道红色闪电，搏击在银色赛场上，弯道超越，遥遥领先。最后武大靖以绝对优势冲过终点的瞬间，令现场的韩国观众顿时哑然，却使屡遭判罚而郁闷数日的中国短道速滑队及中国同胞发出震撼世界的吼声："中国，赢了！武大靖，赢了！"

　　武大靖以 39.584 秒的成绩，不仅为中国夺得了平昌冬奥会首枚金牌，而且是中国男子短道速滑夺得的首枚奥运金牌！同时打破了短道速滑男子 500 米的世界纪录和奥运会纪录！

　　欢呼声如海潮般地涌向武大靖……

　　武大靖双手高举五星红旗，一扫几天来的沉闷压抑，像一团飘浮在冰场上的火焰，尽情地释放着夺冠后的激情与喜悦……

此刻，远在中国黑龙江佳木斯的大靖父母，喜极而泣，相拥在一起。他们知道大靖走到今天，太不容易了！

是的，对于每一个登上奥运巅峰的运动员，回头望去，你就会发现，在他们前行的路上，在他们亲吻的金牌上，都沾满了青春的血与泪，伤与痛，充满了常人难以想象的顽强与拼搏……

这一天，是2018年2月22日。

武大靖的名字，将载入短道速滑的奥运史册——39.584秒，创造了500米世界纪录及奥运会纪录，他至今还是这个项目的世界纪录保持者！

接下来，在男子5000米接力中，武大靖又与队友韩天宇、许宏志、陈德全四人再次登场，并以6分32.035秒的成绩获得了亚军，为中国队再添一枚银牌。

武大靖成了中国人心目中的英雄，荣誉和鲜花扑面而来……

# 五

**中国家喻户晓的人物！他将面临着新的挑战与选择……**

接下来的四年，又是在拼搏中度过，目标是2022年的北京冬奥会。

武大靖已经是中国短道速滑队队长，中国短道速滑的领军人物。

这四年，所有备战冬奥的健儿们，都是在封闭训练的拼搏中度过的，其艰辛与困难可想而知。

在北京冬奥会上，由武大靖、任子威、范可新、张雨婷及曲春雨组成的中国队，夺得了北京冬奥会的首枚金牌——男女2000米混合接力项目的冠军。

任子威以1分26秒768的成绩，夺得了短道速滑男子1000米金牌，实现了中国男子在冬奥会该项目上金牌零的突破！

武大靖拥抱着任子威，向他表示热烈祝贺："祝贺你，子威，太棒了！"

武大靖说："在我们短道速滑队，有一个不成文的传统，团队的力量成就冠军梦想。每一场比赛，参赛队友之间全力打好配合，给队友创造最有利的条件，不管是谁拿冠军，只要是中国队夺冠就行！"

北京冬奥会之后，武大靖迎来了人生的高光时刻，荣誉、奖励、出镜、"粉丝"、媒体……团团包围着他。

他还荣获中共中央、国务院颁发的"北京冬奥会、冬残奥会突出贡献个人奖"；当选为党的二十大代表……又先后获得"中国十佳运动员""全国向上向善好青年""中国青年五四奖章""全国道德模范"等荣誉称号。后来武大靖当选全国青年联合会委员、中国奥委会委员等职。曾多次受到党和国家领导人的亲切接见。

记得他和范可新被邀请上中央电视台的节目，两人相互幽默地调侃。

范可新说武大靖 28 岁的年龄，却长了一双 50 多岁的脚……

武大靖却说，他非常爱他这双脚，正是这双丑陋难看的脚，滑出了他人生的辉煌，奏响了人生最美妙的乐章！

是的，正是这双脚，使他在冰场上叱咤风云，拿遍了短道速滑男子 500 米世界大赛的各项金牌！

正是这双脚，使他一次次地让自己深爱着的祖国的五星红旗在比赛颁奖仪式上升起。

正是这双脚，使他从一个顽皮的孩童，成长为一个懂得知恩感恩、孝敬父母的好男儿，成长为一个有担当、有社会责任感的优秀青年……

武大靖一边训练一边完成了北京体育大学的学业，成为一名优秀的研究生。

母亲过 50 岁生日，他正在家休假，却假装回队训练提前走了，在饭店里为母亲偷偷地订了大餐，请来了亲朋好友。

当他推着生日蛋糕，唱着"祝你生日快乐"的歌曲，手拿一束康乃馨，出现在母亲面前时，母亲激动得泪流满面……

武大靖宣读了写给母亲的生日祝福："亲爱的妈妈，生日快乐！这么多年，我对这个家亏欠得太多了，没有尽到一个儿子应尽的义务，是您用大爱给了我鼓励和支持，让我全身心地投入训练，认真地备战每一场比赛！正因为你的理解和支持，才使我走到今天……妈妈，我爱你！"

这份生日祝福，令在场的所有人泪目。

而在他家里有一个展柜，柜里摆满奖杯、奖牌及奖状，这就是平时陪伴父母的最好礼物。

武大靖不仅孝顺，而且热爱公益事业，是佳木斯市义工联合会的荣誉义工。每次休假回家，他都会抽出时间去参加义工活动，带头为贫困孩子进行捐款帮扶，到养老院、福利院去看望关爱孤寡老人。

北京冬奥会结束了，但它的影响却远没有结束。冬奥会上的冰墩墩，成为值得珍藏的抢手吉祥物，市场上炒得火热。

他却要把北京冬奥选手专属吉祥物金墩墩拍卖出去，让它发挥更大的社会价值。金墩墩和个人签名的 8 张海报共拍得 96.95 万元。他个人还向中国青基会捐款 10 万元，共计 106.95 万元，全部善款将用于设立"希望工程·大靖冰雪公益计划"，在全国范围内实施"校园冰雪六个一"计划，为乡村青少年完善冰雪运动条件，创造冰雪运动机会。

当我问他下一步有何打算，是否要退役时，他说："我年岁不小了，28 了，但我深深地爱着冰场，只要国家需要，只要身体允许，我就一直滑下去！"

写到这里，我看到一个从小活泼好动的淘小子，不仅靠一双脚搏出精彩的人生，而且在拼搏的路上，成长为品格优秀、具有担当的青年，成为一代年轻人的楷模……

我为大靖感到骄傲，为家乡走出这样一位年轻人而感到自豪！

# 冰上飞人

第六篇

## ——速度滑冰冬奥冠军**高亭宇**

高亭宇说：

"天赋与努力相比，我更相信踏踏实实的努力。别人的评价与自我认知相比，我更相信自我认知。我们不可以盲目自大，但也不可以妄自菲薄。"

"我相信一万个小时定律，对一项技术坚持不懈地实践一万个小时，足够让一个普通人成为一名大师！"

2022 年，高亭宇获得第二十四届北京冬奥会速度滑冰男子 500 米冠军

人们一定还记得，那个在 2022 年北京冬奥会开幕式上担任旗手，高举着中国国旗英姿勃发的小伙子——高亭宇。

追溯高亭宇的追梦人生，你会发现，这位仅 24 岁的小伙子，在中国速度滑冰的历史上，代表着年轻一代的后起之秀，弯道超越，令世人惊叹！

2017 年 2 月，一匹黑马第一次闯进世界速度滑冰人的视野……

在日本札幌举办的亚冬会上，男子速滑 500 米决赛，19 岁的高亭宇以 34 秒 69 的个人最好成绩摘得金牌，并刷新了亚洲纪录！

继而，他以超人的实力不断创造着冰坛奇迹——

2018 年 2 月，在平昌冬奥会上，第一次参加冬奥会的高亭宇，在男子速滑 500 米比赛中，以 34 秒 65 的成绩获得一枚铜牌！

2022 年 2 月 12 日，在北京举办的冬奥会上，第二次参加冬奥会的高亭宇，在男子速滑 500 米比赛中，以 34 秒 23 的成绩夺得了奥运金牌，并打破了奥运会纪录！

四年，从 34 秒 65 到 34 秒 23——把铜牌换成了金牌！

追溯高亭宇的人生经历，让我们看看这位 24 岁的小伙子，走过了怎样一个不同寻常的冠军之路。

一

**冰雪世界永远是孩子们快乐的天堂！**

在黑龙江，无论外面多冷，零下二三十摄氏度，吐口唾沫没过一会儿就结冰了，却阻挡不住孩子们寻找快乐的童心，照样跑出去打雪仗、打哧溜滑儿、打冰杂、打冰爬犁……玩得特开心！

孩子们从小养成一种天不怕、地不怕的性格。而在这些天不怕、地不怕的孩子当中，就蕴藏着我们未来的奥运冠军……

在伊春市南岔这座小镇的孩子当中，有一个滑冰、打冰爬犁都很棒的孩子，但他不爱讲话，只爱闷头自己玩，直到有一天……

1997年12月15日，高亭宇出生在南岔一个普通的家庭。

说来，他还是我的小老乡呢。小时候，我也曾在南岔生活过，也曾在东方红小学就读过。

南岔地方不大，小镇人口不多。但这里却是滑冰的摇篮，曾培养了不少全国著名的速滑运动员，高亭宇、于凤桐、曹桂凤、任慧……而且，好多人都来自同一所小学——东方红小学。

南岔属于黑龙江省伊春市，它位于小兴安岭山脉，山清水秀，森林茂密，如今是有名的长寿乡。但在20世纪50年代初，却是一块未开垦的原始森林，野猪、狼、黑熊、狐狸、狍子好多动物都有。

我10岁那年，跟随父母来到离南岔镇很远的山里开荒种地，附近没有学校，父亲只好送我到山外的小学去读书，每天要往返三十多里山路，遇到过狼，狼把我的狗咬死了。也遇到过野猪，我不知是野猪，还捡起棍子往家里赶它……

在那里，我度过了难忘的三年童年时光。因此，我对南岔充满了特殊的感情。而对高亭宇这位小老乡，也感到格外亲切。

因为我们都在林区生活过，都见过小兴安岭茂密的原始森林，都曾见过那条清澈见底的永翠河，都曾跑到冰河上去打哧溜滑儿、打冰杂、滑脚划子，都曾领略过小兴安岭亘古不变的暴风雪，遇到过刮得天昏地暗的"大烟儿炮"，使我这个住在山里的孩子，常常哭着找不到回家的路……

而且，我跟高亭宇曾经是同行，我和爱人都曾是专业速滑运动员。当年，我们都曾怀着冠军梦拼搏在冰场上。

早在二十世纪五六十年代，速度滑冰只有大跑道，还没有短道速滑的项目。1987 年，国际奥委会才提出把短道速滑从大道速滑的项目中分列出来，这才有了短道速滑这一项目。

2002 年，短道速滑女运动员杨扬，在盐湖城冬奥会上夺得短道速滑女子 500 米、1000 米两枚金牌，令世界冰坛为之震撼。

2018 年，短道速滑男运动员武大靖，在平昌冬奥会上夺得了短道速滑男子 500 米金牌，并打破了世界纪录和奥运会纪录，成为中国男子夺得短道速滑金牌第一人。

早在 1991 年，大道速滑名将叶乔波，曾获得女子 500 米世锦赛冠军，并在 1992 年第十六届冬奥会上，获得女子 1000 米及 500 米两枚银牌，遗憾的是，两次都与金牌擦肩而过。

2014 年，大道速滑女运动员张虹，在索契冬奥会上，获得女子 1000 米奥运金牌，实现了中国大道速滑运动员在奥运史上金牌零的突破。

冰坛健儿创造的辉煌，彰显出祖国的威望，振奋着华夏儿女在伟大复兴路上的奋斗精神！

然而，回首望去，却发现在大道速度滑冰的世界金牌榜上，却不见中国男儿的身影……

中国速滑夺得第一个世界冠军，已经很遥远了，要追溯到半个多世纪之前的 1963 年……

那是一段令中国速滑健儿难忘的记忆……

1963 年 2 月，日本轻井泽，第五十七届速度滑冰世界锦标赛，那是中国速滑健儿扬眉吐气、轰动世界冰坛的一次世界大赛！

当时，中国队去日本要从北京飞到中国香港，到日本驻中国香港领事馆办签证。全队在中国香港等了三天，却迟迟没拿到签证，直到飞往日本的飞机还有四个小时起飞，这才拿到签证。到日本后，日方在香根搞了一次十九国的比赛。之后，中国队为了保持运动员的体能，提前来到轻井泽，可是没有办法正常入住宾馆。中国队只好在日中友好协会的帮助下，住进一家小旅馆。为了保证中国运动员的安全，日中友好协会的上百人，围着旅馆站了一夜。之后，日方安排中国运动员住进条件很差的宾馆，房间很小，是楼梯下的小屋，饭菜更差，而且，赛前无法正常训练。

在这种恶劣的条件下，中国速滑健儿憋着一肚子气，却不负祖国的众望，创造了新中国成立以来，除乒乓球之外的运动项目中最好的成绩……

速滑名将王淑媛，率先夺得了女子 1000 米银牌，并获得了全能第五名的好成绩。

著名运动员罗致焕，以 2 分 9 秒 02 的成绩夺得了男子 1500 米金牌；速滑名将王金玉打破了全能世界纪录！

罗致焕的名字，从此写进了世界速滑史册，成为第一个获得速度滑冰世界冠军的中国人！也是第一个获得冬季项目世界冠军的亚洲人！

中国滑冰队回国之后，受到副总理贺龙的接见。

罗致焕对我说，他永远忘不了 1500 米起跑前，教练孙显墀对他大声喊出的那句话："致焕！你低头看看，你胸前是什么？"

孙显墀是中国最早的速滑运动员，曾留学莫斯科斯大林中央体育学院，主攻速度滑冰。当时苏联的滑冰成绩名列世界前茅。他回国后任黑龙江省队教练，并培养了著名的王金玉、罗致焕等一批优秀速滑运动员。

罗致焕急忙低头瞅瞅，只见胸前只有两个大大的字：中国，还有一枚醒目的国徽……

他说："这就是我玩儿命拼搏的动力！"

## 二

**爱好是最好的老师，也是开启智慧大门的最好钥匙。**

对高亭宇的采访，虽然并没见过面，但我们曾经是冰友，而且都曾在南岔东方红小学读过书，也算是半个老乡了。所以我们在电话里交谈起来并没有陌生感，而是感到很亲切。他就像孩子向老祖母讲述他的故事一样，把他的家庭状况、他的经历，以及他人生的座右铭，都向我坦诚地讲述开来……

他话语不多，很沉稳，但说出的话常常很经典。

高亭宇的父母是个体户。

在他童年的记忆里，父母卖过烧烤，整天都在吵吵闹闹中忙碌，忙着干活，忙着吵架。两人都是暴脾气，沾火就着，谁都不肯让谁。在他11岁时，父母离异了，但并没有告诉他。直到后来，父母各自都成立了家庭他才知道。他由父亲抚养。

在这样一个吵吵闹闹的家庭里长大，小亭宇却从小养成一种与父母截然不同的性格，内向，不爱讲话，不爱凑热闹，不爱打游戏，就喜欢一个人坐在角落里，或看书或闷头做他自己想做的事情。

父母虽然经常吵架，但从未打过他。

他是独生子，但父母也从不娇惯他，从小就让他自己管自己。因此，高亭宇从小就养成一种独立、自律、不依靠他人的性格。

好多独生子女，由于父母的娇惯或离异，要么疏于管教，要么溺爱，从而使孩子养成任性、自私的性格，甚至走上歧途。

但是，高亭宇却恰恰相反。

他从小就靠自律来约束自己，小小年纪，就靠梦想来支撑着自己的未来……

在他童年的记忆里，父母对他并没有太多的管教，只有一次，父亲很严肃地跟他约法三章。

大概是在他五六岁的时候，一天晚上，父亲带着满身的烧烤味儿，把他叫到面前，对他严厉地说道："今后，你不许上山，山上树林子茂密，容易走丢喽！山上还有野兽……更不许你下河，河水深，能淹死人！听着没有？"

"听着了！"

"能不能记住？"

"能！"

其实，他的家离山和永翠河都很近。

但他是一个听话的孩子。自从父亲给他订下了规矩之后，他再没有上过山，也没有下过河，只能眼巴巴地看着别人家的孩子呜嗷喊叫着向山上跑去，去找鸟蛋、捉蚂蚱；去永翠河里抓鱼、游泳……而他只有羡慕的份儿了。

不过，父亲从未限制过他滑冰、滑轮滑，还给他买了冰刀和轮滑鞋。因此，他很小就学会了滑冰、滑轮滑。而且，他深深地爱上了滑冰，很想当一名滑冰运动员，像曹桂凤、于凤桐、任慧……大哥哥、大姐姐那样去拿冠军。


南岔的东方红小学，历来重视学生的体育，尤其重视对滑冰运动员的培养。因此，从这里走出了不少优秀的速滑运动员，也走出了不少优秀的教练。后来成为国家队总教练，并任高亭宇主教练的刘广彬，也是从南岔走出去的。

早在 1982 年，女子速滑名将曹桂凤，曾在全国速滑达标赛中，独自一人夺得了四个单项及全能的五项冠军，轰动了整个冰坛；男子速滑名将于凤桐，多次获得世界杯短距离 500 米比赛的冠军；女子速滑名将任慧，也曾在世界比赛中，多次获得不菲的成绩。

这些运动员的名字，就像天上的星星，在高亭宇幼小的心灵深处闪烁着耀眼的光亮，无声地呼唤着他、吸引着他，使他怀着懵懂而稚嫩的心，朝着天上的星星，默默地仰望……

2005 年，当他 8 岁刚上小学一年级时，看见操场上一帮滑冰运动员在训练，他羡慕极了，就做出了一个大胆的决定——

2005 年 9 月初的一天傍晚，新学期开学不久，带学校速滑队训练的李喜富老师，刚训练结束，一个八九岁的男孩儿来到他面前，开口就说："老师，我也想来滑冰队训练！"

李老师瞅瞅这孩子，心想：别人家的孩子都是家长送来，或者是教练发现是好苗子才选进来，自己主动要求进滑冰队训练的，这还是第一个。

李老师打量着眼前的孩子，只见他很瘦，两条腿很长，动作很灵活，问他会不会滑冰？

他爽快地回答："会！"

李老师又问："你家里几个孩子？"

"就我自个儿！"

"训练很苦，你能吃得消吗？"

"能！"

"你父母同意你来训练吗？"

"他们不管……"

"那好吧。明天你先来队训练几天看看！"

李喜富老师的这句话，就这样决定了一个孩子的追梦人生。

当年，曾在南岔东方红小学教体育（兼滑冰队助理教练）、现已退休的李喜富老师，在采访中，他引以为豪地说："当时，我就发现这个孩子跟一般孩子不一样，是一个滑冰的好苗儿，将来肯定有发展！"

# 三

**他不喜欢追星、不喜欢热闹，更不喜欢打游戏，就喜欢滑冰，做梦都在滑冰！他对父母说："你们要不让我滑冰，我就不上学了！"**

进队不久，李老师就发现高亭宇这孩子年龄不大，却比其他同龄孩子要成熟得多、稳当得多。在他身上，没有独生子女的娇气，更没有一般孩子的任性与骄横，而是表现出一种自强、自律的成熟，做什么事情从来不用教练操心。

老师还发现，高亭宇的滑冰技术不是全队最好的，但训练起来却是全队最认真、最刻苦的，而且悟性好、聪明，教他动作一教就会，所以进步很快。他从不像其他孩子那样跑到外面去上网、打游戏，而是一个人坐在角落里默默地看书、学习，话很少，不爱张扬，是一个沉稳而有志向的孩子。

没过多久，老师就让这个沉稳而成熟的小队员，当上了东方红小学校滑冰队的队长。高亭宇很珍惜这份队长职务，干得很认真。

高亭宇从小就养成一种自强、自律的性格，而且随着年龄的增长，视野的开阔，他所追求的目标也越来越明确，想拿冠军……

然而，在追梦的路上，从来不会一帆风顺。

高亭宇12岁那年，父母来学校找他，看见他天天参加学校滑冰队训练，怕影响他学习，就不想让他滑了。

父母的心情完全可以理解。但对高亭宇来说，他没有其他爱好，就喜欢滑冰，他人生最大的乐趣就是滑冰。他进入学校滑冰队好几年了，滑冰已经成为他生命中不可缺少的重要部分，已成为他精神的强大支柱！

因此，这个从未顶撞过父母的少年，却向父母发出了"通牒"："你们要是不让我滑冰，我就不念书了！"

高亭宇哀求爸爸、妈妈："我啥都不爱好，就爱滑冰，我求求你们，就让我滑冰吧！"

父母看到高亭宇如此执着，也就只好妥协了。

他们看到儿子既然如此爱好滑冰，觉得到省集训队训练能发展得更好。于是，母亲带着高亭宇告别了东方红小学滑冰队的老师，来到哈尔滨，想找从南岔调到省队任教的刘广彬教练，提出让高亭宇进省集训队训练的想法。

刘广彬教练却说："这孩子还太小，还不能进专业队，得过两年看看情况再说。"

听到这话，小亭宇的心里难过极了，东方红小学校队回不去了，省集训队又进不去，那我上哪儿去训练呢？

母亲为此也很着急，四处找人为高亭宇寻找出路……

"性格即命运，心态决定成败，成功取决于速度。"

这人生的三大定义对高亭宇来说，再贴切不过了。

他的性格沉稳而理性，遇事从不盲目急躁，更不会怨天尤人，而是冷静地寻找出路。

他心想，只要我好好训练，成绩好，我相信肯定会有运动队要我的！

"天生我材必有用，千金散尽还复来。"他喜欢李白的这句诗。

此刻，冠军梦强烈地呼唤着他，支撑着他，使他一刻也不肯放松自己！

他和母亲当天住在离哈尔滨冰上基地很近的招待所里。第二天，他就早早地起床跑步、出操去了，白天因专业运动员要上冰训练，只有晚上小队员才能上冰。到了晚上，高亭宇就穿上冰刀，悄悄地上冰训练，按照平时教练留下的训练计划，一圈一圈地滑起来，一直滑到很晚……

他在冰场上训练的情景，却被一双慧眼发现了。

牡丹江市的刘德光教练，发现这个孩子如此刻苦、如此自律，身体素质又好，冰上技术也不错，是一棵难得的滑冰好苗儿！

于是，刘教练找到高亭宇，要带他去牡丹江队训练，问他同不同意？

一个少年的命运，就在这看似不经意间决定了。

一个未来奥运冠军的少年，就这样被刘教练带上了正规的训练跑道……

其中，蕴藏着少年对梦想的执着与坚定，也蕴藏着两位教练的慧眼与责任。

牡丹江曾出过不少滑冰人才。早在二十世纪五六十年代，就曾走出了获得世界亚军的王淑媛，后来又培养出李琰、王曼丽等多位滑冰名将。

刘德光是一位对运动员高度负责的教练，他对高亭宇要求很严。在训练上，不仅给高亭宇打下了良好的冰上基础，而且，他要求高亭宇在训练的同时要学好文化课，并且严格地抓他的学习。

他对高亭宇说："运动员不能光会滑冰，必须学文化！我们不可能滑一辈子冰。我们绝不能成为被人称为四肢发达、大脑平滑的文盲！"

是的，当年好多人都称我们运动员四肢发达、大脑平滑。运动员确实文化不足，在该上学的大好时光，都在运动场上跑呢。我一生最大的遗憾就是没有好好读书，好多文科课程都是靠自己恶补的，因此总觉得文化底蕴不足。

现在的运动员，跟我们那个时代不一样了，好多运动员都以特招的方式进入大学，边训练边读书，以完成较高水平的学业。

# 四

慧眼识珠的恩师，引导他踏上逐梦之路。

高亭宇在牡丹江队刘德光教练手下训练了两年，2011 年，就被刘广彬教练选进黑龙江省速滑队。

当高亭宇兴致勃勃地走进省速滑队，却发现自己是全队年龄最小，也是滑冰成绩最差的。无论他多么拼命，总是追不上那些大运动员。而且，他在一次训练中又摔伤了腿，休息了很长时间。

这期间，他内心产生了从未有过的沮丧与疑惑，一次次地问自己：我是搞滑冰的料吗？我将来能拿世界冠军吗？不！不可能……如果不能，还不如早点转业去读书呢。

他情绪低落，面临着人生的十字路口……

刘广彬教练发现高亭宇的情绪很低，找他进行了一次长谈。

刘广彬教练对高亭宇说："如果你没有滑冰天赋，刘德光教练不会把你带到牡丹江队进行训练，我也不会把你选进省队来。国家培养一个运动员不容易，我们对选拔人才非常慎重。我是看你身体素质好，属于天赋异禀，天生肌肉反应及弹性好，有很强的爆发力，在速度滑冰方面肯定会有发展，尤其在短距离方面……至于受伤，这点伤算啥？哪个运动员没受过伤？既然你爱上体育这行，你就要有与伤病做斗争的思想准备！运动员就是要敢打、敢拼、敢闯，否则，你就别干这行！"

这番话对正在十字路口徘徊的 14 岁少年来说，就像夜幕中突然看见前面亮起了一盏灯……

刘教练又问他："是不是不想干了？"

高亭宇难为情地低下头，随即抬起头来，认真地说了一句，"老师，我明白了！谢谢你……"

像高亭宇这样聪明而有志向的孩子，从小就酷爱滑冰，把滑冰、拿冠军当成人生追求的最大目标。在平时的训练中，并不缺少刻苦和拼搏，汗流浃背，挥汗如雨，这对运动员来说是常态，就像工人干活、农民种地一样。他们并不怕吃苦流汗，但是他们需要的是支撑他们拼搏下去的动力，是能否看到获得世界冠军的希望。

之后，刘教练又做通了高亭宇父母的工作，通过单招方式，让高亭宇走进哈尔滨体育学院学习，一边训练一边完成学业。

从此以后，高亭宇全身心地投入到训练和学习当中，五年之后，他被选进了国家速滑队，成为一名国家速滑运动员。在这之前，刘广彬教练也调到了国家速滑队，仍然担任高亭宇的主教练，当时的教练还有冯庆波。

高亭宇第一天穿上印有"中国"二字的队服，像所有年轻的运动员一样，心里美滋滋的，感到无比自豪。晚上，他望着天上的星星，心想：我啥时候能成为天上最亮的那颗星呢？

然而，他心中那股自豪感，很快就被残酷的现实击碎了。

虽然他在黑龙江省速滑队是拔尖的，但进了国家速滑队，一上冰训练，根本不是人家的对手，跟都跟不上，一连四个月天天如此！

他的内心落差极大，又陷入了焦躁与茫然之中，又开始怀疑自己的能力……

冯庆波教练发现他的情绪低落，便找他谈话，对他说，运动员的训练不能操之过急，尤其对小运动员来说，更不能急功近利，否则，会影响他的发展前途。运动员的成绩从来不会一蹴而就，即使是天才运动员，也必须经过多年的训练，才能创造出优异成绩。

冯教练还举例说到刘翔，7 岁开始训练，19 岁获得世界大学生运动会 110 米栏冠军。2004 年，以 12.91 的成绩夺得奥运冠军。邓亚萍 5 岁开始练乒乓球，苦练十几年，最后成为世界乒乓"女王"……

冯教练给他讲爱迪生的那句名言："天才是百分之九十九的汗水加百分之一的天赋。"让他沉下心来，丢掉心中虚荣的小我，树立起为国家担当大任的大我！不要辜负了国家的培养，更不要辜负了自己的青春韶华，希望他多看点青年立志方面的书……

谈话进行了 40 多分钟，男儿有泪不轻弹，但泪水一直在高亭宇眼里打着转……

　　冯教练最后问他："还有没有什么想要说的？"

　　高亭宇摇了摇头，向冯教练深深地鞠了一躬，转身跑去。

# 五

　　"丢掉心中虚荣的小我，树立起为国家担当大任的大我！"

　　对高亭宇来说，冯教练的这番话，又是一次令他终生难忘的心灵启迪。

　　之后，他找来一些励志方面的书认真读起来，并在日记中写下自己的体会：

　　"天赋与努力相比，我更相信踏踏实实的努力。别人的评价与自我认知相比，我更相信自我认知。人不可以盲目尊大，但也不可以妄自菲薄。"

　　"我相信一万个小时定律，对一项技术坚持不懈地实践一万个小时，足够让一个普通人成为一名大师！"

　　"一万个小时定律"，是美国作家格拉德威尔在《异类》一书中提出

平时训练中的高亭宇

的。他说："人们眼中的天才之所以卓越非凡，并非天资超人一等，而是付出了持续不断的努力。一万小时的锤炼是任何人从平凡变成世界级大师的必要条件……"他因此将其称为"一万个小时定律"。

"一万个小时定律"，成为高亭宇的座右铭，也成为他追逐奥运梦的奋斗目标！

从此，他更加自律，更加严格地要求自己。他知道自己是"90后"，肩负着新一代滑冰人的使命。他暗下决心：决不辜负国家和教练的培养，不负韶华，砥砺前行，力争书写出滑冰人的新篇章！

他每天除了训练，就是看录像，学习世界优秀运动员的先进滑跑技术，就连晚上做梦都在蹬冰，常常把被子蹬到地上。

苍天不负韶华梦。

小伙子在比赛中开始崭露头角——

**高亭宇在比赛中**

2016年1月，在第十三届全国冬运会速滑青年男子500米比赛中，他获得总成绩第一名，被评为国际级运动健将。

2017年，在日本札幌举办的亚洲冬季运动会速度滑冰男子500米比赛中，他以34秒69的成绩获得金牌，打破了亚洲纪录！

2018年，平昌冬奥会在即，内心抱有极大夺牌愿望的高亭宇，却出现了赛前综合征：吃不下、睡不着、干呕、刷牙都想吐……而且训练时，又在弯道上重重地摔了一跤。

他意识到：这是心理压力过大，出现了赛前综合征。

晚上，他磨完冰刀，一边擦拭着心爱的冰刀，一边跟他的冰刀伙伴默默地诉说着心里话：哥们儿，你说我是不是太厖了？还没等上战场就自个儿把自个儿打败了！这哪是我高亭宇的性格呀？高亭宇的内心老强大了，咱怕过谁呀？奥运会，不就是真刀真枪地拼嘛！哥们儿，这么多年，咱哥俩儿形影不离，咱不就是为奥运而生、为奥运而长的吗？来吧！让暴风雨来得更猛烈些吧！哥们儿，到时候你可得要争气，可别给我掉链子啊！

他用东北人的幽默来自我调侃，调整自己的心态，数天之后，终于克服了赛前综合征，轻松地上阵了。

2018年2月20日，平昌冬奥会速滑男子500米决赛开始了，高亭宇被分在第12组，内道，跟他同组的日本选手加藤条治在外道。

一踏上冬奥赛场的起跑线，运动员都显得既兴奋又紧张。

第一次枪响，日本选手抢跑了。

第二次枪响，二人同时冲出起跑线，高亭宇以极强的爆发力率先冲过第一个百米线，并以领先的优势冲到了终点……

高亭宇以34秒65的成绩，夺得了一枚宝贵的铜牌！金牌获得者是挪威选手哈·洛伦森，以34秒41的成绩打破了奥运会纪录；韩国选手车旼奎以0.01秒之差获得银牌。

这枚铜牌，也是中国男子速度滑冰历史上的首枚奥运奖牌。

当高亭宇登上领奖台，脖子上挂上铜牌的刹那，他在心里却默默地发誓：下一届冬奥会，我一定要让奖牌换个颜色！

让奖牌换个颜色，这不仅是高亭宇的心愿，也是中国教练乃至中国滑冰人的共同心愿！

对于这个心愿，中国的速度滑冰人等得太久，太久了！

接下来，高亭宇又投入到新的奥运周期训练之中……

# 六

为了这一天，中国速滑男儿苦苦奋斗了几代人，拼搏了半个多世纪……

这四年的每一天，都是漫长而难熬的，每一分钟，都在为参加冬奥会做准备，都在改进每一个技术动作，训练每一分体能，提高每一个零点零几秒的成绩……

高亭宇，作为参加北京冬奥会的主力队员，几乎每时每刻都在提醒自己：这届冬奥会在北京家门口召开，可不能在关键时刻掉链子啊！咱这回可要动真格地玩儿命拼了！

玩儿命地拼！不仅是他，而是所有参加冬奥比赛的运动员及教练员的共同心声。

"爱拼才会赢"。

四年里，不仅是他，所有参赛运动员都在拼，谁不想在北京冬奥会上为国家多拼出一枚奖牌呢！

2021年，高亭宇入党了，成为一名共产党员，他更加严格要求自己了。

进入北京冬奥训练周期之后，他的实力进一步增强。在教练的指导下，他将最好的巅峰竞技状态保持到了北京冬奥会……

2022 年 2 月，北京冬奥滑冰赛场。

银光四射的冰场，全世界最优秀的滑冰健儿集聚一堂，苦苦地追逐着各自所渴望的梦想，展示着各自的实力。而我们中国滑冰人从 20 世纪 50 年代起，就一直苦苦地拼搏着，追逐着奥运冠军之梦，此时，就要看谁将成为人类冰场上最快的飞人！

2 月 12 日晚，速滑男子 500 米第二轮的比赛，也就是决赛，正在紧张地进行。

当第七组的高亭宇滑向起跑线，他习惯地瞅瞅脚上的冰刀，一股强大的自信与决心，从心底油然而生。他心里默默地自语："四年了！咱哥俩儿不就是为了这一天嘛！来吧！哥们儿，拼了！"

而此刻，我正坐在电视机前，紧张地观看着这场即将开始的比赛……

只见两名运动员站到起跑线上，听解说员讲，外道选手是波兰的达米安·茹雷克，内道是中国的选手高亭宇。

听到高亭宇的名字，我心里越发紧张起来，怦怦直跳，好像我在比赛似的，不由得攥紧了拳头，两条腿也下意识地跟着使劲儿……

我知道，高亭宇很有实力，在 500 米比赛中，大有夺冠的希望！

我清楚地记得，中国速滑男选手罗致焕夺得第一块世锦赛金牌是在1963 年，距离 2022 年的北京冬奥会，已经过去五十九个年头，半个多世纪了！多么漫长的岁月啊，我们这些老滑冰人，多么渴望中国能夺得这枚宝贵的奥运金牌呀！

"啪！"发令枪响了。

只见高亭宇拼力挥动着双臂，以极强的爆发力及高超的滑跑技术，闪电般地冲出起跑线，一路领先，最后落下对手近 4 米的距离，抢先冲过了终点，在观众的一片欢呼声中，以 34 秒 23 的绝佳成绩，创造了新的奥运纪录！

接下来，我心情高度紧张地等待着后面七组选手的比赛成绩……

谢天谢地，后七组的人都没有超过高亭宇的成绩！

"哇——"掌声雷动。

高亭宇终于夺冠了！他开创了中国男子速滑新的历史，夺得中国男子速度滑冰首枚奥运金牌，终于完成了几代滑冰人的心愿——

他打破了中国男子速度滑冰五十九年的沉默，成为世界冰上第一飞人……

泪水早已模糊了我的视线。

只见高亭宇泪流满面，与教练紧紧地相拥！他说，没有教练的训练与人生的指导，就没有他的今天！没有教练的精心奋战，就没有他此时此刻的辉煌！

为了这场比赛，刘广彬教练为他做了多套方案，包括赛前如何保持巅峰竞技状态，如何避开高手锋芒相见的压力。在奥运大赛之前，刘广彬教练有意让高亭宇在几场大赛中或缺席，或有意保留比赛成绩，因此被排在第七组……

高亭宇说，他长期与刘教练训练、生活在一起，形成一种高度默契。刘教练的一个眼神，高亭宇都能心领神会。

随后，高亭宇身披国旗绕场一周，一边右手食指指向天，一边大声呼喊："我终于实现了诺言！"

那一刻，我满脸泪水下意识地呼喊着爱人的名字："贺玉！你快看哪！中国男子终于夺冠了！老伴，你快看哪！中国男选手终于在奥运会上夺金牌了！"

我哭喊着，下意识地呼喊着爱人的名字。

遗憾的是，我的爱人早已不在了。他是 2021 年 9 月 9 日我们结婚纪念日那天走的。

太遗憾了。我的爱人没有看到中国速滑男子 500 米滑出 34 秒 23

的惊人成绩！他当运动员时，中国男子 500 米最好成绩是 41 秒多，他更没有看到中国速滑男运动员跳上奥运冠军领奖台的高光时刻……

接下来，高亭宇身披五星红旗，在观众的欢呼声中绕场一周……

他说："人生的这一时刻，实在是太美妙了！"

当他高举双臂，一跃而跳上冬奥冠军的领奖台，当他站在领奖台上，看着鲜艳的五星红旗伴随着庄严的国歌，在冰场上空冉冉升起……

他说，这是他一生中无比骄傲、无比自豪的时刻！

他觉得，此生不虚度了。


在北京冬奥会闭幕式上，中国男旗手的双肩上坐着一位中国女旗手，她就是在北京冬奥会上夺得自由式滑雪空中技巧冬奥冠军的徐梦桃。她双手挥舞着鲜艳的五星红旗，坐在小伙子的肩膀上，欢呼着走进冰场，走进全世界人们的视野，成为本届冬奥会闭幕式上一道独特而亮丽的风景——

拥有这副坚挺肩膀的人，就是夺得了速滑男子 500 米奥运金牌，并打破了奥运纪录的中国选手高亭宇！


后来，高亭宇荣获中共中央、国务院颁发的"北京冬奥会、冬残奥会突出贡献个人奖"；

被推选为首批国家冰雪运动推广大使；

被评为 2022 年中国十佳运动员……

他说："体育承载着国家强盛、民族兴旺的重任。作为一名运动员，体育事业是我生命的追求。作为一名 90 后运动员，为祖国的体育事业奉献我的青春和力量，是我的梦想与使命！北京冬奥会已经过去，米兰又向我招手。我将不负青春韶华，不负使命，更加拼搏，力争创造出无愧于祖国、无愧于人民的优异成绩！"

# 第七篇 她叩问苍天：我是第一吗？

## ——自由式滑雪女子空中技巧冬奥冠军**徐梦桃**

徐梦桃说：

　　"一个优秀的运动员并不是四肢发达、大脑平滑的体育棒子！我们有思想、有追求、有头脑，更有家国情怀！为了追求心中的梦想，我们能吃苦，能忍受常人难以想象的伤病折磨，我们有着独特的人格和品质！"

2022 年，徐梦桃在第二十四届北京冬奥会自由式滑雪女子空中技巧比赛中夺冠

一

**徐梦桃的青春独白：** "用有限的生命创造无限的可能！我想形成一个立体的、饱满的人格。做时代的追梦人，做自己的追梦者，让自己的人生不留空白！"

书写徐梦桃的精彩人生，还是从 2022 年 2 月 14 日晚 8 点，那个紧张、兴奋而又无比自豪的时刻说起吧。

2 月 14 日晚，北京冬奥滑雪赛场，正进行着紧张而惊心动魄的一幕——自由式滑雪女子空中技巧决赛。

当中国运动员徐梦桃身穿印有五环标志的红白色中国队队服，以倒数第二的出场顺序，高举双臂，以每小时 70 千米的速度从跳台上俯冲而下，冲上 4.2 米高的跳台腾空而起的刹那，就像一只大海上翻飞的海燕以优美的姿态，在空中完美地诠释了当今女子难度系数最高的 4.293 的 bFFF 动作！

这整套动作要完成三个后空翻，在空中翻腾身体横轴三周，同时转体纵轴 1080 度，然后平稳地落在让数不清的滑雪健儿摔得人仰马翻、功亏一篑的雪道上……

无论是起跳、空中技巧，还是落地，都堪称完美！

裁判给出了当天的最高分——108.61 分！

为了这一天，徐梦桃苦苦地拼了二十年……

而此刻，徐梦桃的心却紧张得像擂鼓，能否夺得这枚奥运金牌，就看最后一名美国选手考德威尔的表现了。

只见美国选手考德威尔冲上跳台，腾空而起，同样是难度系数 4.293 的动作，同样完成得很漂亮。但当她落地的刹那，却出现了明显的失误……

冠军终于出来了！

瞬间，场上所有人的目光都像聚光灯似的，齐刷刷地集中到中国选手徐梦桃身上。

全场沸腾了！

掌声、欢呼声，一齐向徐梦桃涌来——

32 岁的徐梦桃，四届冬奥，三次夺冠失败；二十年里，四次手术，两条腿都做了十字韧带重建；两条腿的半月板都切除了 70%……

二十年的流血、流汗，二十年的拼搏，甚至是拼命……

今天，她终于登上了自由式滑雪空中技巧的世界之巅……

她喜极而泣，仰天长啸，发出激动的呐喊："我是第一吗？我是第一吗？我是第一吗？"

"她的呐喊穿透了冰冷的夜空，响彻四方。不远处，冬奥空中技巧场地附近停着的汽车也鸣笛为她庆祝。"记者如此报道。

她在自传中这样写道：

"它，不只是我个人夺金后的尽情宣泄，更是整个中国自由式滑雪空中技巧女队的跨世纪突围。当'银牌'像'阴影'一样紧紧笼罩我们二十四年，一声'我是第一吗'终于向世界宣告：我们，不再是'收银员'！我们打破了魔咒！我们的奥运冲金游戏不再死机！"

我们终于夺冠成功了！

她身披五星红旗，向征战了二十个春秋的冰雪世界一次次地发出惊喜地叩问："我是第一吗？"

她跑到国家队教练迪玛和领队面前，与他们拥抱……

徐梦桃在夺得冠军后高扬五星红旗

　　"是的！你是第一！徐梦桃，你是第一！"

　　此刻，她的母校，沈阳体育学院正在看电视直播的几百名学生，不约而同地回答她。学院的白清寨滑雪场是她平时训练的地方。如今，她已成为沈阳体育学院的骄傲！

　　她正在攻读博士学位的北京体育大学，也向她发出祝贺："向我校2019级博士表示祝贺，四战冬奥，致敬坚持！"

徐梦桃在比赛中

网友们更是一片赞扬声：徐梦桃是当代青年的榜样！应该把她的故事写进教科书！号召青年人向她学习，学习她追求理想，永不言败，为国争光、不屈不挠的民族精神！

而千千万万正在观看电视直播的观众，也在不约而同地回应她："徐梦桃，你是第一！徐梦桃，你是好样的！你终于夺得了奥运冠军！"

而此刻，守在电视机前的徐梦桃父母，早已泪流满面，相拥而泣，连连喊着："桃桃！二十年了，你终于拿到这块奥运金牌了！太不容易了！"

而徐梦桃的启蒙恩师、前自由式滑雪空中技巧国家队主教练，72岁的陈洪斌教练，正在电视台接受采访，他热泪盈眶，激动地说道："我太激动了！这孩子义无反顾地坚持，用顽强的毅力和艰苦努力的付出，终于实现了她的人生目标！同时，也实现了我们这些默默耕耘几十年的教练梦想……梦桃这孩子，太不容易了！一路坎坷，流血流汗，她终于坚持下来了，终于有了今天！"

"终于有了今天！"

这是多少人为徐梦桃发出的由衷赞叹！


而此刻，在北京奥运村的宿舍里，徐梦桃的恋人、自由式空中技巧国家队队员王心迪，却不敢看电视里徐梦桃比赛的现场直播……

他怕看到她再次摔倒。

因为她在上届平昌冬奥会摔倒时，他正在电视机前看电视直播；在之前 2016 年第十三届全国冬运会上，徐梦桃严重摔伤那次，当时他就在现场……

从那以后，凡是徐梦桃的比赛，他都不敢看直播，他怕发生意外。他知道，自由式滑雪空中技巧项目，任何人在比赛中都可能发生意外。

所以，在北京冬奥会上，从徐梦桃比赛一开始，他就跪在床上，一直在为她默默地祈祷……

直到决赛结束了，外面突然传来队友们惊喜的喊声："桃桃拿第一了！桃桃拿第一了！"

王心迪却下意识地反问一句："谁拿第一了？"

"你的桃桃啊！"

听到这句话，王心迪，这位在空中技巧队干了十几年的28岁小伙子，顿时喜极而泣，跪在床上抱头"呜呜"大哭……

他哭，不仅因为桃桃是他心爱的恋人，而是他目睹了一个年轻美丽的女孩子，为了实现心中的梦想，二十年来所付出的一切……

这一切不仅令他感动，令他敬佩，更令他心疼！

而且，徐梦桃给他这个同样怀着冠军梦，给他们这群同样怀着冠军梦的小伙子们，树起了一面旗帜和标杆！

## 二

**从下生那刻起，命运就为她弱小而强悍的生命铺就了一条追梦之路，一个美丽的梦想就像钻天杨一般，在她生命中茁壮地成长……**

1990年7月12日，一个炎热的夏日傍晚，一个淘气的小生命踢蹬着两条有力的小腿，操着响亮的哭声，降临到辽宁省鞍山市一户普通人家。

她，就是未来的世界冠军、冬奥冠军徐梦桃！

迎接她的没有宽敞的住房，只是一间三十多平方米的小屋，没有优越的生活条件，父母是以卖羊肉串为生的普通人。但是，迎接小生命的却是一个爱好体育的家庭，因此给襁褓中的婴儿带来了与众不同的人生……

父亲徐学君，从小就爱好体育，跑步、体操，样样都爱好，也曾做过运动员的梦，但因种种原因没能实现。因此，他把自己的冠军梦，全部寄托在了女儿身上。

夫妻俩让孩子的姨姥姥、著名说书人刘兰芳，给女儿取了一个好听的名字——梦桃，美丽而浪漫，希望孩子怀着美好的桃源梦，开创一个美丽的人生！

小桃桃从小就像个男孩子，活泼、淘气，爬树、爬墙头，跟小朋友赛跑，样样都不赖，而且从不服输！

人们常说，淘小子出好的，淘丫头出巧的。夫妻俩很高兴，从不限制小桃桃淘气的性格发展，而是鼓励她奋勇争先。

桃桃的母亲王凤丽，虽然不像丈夫徐学君那么爱好体育，但她受丈夫的影响，每当看到小桃桃跟小朋友比赛获胜了，她就挥舞着手中的肉串铁钎，煞有介事地为桃桃喝彩，为她升"国旗"，唱国歌："起来，不愿做奴隶的人们……"

看到妈妈为自己喝彩，小桃桃跑得更欢、跳得更来劲儿了！

这种荣誉感的启蒙，像春天的雨露，悄然无声，默默地滋润着桃桃心中那棵刚刚发芽的荣誉小树，使它在她幼小的心中茁壮地成长起来。

小桃桃4岁那年，一天傍晚，父亲徐学君卖完肉串回来，发现从不消停的小桃桃，横劈着双腿趴在地上玩积木呢。

徐学君第一次发现小桃桃有这么好的柔韧性，大为惊喜，急忙让她再做几个拉伸、踢腿的动作，小桃桃都一一做了，而且她的柔韧性特好，小腿一下子能踢到脑门上！

父亲又惊又喜，抱起小桃桃高高地举起来，兴高采烈地说："我的桃桃太棒了！看来我的桃桃真是一个搞体育的好苗儿！从现在起，爸爸一定要认真地培养你！"

小桃桃并不明白"好苗儿"是什么意思，只觉得被爸爸高高地举起来，感到很幸福，只是"咯咯"地笑着，骄傲地说："爸爸，我还能踢得更高呢！不信，我踢给你看看！"

徐学君急忙告诉妻子，说桃桃是一个搞体育的好苗儿，将来肯定能有出息！还说从现在开始，咱们对桃桃一定要认真地培养！

一家人的体育梦，就从桃桃 4 岁那年开始了。

夫妻俩决定，送女儿去体校练体操。

在带桃桃去体校体操班测试之前，徐学君在家里先教孩子弯腰、踢腿、劈叉等体操的基本动作，以防孩子到体校测试时过不了关。

# 三

**小小少年，风华正茂，却屡遭打击。**

**是继续追梦，还是望而却步，去寻找其他出路？**

1994 年 12 月 13 日上午。

徐学君全家永远忘不了这一天。

父亲带着女儿满怀希望地走进了辽宁省鞍山市体校，让教练测试一下桃桃的身体素质，看她适不适合练体操。

临出家门，徐学君拉着桃桃的小手鼓励她："桃桃，我们今天就开始出发了，向着胜利前进！"

满脸稚气的桃桃兴致勃勃地喊道："噢，太好喽，我们要出发喽，向着胜利前进！"

父亲徐学君带着女儿桃桃，也带着他自己的夙愿，向着目标出发了。

他拉着桃桃，迎着北方冬天冷飕飕的小风，兴致勃勃地向汽车站走去。他们要倒两趟公交车，才能到鞍山市体校。

到了体校的体操班，小桃桃在众多来测试的孩子中表现得很出色。教练要她做弯腰、劈叉、踢腿等基本动作，她一次次地做得很棒。

不少孩子却躲在大人身后，哭闹着不肯按教练要求去做。有的刚一压腿就哭喊着说疼，只好放弃了测试。

而桃桃却像玩似的，乐颠颠地完成了所有的测试动作。徐学君连连冲女儿竖大拇指。

体操教练很欣赏小梦桃，当时就决定录取她了。

测试结束了，徐学君拉着女儿的小手，兴致勃勃地走出了鞍山市体校大门。

徐学君对桃桃说："桃桃，从明天开始，我们就要正式来上体操课了！爸爸问你，你能坚持下去吗？"

"能！"小梦桃认真地回答。

"真的？"

"当然是真的！"

"一言为定！那咱爷俩儿……"

说着，徐学君向桃桃伸出了一只小手指，桃桃学着父亲的样子，也伸出了一只小手指，父女俩二指相勾，齐声喊道："拉钩上吊，一百年不许变！"

就这样，父亲带着4岁的女儿走上了练体操的道路。

1994 年 12 月 13 日。

一个 4 岁的孩子开始了她的追梦人生……

著名乒乓球运动员邓亚萍，5 岁开始练球；钢琴家郎朗，3 岁时父亲就开始让他学习钢琴；著名音乐家莫扎特 3 岁学琴；贝多芬 4 岁学琴；肖邦 6 岁学琴……

这些世界著名的人物，都是从小就开始了他们的勤学苦练。

从此以后，无论冬夏，无论刮风下雨，都雷打不动，每天下午 2 点到 4 点，徐学君都要放下手中的活计，带着小梦桃倒两趟公交车，跑到鞍山市体校去练体操。

桃桃练得很认真，很刻苦。回来的公交车上，她常常趴在父亲的怀里睡着了。

到了上学年龄，桃桃一边上学，一边练体操，就更辛苦了。

让一个 4 岁的孩子练体操，这对孩子的父母来说，是重大的考验。而对一个 4 岁的孩子来说，则是更大的考验。

徐梦桃的父母是一对平凡而伟大的父母。他们像许多家长一样，虽然给不了孩子优越的生活条件，但他们却给孩子插上一双梦想的翅膀，并且早早地教会她如何在梦想中飞翔，如何不惧暴风骤雨，勇往直前……

在徐学君的记忆里，有一件事，桃桃给他留下了很深刻的记忆。

一次，妈妈带桃桃去朋友家做客，桃桃发现朋友家的房子好大好大，她原以为别人家的房子跟她家的一样，都很小呢。

回家后她就问父亲："爸爸，人家的房子可大了，有好几间屋！咱家的房子咋这么小呢？"

徐学君却苦涩地笑了，表现出一种苦涩的乐观，说出一番安慰小孩子的话。

"别着急，等爸爸、妈妈开个烤串的小店，将来挣好多好多钱，就能给桃桃买一个大房子了！"

听到这句话，懂事的桃桃却点点头，说出一句令徐学君湿了眼眶的话："爸爸，那今后我再不要冰棍了！"

"桃桃……"徐学君点着女儿的小脑门儿，郑重地说道，"咱家的房子小点儿没关系，只要桃桃好好训练，将来有出息，拿了冠军比多大的房子都值钱！"

桃桃却瞪大了眼睛看着父亲，她不知道冠军和房子相比，到底哪个更值钱、更重要。

徐学君对桃桃的训练要求很严。

他知道，不吃苦中苦，难得甜中甜。尤其干体育这行，好成绩都是拼出来的，都是流血流汗练出来的！

他记得中国第一个乒乓球世界冠军荣国团，说过这样一句话："人生能有几回搏？"的确，人生短暂，运动人生就更短暂了，就更要珍惜了。

每天晚上，他都给桃桃单独上课，按照教练教的动作，让桃桃在一块捡来的旧地毯上，反复进行压腿、劈叉，前、后空翻的练习，以巩固在体操班刚学会的动作。

小桃桃从不叫苦，也从不说累，而是按照父亲的要求，乐颠颠地享受着父亲给她当教练的快乐。多年以后，她谈起童年的往事，她说父亲是她体操课的第一任启蒙老师，而且是一位高度负责的老师。

1996 年，6 岁的小桃桃，被吉林省长春队老师相中了，老师希望她能去长春训练。这位老师是特意来鞍山市体校选拔体操苗子的。

父母舍不得孩子，母亲一连几天都在偷偷地抹泪。但是，为了桃桃将来的前途，夫妻俩还是决定放飞小鸟，让桃桃独自去长春训练。父母只能每个月跑一趟长春去看她，这使徐梦桃早早地走上了独立的道路。

小桃桃很懂事，她知道父母卖羊肉串挣点钱不容易，每月还要给她交学费、伙食费，所以她在队里从不乱花钱。

这段生活对 6 岁的徐梦桃来说，虽然很苦，甚至有点残酷，却磨炼了她坚强而独立的性格，使她在今后的人生道路上，遇到什么样的困难都能坦然面对。

但在接下来的一段时间里，小小的徐梦桃却面临着转校和转项等一系列的难题。

由于徐梦桃成绩优秀，长春队准备为她转正，但有一个条件，徐梦桃的户口必须从鞍山迁到长春。小小的年纪就要一个人落户长春，徐梦桃的父母当然舍不得。于是，徐学君只好把她转到辽宁省体操队。

但不管转到哪里，徐梦桃都表现出超人的体育天赋，表现出一个优秀运动员所具备的特质——肯吃苦，不怕累，对体育有着超乎常人的酷爱！

12岁，她就在辽宁省运动会上，独自一人夺得了体操项目3金2银1铜的好成绩，还获得了12500元的奖金。

这对她这个贫穷的家庭来说，是一笔不小的收入。

然而，命运常常会捉弄人。

她的体操成绩正处在上升期，教练却对她说："徐梦桃，你回家告诉你父母，说你的个子太高了，不适合再继续练体操了！老师也感到很可惜……"

的确，体操运动员不适合个子太高，中国体操名将刘璇是中国女子体操队的高个，身高也只有158厘米。而徐梦桃才12岁，身高已达160厘米了。而且，她正处在青春期，还在继续长呢。

徐梦桃回到家里，眼泪汪汪地对父亲说："爸爸，教练让我告诉你，说我个子太高，不适合练体操了。那我今后可咋办呢？"

听到这一消息，徐学君夫妻俩也很难过。

孩子4岁就开始练体操，已经苦练了八年，现在却因身高问题不得不放弃，岂不是太可惜了。

于是，一个严肃的问题摆在徐学君夫妇面前：是让桃桃继续干体育，还是放弃，另选其他出路？

他们必须给孩子做出抉择！

徐学君觉得女儿的身体素质好，是一个干体育的好苗儿。现在她才12岁，重新选择其他项目还来得及。

于是，他安慰女儿："桃桃，别难过！你还小，爸爸一定帮你找到一个适合你的项目，我们重新开始！我们绝不放弃我们的梦想！你忘了，咱俩曾经拉过钩，要为冠军而奋斗呢！"

父亲的这番鼓励，给年幼的桃桃以极大的安慰，只见她稚气未脱的脸上，又露出了期待的笑容。

徐学君急忙去找徐梦桃的体操教练，商量徐梦桃的前途问题。

体操教练说，徐梦桃个子太高，不适合练体操，可以让她转向技巧之类的项目。她说，目前沈阳体育学院有雪上项目，正在招收滑雪空中技巧运动员，可以带她去试试，因为空中技巧与体操有好多相似之处。

人生的机会，可能转眼即逝。

徐学君急忙扔下手中的肉串生意，带着桃桃立刻奔赴沈阳体育学院……

# 四

求师若渴的父女俩，能否敲开著名教练的家门？

面对心惊胆战的比赛场面，12 岁的桃桃将做出怎样的抉择？

2002 年 8 月 12 日上午 10 时。

对徐梦桃父女俩来说，就像八年前（1994 年 12 月 13 日）那天一样，又迎来了一个人生的关键时刻——

父女俩怀着求师若渴的心情，敲开了沈阳体育学院自由式滑雪空中技巧教练陈洪斌的家门……

已年过花甲的陈洪斌教练，得知父女俩的来意之后，用他"阅人"无数的眼睛，极其内行地打量着眼前的这个满脸稚气的小姑娘。小姑娘穿着一身运动服，身材修长，胳膊、腿都很长，扎着马尾辫，长着一双机灵的大眼睛……

徐学君忙从挎包里掏出一堆大大小小的获奖证书及奖章，捧到陈教练面前，以证明徐梦桃的训练成绩。

陈教练看了看奖章，问道："既然她在体操方面成绩这么好，为什么不让她继续练体操，却跑这儿来要学自由式滑雪空中技巧呢？要知道，空中技巧难度是很大的！"

徐学君急忙说："因为孩子长得太高，教练说她不适合练体操了，应该转个项目。孩子还小，才 12 岁，我想她重新选其他项目还来得及，所以就来找您……"

听徐学君这么一说，陈教练点点头。

我采访陈教练时，陈教练告诉我，之前他曾当过体操教练，知道体操项目受身高限制，身材太高就不适合练体操了。他说，体操与自由式滑雪空中技巧项目，有许多相似之处，空中技巧 70% 的动作都离不开体操，连裁判打分都跟体操的分数相似，运动员起跳占 20%、空中空翻动作占 50%、着陆占 30%。

听了徐学君这番话后，陈教练用专业的眼光审视着徐梦桃的身形，发现她的小腿肌肉上提，跟腱长，踝关节细，又问徐梦桃受没受过伤，接着让她做一些简单的动作，发现她动作灵敏，柔韧性好，有很好的体操功底，觉得她是一个难得的练空中技巧的人才。

但他知道，自由式滑雪空中技巧项目，不同于体操，更不同于其他运动项目，它被人们称为"勇敢者的运动"，有一定的危险性。

自由式滑雪空中技巧项目，1994 年被正式列入冬奥比赛项目。在比赛中，运动员要从铺满雪的 30 度斜坡上进行助滑，疾驶而下，助滑时速将要达到 50 至 70 千米，借助助滑的惯力，冲上几米高的起跳台，从而将身体在空中高高腾起，借助摆动双臂的力量，来完成空中转体翻腾的动作。其动作优美而短暂，翻腾与速度，浑然一体，给人以美感与刺激。在优美的瞬间，充分展现出运动员对极限运动的挑战与战胜自我的勇气！而且，运动员的脚上，还穿着又重又长的雪板，在空中完成横轴与纵轴方向的一系列翻腾动作之后，再在雪坡上稳稳地落下……

其难度可想而知。

正因为难度大，危险也大，所以才有着无穷的魅力，从而吸引了众多爱好者，在腾飞与速度的追逐中，享受着来之不易的成功与快乐。

这项运动从 20 世纪 80 年代末进入中国，每一位空中技巧运动员，都要经过数年的艰苦磨炼，才能绽放出瞬间的成功之花。

因此，陈教练在选拔运动员时，从不欺骗孩子，而是把真实情况告诉家长和孩子，让他们自己做出理性的选择。

接下来，陈教练有意播放了一盘自由式滑雪空中技巧比赛的录像……

陈教练说，当父女俩聚精会神看录像的时候，他却在一旁观察着徐梦桃的表情，洞察着她的内心，看看她的心理承受能力，以及她对这个项目的兴趣程度……

他知道，如果孩子对这个项目没有兴趣和决心，那是干不了这行的。

在这里，要谈谈陈洪斌教练，他是我国著名的功勋教练，多少运动员都因他而改变了命运。

说起他的教练生涯，颇具独特的经历。

他最早是沈阳体育学院的体操教练，后来学院领导决定让他转项执教技巧运动队。短短 5 年，他就使这支技巧队获得了全国第七届全运会冠军、中国香港举办的第一届亚洲技巧锦标赛冠军、保加利亚世界杯冠军的优异成绩。后来由于技巧项目确定成为非奥项目，沈阳体育学院不得不放弃对技巧项目的投入。1993 年，陈洪斌和他的弟子们就这样转战到新开展的自由式滑雪空中技巧项目中。

于是，这位不会滑雪、从体操转向技巧，又从技巧转向自由式滑雪空中技巧的教练，又把全部身心投入这项从未涉足过的冬季项目上。

而且，当时中国刚开展这个雪上项目，没有训练经验，没有教学大纲，陈教练仅凭一盘外国运动员训练的录像带，带领一帮运动员，开始了艰难"创业"的生涯。在极其艰苦的条件下，边学边练，苦练三年之后，居然使中国自由式滑雪在世界雪坛有了多项零的突破！

郭丹丹在世界各项顶级大赛中，不仅获得优异成绩，而且在澳大利亚世界杯赛中，为中国女子雪上项目夺得了第一个世界冠军；欧晓涛在捷克世界杯大赛中，获得了中国雪上项目第一个男子世界冠军；徐囡囡在 1998 年日本长野冬奥会上获得银牌，这是中国雪上项目第一枚奥运奖牌；贾宗洋在俄罗斯索契冬奥会上获得铜牌，在韩国平昌冬奥会上获得银牌……

这一系列突破性的成绩，都出自陈洪斌教练的指导。

此时，陈教练正在为自由式滑雪空中技巧队选苗，为培养优秀选手做下一步准备，徐梦桃能否入选陈教练的法眼，就看她今天的表现了。

只见徐梦桃聚精会神地看着自由式滑雪空中技巧队员比赛的录像……

当她看到运动员冲上 4 米多高的跳台，在十几米高的空中做着翻腾转身的高难动作时，她兴奋得小脸通红，紧紧地攥着两只小拳头，有一种跃跃欲试的冲动！

然而，当她看到运动员从空中腾飞而下，突然跌倒在雪道上，摔得人仰马翻时，她下意识地大叫一声："哎呀妈呀！太吓人了！"

陈教练说，他之所以播放运动员摔倒的镜头，就是要让这孩子看看该项目的危险与艰难，看看她有没有胆量和决心从事这个项目。而且，滑雪队要去外地的雪场训练，条件非常艰苦，如果没有超人的勇气和决心，是干不了这行的。

录像播放完了。

陈教练对他们爷俩儿说："我必须告诉你们，从事这个项目有一定的危险性！而且是在野外训练，必须能吃苦。如果不能吃苦，胆小，我劝你们，还是另选其他项目吧！"

看完录像，徐学君的内心也很矛盾，如此危险的项目，多少男人都望而却步，而他却把自己 12 岁的女儿送到这里……

此刻，两位大人，一个是父亲，一个是教练，都在看着这个 12 岁的女孩子……

他们知道，爱好是孩子最好的老师。

如果孩子本人不喜欢这个项目，甚至产生惧怕心理，那么，她肯定训练不好，也不可能坚持下去。所以，两个大人都在等待着徐梦桃的态度……

只见徐梦桃咬了咬稚嫩的嘴唇，却以坚定的口吻说道："教练，我不怕吃苦！也不怕摔跤！我就是要干这个项目！"

这稚嫩而坚决的声音一出，屋子里顿时陷入了短暂的沉默，静悄悄地，只能听到三人的呼吸声。

徐学君虽然有思想准备，但听到女儿说出这番话，还是感到有些吃惊。而陈教练则感到震惊……

想想，一个 12 岁的女孩子，多少人都依偎在母亲怀里撒娇呢。而她，居然做出了如此决绝的决定："我不怕吃苦！也不怕摔跤！我就是要干这个项目！"

写到这里，我也为徐梦桃感到震惊，小小年纪，居然做出了如此坚定的决定。这可不是闹着玩的，而是从此以后，她将踏上一条充满艰难与未知的追梦之路……

陈教练觉得，这孩子是一棵难得的好苗儿，将来必有出息！

但是，他又严肃地问了她一句："你真的不怕摔跟头？"

"不怕！"

"也不怕吃苦？"

"不怕！"

"那好，咱们说好了……一言为定！"陈教练郑重地说道。

徐梦桃惊喜地反问了一句："教练，你要我了？"

只见陈教练向徐梦桃缓缓地伸出一只大手，徐梦桃迟疑地、不敢相信似的，也伸出了一只小手……

于是，一大一小两双师生的手，就这样紧紧地握到了一起……

这一握就是七年！

这七年，将是一个运动员的黄金时代。

这七年，将决定一个运动员一生的命运……

2002年8月12日，也因此成为徐梦桃真正追梦人生的开始——

12岁的她，成为沈阳体育学院的正式学生，一名滑雪空中技巧运动员。

# 五

一个12岁孩子的承诺，是一时冲动，还是终生的追求？
一个花季少女的诺言，是写在风中的豪言壮语，还是以生命做抵押的酷爱？

"我不怕吃苦！也不怕摔跤！我就是要干这个项目！"

一个12岁孩子说出这句话不容易，但要真正坚持下去，并认真地执行这份承诺，那更不是一件容易的事！

早5点起床，出操、训练、跑步，上午上文化课，下午、晚上训练。

夏天，骄阳似火，一堂训练课下来，运动服能拧出汗水来。冬天，滴水成冰，要去外地山区雪场训练，寒冷、摔跟头、没有像样的装备、生活条件十分艰苦……不是一天两天，而是长年累月如此。

陈教练用那双严厉而寄予厚望的眼睛，观察着这批新招来的小运动员，也观察着徐梦桃……

他发现，徐梦桃与同龄孩子相比，有许多过人之处。小姑娘年纪不大，却有着明确的奋斗目标，骨子里有一种不达目的、誓不罢休的劲头。她无论是上训练课还是文化课，都很自觉和自律，是班里的佼佼者。

他还发现，每当踏进训练场，别的孩子常常会表现出一种懒洋洋的倦怠，对枯燥的训练感到厌倦，而她却总是精神抖擞，脸上挂着笑容，有一种渴望到赛场上搏击的兴奋劲儿。

教练都知道，对运动员来说，能保持这种饱满的训练激情很可贵，就像作家渴望创作、雄鹰渴望翱翔天空、战舰渴望驰骋大海一样。一个运动员要对本身的项目没有这份酷爱，就不可能有这种劲头。

陈教练经常带领运动员一起跑步训练，跑 5000 米，好多新生都被他落下了。有的女孩子落在后面哭起鼻子。但徐梦桃却紧紧地跟在他身后，一直跑到终点。

蹦床空中技巧练习，好多队员都不敢跳，徐梦桃却第一个跳上蹦床……

练习高台跳跃，要进行跳水训练，从未跳过水的小队员都不敢跳，又是徐梦桃，第一个从几米高的跳台上纵身跳入水中……

陈教练看到徐梦桃既懂事，又肯吃苦，就让她担任小队长。她很认真对待这份职务，越发处处走在前面。

冬天伊始，陈教练带着这群新招来的十二三岁的男女小队员，从沈阳坐火车来到黑龙江省牡丹江市，又乘长途客车来到双峰滑雪场进行训练。

当时的经济条件有限，小队员没有滑雪设备，只能用大队员淘汰下来的旧雪板，长的要锯，坏的要拼，小队员要轮流使用。没有专业的滑雪服，队员们只能多穿几条裤子防寒。

孩子们很兴奋，大家按照陈教练的安排，在一个不大的雪坡上，生平第一次滑雪，第一次完成了滑雪跳台……

而徐梦桃第一天上雪场，就一头栽进雪坑里……

当大家都瞪大眼睛为她担心时，她却从雪堆里钻出来，像没事儿人似的，微笑着冲大家挥手呢！

徐梦桃的真操实练，就从这个跟头开始了。

当时，陈教练除了训练这帮新招来的小队员，更重要的任务是担负着国家滑雪空中技巧队的教练职务，因此，他经常带国家队外出比赛。

他带国家队员一走，小队员暂时没有教练，他考虑再三，就把负责这帮小队员的训练任务交给了徐梦桃，让她带领小队员按照他留下的计划，进行训练。

徐梦桃对教练布置的任务一丝不苟，非常认真。对几个不听她指挥的调皮男孩子，就采取比赛的方式刺激他们，比做俯卧撑，看谁做得多，他们做 10 个，她就做 12 个！跟男孩子一起跑 3000 米，她绝不被他们落下……

体育赛场是公平竞争的地方，也是令人服气的地方。

徐梦桃以惊人的毅力与顽强的拼搏精神征服了这帮小队员，无论男女，都很佩服她、服从她，都乐颠颠地听从她这个"小教练"的指挥。

# 六

一次勇敢的试跳，是一个项目的尝试，还是一次人生成败的搏击？

时间到了 2007 年春节后，北方的冰雪即将融化。冰雪运动员将要告别冰坛和雪场，进入春夏陆地训练了。

经过四年的勤学苦练，曾经稚嫩的徐梦桃，已成长为同期运动员中的佼佼者，并被列入国家队重点选拔对象。

陈教练决定在推荐她进入国家队之前，在本年度雪期结束前夕，让她进行一次高难度训练：直体三周空翻！

就是说，运动员要从 4 米多高的跳台上腾空而起，在空中挺直身体翻腾三周！

当时，国家体育总局冰雪处领导及学院领导，都对徐梦桃寄予厚望，认为她将来大有前途，但又怕她受伤。所以，在试跳这个动作之前，一再叮嘱陈教练，一定要保证运动员的安全，绝不能受伤！

陈教练知道，运动员在十六七岁时，是训练高难动作的最佳时间，过了这个年龄段，再想完成这种高难度动作就更难了。而且，现在是北方的早春，雪质松软，即使摔了也会摔得轻点儿。再不练，今年的雪期就结束了，再想练就得等明年了。

人们常说，时间就是金钱。而对运动员来说，时间就是生命——是他们宝贵的运动生命！

可是，万一摔伤……

一连数天，这些问题一直纠结着陈教练，令他彻夜难眠。

临进行三周跳的前一天晚上，陈教练最后一次来征求徐梦桃的意见，问她明天到底想不想进行三周跳。

"当然想跳了！我为这一天已经准备好久了！好几个晚上睡不好觉，都在想三周跳呢！"徐梦桃笑着回答。

听到徐梦桃说出这样的话，陈教练下了最后决心："那好，明天就按计划进行！"


第二天，天不作美，阴乎乎的，刮起了小风，飘起了清雪，并不是进行三周跳的理想天气。

按原定计划，陈教练早早地来到雪场，为进行三周跳做充分的准备。他把跳台下方运动员可能落地的积雪全部铲了一遍，让雪变得松软，即使摔了也不会摔得太重。他又把 4 米多高的跳台角度重新量一遍，把跳台上稍大的雪块全部挑拣出来扔掉，以免影响运动员的动作……

此刻，各队运动员都做好了准备活动，陆续来到训练场。徐梦桃像往常一样，跟大家说说笑笑地来到雪场。

陈教练本想按原计划，等几个练跳三周的男运动员跳完之后，借鉴他们的速度和着陆点，再让徐梦桃进行第一次三周跳。

可是，男运动员却迟迟没有进行三周跳，陈教练问其中一名男队员："你们今天什么时候开始三周跳？"

男队员却说："今天天气不好，不准备跳三周跳了！"

听到这话，陈教练心里也矛盾起来：男队员都不跳了，还让不让徐梦桃进行三周跳？今天要不跳，那就要等明年了。可是……

三周跳确实难度很大，起跳台高达 4.2 米，运动员必须从 30 度的陡坡上疾驶而下，以每小时 70 千米的速度冲上 4 米多高的跳台，腾空跃起，在空中完成三周转体的动作。如果速度不够，腾空的高度就会受到影响，高度不够，就无法完成空中转体三周的动作，很可能使运动员从十几米的高空摔下来……

一时，陈教练担心起梦桃来。考虑再三，为了稳妥起见，还是决定不让梦桃跳了。

可是，徐梦桃却是一脸的不情愿，语气坚定地说："陈老师，我要跳！我盼了好多个夜晚都睡不好觉了！终于盼到今天了，别人不跳我跳，我不怕！今天再不跳，就要等明年了！"

陈教练知道，空中技巧本身就有一定的危险性，没有玩儿命的勇气，没有勇敢的精神，是不可能成功的！

于是，在徐梦桃的强烈要求下，陈教练同意了徐梦桃的请求，并对她叮嘱一番……

此刻，雪场上所有的运动员、教练员、场地工人，都屏住呼吸，紧张地注视着第一次跳三周跳的徐梦桃，雪场变得鸦雀无声，能听到雪花落地的沙沙声……

只见徐梦桃站在助滑的起点处，高举双手，闪电般地冲向跳台，随即腾空而起，在飘着清雪的阴暗天空，完美地完成了三周跳的动作，平稳地落到地上……

她成功了！

在场的运动员、教练员、工人，都"嗷嗷"大叫着为她喝彩，为她第一次征服三周跳的高难度动作而拍手叫好！

对运动员来说，有了第一次成功，就有第二次、第三次，就会在无数次训练中，不断地向更快、更高、更强的目标进击！

陈教练立刻给上级领导打电话，告诉他们，徐梦桃已经安全地完成了任务！

徐梦桃这次三周跳的成功，是中国女队在自由式滑雪空中技巧项目上一次重大的突破！并为中国自由式滑雪空中技巧、为徐梦桃本人的运动生涯，获得了一把开启通往世界冠军之门的钥匙……

# 七

**冰雪是寒冷的，却充满了无穷的魅力。**

**珠穆朗玛峰险峻而危险，却使无数登山爱好者为它倾倒，为它着迷，甚至为它献出了宝贵的生命！**

**征服，是运动员的天性，也是人类宝贵的精神品质。**

三周跳的成功，使徐梦桃冲上了一个新台阶，年仅17岁的她，以不凡的实力被选进了国家队。

多年来，她一直渴望能够身穿胸前印着国旗、背后印有英文CHINA字母的国家队队服。

小时候，她曾经画过一面小小的五星红旗，偷偷地别在胸前美一会儿，又急忙取下来怕人家笑话。

现在，她终于穿上了这身代表中国的国家队队服，心里美滋滋的，觉得别人看自己的眼神都跟原来不一样了。

陈教练对她说："进国家队，是机会，也是挑战！你将担负着为国争光、升国旗、奏国歌的任务！你要好好地向老队员学习，刻苦训练，不要辜负……"

她冲教练认真地点点头。

她知道，穿上国家队队服不只是一种标志，肩负的使命是艰巨而光荣的。

从此，她训练起来更加玩儿命，恨不得把一天 24 小时全部用在训练上！

她知道，不玩儿命，不可能出成绩；不玩儿命，不可能夺得冠军！

是的，在残酷的竞技场上，冠军永远属于那些勇敢的玩儿命者！

正因为她的玩儿命，所以应了那句"梅花香自苦寒来"，进国家队不久，她就迎来了人生第一次机会……

2007 年 3 月，她第一次参加了国际大赛：在瑞士举办的自由式滑雪世界青年锦标赛。

比赛是在晚间进行，而且下着雪。

她，一个从未出过国、从未去过欧洲、从未登上世界滑雪跳台的 17 岁小姑娘，却力压群芳，摘得了平生第一枚国际大赛的金牌——女子自由式滑雪世界青年锦标赛冠军！

当她在高空完成跳跃、腾飞、转体之后，稳稳地落在雪道上，听到耳边呼呼的风声中传来热烈的掌声及欢呼声……

她知道，她夺冠成功了！

当她站在领奖台上，第一次听到庄严的中华人民共和国国歌因她而奏起，第一次看到鲜艳的五星红旗因她而升起时，她那颗稚嫩而激动的心，感到一种从未有过的自豪与骄傲……

她心里说：当运动员真好！能为祖国争光，能为祖国升国旗、奏国歌！

她在心里暗暗发誓：这只是刚刚开始！从今以后，我一定要更加刻苦地训练，要夺得更多的世界冠军，而且要夺得冬奥会冠军！

这就是徐梦桃——一个追梦女孩儿的雄心壮志！

而她，当时只有 17 岁。

她对这第一枚世界比赛获得的奖牌爱不释手，捧在手里久久地抚摸着，夜里醒来还要再悄悄地看看它，很怕它丢喽。

然而，回国以后，她却把这枚珍贵的冠军奖牌，献给了她的恩师——陈洪斌。

她说："没有陈教练，就没有我的今天！当年，是陈教练留下了我……"

这块奖牌至今一直摆放在陈洪斌教练家中的展示柜里。

## 八

"空中技巧就是我的爱人。我天天为它哭、为它痛，我热爱这个项目，把所有的精力全部投入其中了！"

12岁，她说出令大人震惊的话："教练，我不怕吃苦，也不怕摔跤！我就是要干这个项目！"

17岁，她又在世界青年锦标赛冠军的领奖台上，对自己立下誓言："这只是刚刚开始！今后，我一定要夺得更多的世界冠军，而且要夺得冬奥会冠军！"

她没有食言，而且超额完成了任务。

一个运动员的冠军情结，将给她的生命注入强大的动力。一个小小年纪的少女，有着如此雄心，如此壮志，并持之以恒，不达目的誓不罢休！这种冠军精神，将会爆发出怎样的能量？

我想，大概只有一个词来形容，那就是：玩儿命！

玩儿命地训练！玩儿命地比赛！玩儿命地战胜常人难以想象的伤病与困难……

没有玩儿命的劲头，就不可能完成一次次向人类极限挑战的动作！没有玩儿命的劲头，就不可能在世界大赛中摘金夺银！

陈教练告诉我，2007年10月，徐梦桃在美国盐湖城水池训练，进行直体空翻一周接直体空翻同时转体720度、接直体空翻同时转体360

度的世界女子最高难度 bLdFF 动作，其难度值 4.175，成功地完成了当时世界最高难度动作。

我想，这种玩儿命的劲头，大概就是冠军精神吧！

写到这里，我忽然在想，其实任何一项伟大事业的成功，都有无数人在默默地玩儿命，只不过他们没有运动员那么声名远扬而已。想想，没有人玩儿命，新中国在抗美援朝战场上，就不可能取得胜利；没有人玩儿命，中国就不会有原子弹、氢弹的爆炸成功；没有人玩儿命，中国就不会有航天的巨大成就；没有石油工人的玩儿命，中国就不会迅速摘掉贫油国的帽子……

在接下来的岁月里，徐梦桃以玩儿命的劲头，以智慧的头脑，拼来了多项"世界之最"。

17 岁，她第一次参加国际大赛并夺得了第一枚金牌。今天，她已是 32 岁的老将，在漫长的运动生涯中，她用常人难以想象的拼命劲头，为祖国一次次地升起国旗、奏起国歌……

当看到陈洪斌教练给我发来的一组数字，我久久地没有敲击键盘，震惊和敬佩，震撼着我这颗也曾怀有冠军梦的老运动员的心……

截至 2022 年 3 月，徐梦桃共获得奥运会奖牌 3 枚（1 金 2 银），国际雪联自由式滑雪空中技巧世界杯奖牌 49 枚，其中个人金牌 27 枚、银牌 12 枚、铜牌 10 枚。自 2009 年 12 月首届世界杯混合团体项目诞生，共获得 7 枚金牌、1 枚铜牌。世锦赛奖牌 7 枚（1 金 3 银 3 铜）。世界杯年度总排名奖牌 9 枚，其中第一名 5 次，第二名 2 次，第三名 3 次，成为空中技巧项目历史第一人。

看着这一组组世界之最的数字，我这颗激动的心，不禁浮想联翩，脑海里浮现出一幅幅美丽的画卷：如果用这么多金牌连起来，将会连出多长的距离？如果将一次次升国旗的画面连起来，那将是一幅多么雄伟、壮观的画面啊？

我想，这大概就是她终生所追求的梦想吧！

# 九

**她向世界宣告：任何磨难都阻挡不了徐梦桃夺得冬奥冠军的脚步！**

曾经，在徐梦桃追逐奥运冠军的道路上，充满了常人难以想象的荆棘与坎坷。

为了参加 2010 年在加拿大温哥华举办的冬奥会，她苦苦拼搏了四年。在这四年里，她备受伤病的折磨。

2007 年末，她在全国自由式滑雪锦标赛上受了重伤，右膝关节前交叉韧带断裂，内侧副韧带撕裂，只好住院治疗。医生给她右腿打了一枚钢钉，为她断裂的韧带做了重建。

手术期间，徐梦桃没有告诉父母。母亲是看到记者采访她时，才得知女儿受伤了，来到北京见到女儿后抱着她呜呜大哭。

手术之后，教练和队友都为徐梦桃担心：

她还能重返赛场吗？还能继续训练吗？还能当运动员吗？

因为当时中国还没有一个技巧运动员摔伤之后，带着钢钉重返赛场的，那些受重伤的都改行离队了。

但是，对于一心要夺冬奥会冠军的徐梦桃来说，腿上的那枚钢钉，却丝毫没有影响她继续追梦的脚步……恢复一段时间之后，她不仅回到了赛场，而且在半年之后，在世界杯莫斯科站的比赛中，居然夺得了首枚世界杯金牌！

为了能参加 2010 年在加拿大温哥华举办的冬奥会，她本该在 2009 年手术取下腿上的那枚钢钉，却推迟到温哥华冬奥会大赛之后才手术。

她的顽强，似乎在向世界宣告：任何磨难都阻挡不了徐梦桃冬奥夺冠的脚步！

此刻，她已是女子空中技巧项目的世界排名第一，冬奥夺冠的呼声很高，就等着赛场上与选手一比高下了。

2010 年 2 月 21 日，在温哥华赛普拉斯山冬奥自由式滑雪女子空中技巧赛场，腿上打着钢钉的徐梦桃，以总分 168.55，排名第 8 的成绩顺利晋级决赛。

2 月 25 日中午 11 点 30 分，进行该项目的决赛。

雪场上，大雾弥漫，视野不佳。好多运动员在比赛中受到影响。徐梦桃却以直体空翻 3 周并同时转体 1080 度的高难动作，也就是四年前练习的那套动作，获得了 108.74 的高分，排在全体参赛选手第一位。

当时，她已经多次拿到了世锦赛、世界杯的冠军，唯独缺少一枚含金量最高的冬奥会金牌了。

此刻，冬奥冠军已经向她张开臂膀，眼看就要拥抱她了！

然而，天不助也。

在她最后一跳，也就是最关键的一跳时，为了取得最高分，她采用了难度为 4.175 分、当时世界女运动员最高难度的 bLdFF 动作。但这一动作从练习到奥运比赛还不到一年，动作稳定性还不够成熟，结果她在落地时没有站稳……

她只得了第六名。

2014 年，徐梦桃在第二十二届索契冬奥会自由式滑雪女子空中技巧比赛中

　　本届冬奥会，中国队获得5金、2银、4铜的好成绩。金牌由花样滑冰双人滑申雪、赵宏博，短道速滑名将王濛、周洋及短道速滑女子接力队获得。滑雪空中技巧队，只有男女各一名选手获得了铜牌。

　　第一次冲击奥运金牌，就这样失败了。

　　徐梦桃的心情可想而知。

　　下一次再冲击奥运金牌，就要等到四年之后了。

　　于是，她又苦苦地拼了四年，终于又迎来了2014年在俄罗斯索契举办的冬奥会。

　　这次冬奥会，中国队获得了3金4银2铜的成绩，夺金牌的都是滑冰队。而夺冠呼声极高的徐梦桃只获得了一枚银牌。

　　按理说，运动员能在冬奥会上夺得一枚银牌，也是一项很了不起的成绩，但徐梦桃却不甘心与金牌擦肩，更不甘心在冬奥会上当"收银员"。于是，她在国家队纪冬教练的指导下，目标又定在了下一个四年的韩国平昌冬奥会上……

　　可是，天有不测风云。

　　在2016年第十三届全国冬运会上，徐梦桃在挑战一个高难度动作时严重失误，从高空落地时，狠狠地摔到了雪道上，雪板斜插进雪里，而她的身体却随着惯性滚倒在急停区，造成腿部严重扭曲……

　　她被担架抬出了赛场，送往北京大学第三医院。

　　一路上，她紧闭双眼，脸色苍白，冷汗涔涔。

　　医生诊断：两条腿的半月板几乎全部破碎，不得不进行手术切除，腿还要再一次打钢钉。

　　为她做手术的是北京大学运动医学研究所所长、北医三院运动医学科副主任余家阔大夫。徐梦桃见到余大夫第一句话就问："大夫，我还能跳吗？"

　　面对这位坚强得令人心疼的姑娘，余大夫只说了一句："我会尽最大努力，尽可能地延续你的运动生命！"

徐梦桃的半月板 60% 已经碎片化，只得为她的半月板进行 70% 的切除……

此刻，手术室外，徐梦桃的教练、队友们都焦急地等在门外，都为徐梦桃担心：手术能成功吗？术后能恢复正常吗？还能恢复训练吗？还能……

人们不敢想象，雄心勃勃，一心要夺取冬奥冠军的徐梦桃，如果失去了赛场，失去了追逐奥冠的机会，她将会怎样？

十几个小时之后，徐梦桃从麻醉中醒来，发现自己的双腿缠着纱布，被固定在床上，看到余大夫，第一句话又问："我还能跳吗？"

术前术后，她问医生两句话，都是："我还能跳吗？"

在她的生命里，似乎没有别的，只有跳！跳！跳！玩儿命地跳！

后来，她曾说出这样两句名言："吃苦就是我的青春记忆，而空中技巧就是我的爱人！"

面对这样一个执着得近乎走火入魔的姑娘，余大夫不忍心给她泼冷水，只好真诚地鼓励她："这要看你的身体恢复情况，只要你有足够的毅力，就能重新回到训练场！"

但作为医生，他知道运动员受了这么重的伤，已经不适合再继续做专业运动员了，更不适合继续从事这种具有高难度危险动作的项目了。但他不忍心打击她，他知道，空中技巧已成为她生命的强大支柱。

可他必须提醒她，于是余大夫严肃地对她说："我必须告诉你，这次伤得很重！虽然手术成功了，但如果再次受伤，就会造成不可逆转的严重后果……"

徐梦桃看着余大夫，没有说话。

接下来，徐梦桃度过了一段痛苦的时光，看着队友们生龙活虎般地跑出去训练，而她却躺在病床上，忍受着身心摧残的双重折磨——

一边承受着伤腿的钻心疼痛，一边又承受着内心的痛苦煎熬，心中的两个"小人"在不停地打架。

一个"小人"在说：你的两条腿伤得这么重，别跳了！痛快改行吧！你都26岁了，还跳啥呀？

另一个"小人"却说：26岁咋地？人家外国运动员30多岁还获得奥运冠军呢！你能甘心就这样与奥运金牌擦肩而过吗？你一定要夺得一枚奥运金牌！

前一个"小人"又说：即使让你跳，你还能回到从前吗？还能从高高的跳台上稳稳当当地落地吗？你的伤腿还能支撑你完成世界顶级的高难度动作吗？

另一个"小人"又说：当然能了！只要你做好康复训练，就一定能恢复到从前！你能甘心就这样败下阵来吗？徐梦桃没有战胜不了的困难，一定要重返冬奥赛场……

人的潜力是可怕的。

经过数天的激烈斗争，她心中的"天使"终于战胜了"魔鬼"。

26岁的徐梦桃，第三次手术后不久，不顾父母的心疼和反对，强烈要求回到了国家体育总局秦皇岛训练基地，并在医生及康复教练牛雪松的指导下，制订出一套科学而高效的康复训练计划，术后7个月便重返专项训练的场地。

在进行康复训练的日子里，徐梦桃整天待在健身房里，进行强化腿部骨骼与肌肉力量的训练。每天排出的汗水，要换几套运动服，能拧出半盆汗水来。

当她在健身房强化恢复体能训练时，队友们已经开始在跳台上跳水，进行空中专项技术的水上训练了。

当她结束健身房的器械训练，开始进入空中技巧跳水训练时，已经到了北方的深秋，外面泳池里的水冰冷刺骨。可她却穿着运动服，从6

层楼高的跳板上，一次次地跳进冰冷刺骨的水中……

在教练和队友的眼里，徐梦桃永远是一个坚强而乐观的女孩儿。即使从冰冷的水里钻出来，浑身冻得瑟瑟发抖，脸上却仍然挂着微笑。因为她知道，自己又一次战胜了自我，再一次回到了训练场。只要能重新回到训练场，一切都可以克服，因为奥运赛场在向她招手……

国家队教练为她感到心疼，但对她却充满了必胜的信心，教练觉得：在这个运动员面前，没有她过不去的山，也没有她克服不了的困难！

"但得有心能自奋，何愁他日不雄飞！"教练坚信她一定能成功！

但是，竞技场是残酷的。

天道酬勤，这句话有时也会骗人。

在接下来的四年里，徐梦桃又进行了怎样残酷的训练，无须我赘述。

可是，四年之后，当她满怀夺冠信心地踏上 2018 年韩国平昌冬奥会的赛场时，上天却再次对她开了一个天大的玩笑——

比赛中，她再次摔倒，头朝下，整个人倒栽葱地摔向雪道……最终排名第九。

那天，可能是平昌最冷的一天，她的眼泪在睫毛上结成了冰。

之后，徐梦桃再次被抬出赛场，回国后再次被送进北京大学第三医院。

医生对她再次进行手术，十字韧带重建……

她的两条腿从大腿根部到脚踝，全部用纱布缠着，固定着，就像木乃伊似的，一动不能动。

看到她木乃伊似的躺在病床上痛苦的照片，我忍不住哭了。我也曾当过运动员，也曾在滑冰过程中腿摔骨折过，也曾饱受伤病的折磨……

她这次还能承受住这沉重的打击吗？还能继续再拼下去吗？

要知道，她已经 28 岁了，又满身伤病，对一个空中技巧运动来说，已不适合再继续比赛训练了。而且，她的运动成绩世界著名，非常优秀，只不过差一枚奥运金牌而已。她完全可以光荣而自豪地退下来，或工作或去某大学读书了。

可是，徐梦桃却再次陷入了痛苦的矛盾之中……

## 十

**青梅竹马，在腾飞中相爱，在为祖国争得荣誉的使命中，牵手前行……**

写到这里，我不得不写一个人。

他就是徐梦桃的队友、爱人王心迪。

王心迪，1995 年 5 月出生于河北省秦皇岛市，从小也像徐梦桃一样练体操。12 岁时他父母离异，各自成立了家庭。王心迪从小养成一种独立、内向的性格，不喜欢交往，喜欢一个人静静地享受孤独。他的父母给他的不多，而体育却给了他很多，给了他能吃苦的毅力，敢于挑战的性格，使他孤独内向的性格，变得开朗、乐观，并怀有宏大的抱负。

他说，体育跟他很默契，他选择了体育，体育也选择了他。

说来很巧，12 岁时，他被国家体育总局秦皇岛训练基地选拔空中技巧苗子的陈洪斌教练发现，被选进了沈阳体育学院，开始了自由式滑雪空中技巧训练，后来被选进国家队。他曾获得 2016—2017 赛季国际雪联自由式滑雪空中技巧世界杯第六站男子个人冠军，2018—2019 赛季国际雪联自由式滑雪空中技巧世界杯男子年度总冠军。

他比徐梦桃小 5 岁。他对徐梦桃的爱，是从崇拜开始的。

2008 年，他 13 岁，刚进空中技巧队不久，一天中午，他看见一个女运动员挂着双拐，从六层楼上顺着台阶一下一下地跳下来，一直跳到一楼，挂着双拐去食堂吃完午饭，又挂着双拐一蹦一蹦地向楼上跳去，一直蹦到六楼……

女队员的宿舍在六楼，没有电梯。

他问身边的女队员，她为什么不让队友把饭给她打上去？

女队员的一句回答，令他大吃一惊："桃桃蹦楼梯，是在进行康复锻炼呢！"

从那一刻起，他对这个叫桃桃的姐姐，从心底产生一种从未有过的崇拜感。

后来，他的教练让大家写一篇"谁是你最崇拜的运动员"的文章，他在文章里写了三个人：申雪、赵宏博和徐梦桃。

他崇拜申雪、赵宏博，是他们在花样双人滑方面为中国多次升起了五星红旗。

而当时，他对徐梦桃的崇拜，只是一个少年对大姐姐的崇拜，崇拜她的成绩，崇拜她的拼搏精神，更崇拜她为奥运冠军不屈不挠、百折不回的劲头！而且，他觉得这位姐姐没有傲气，整天笑呵呵的，即使拄着双拐蹦楼梯也很乐观，给人一种可爱的亲和力。

于是，他悄悄地走近了她，并见证了桃桃姐姐为追逐奥冠梦，十几年来与伤病顽强斗争的艰难历程，这让他这个小男子汉不仅感动、敬佩、心疼，而且随着年龄的增长，对她产生了深深的爱慕之情……

她每次住院，他都偷偷地去看望她、安慰她，给她送去一些爱吃的东西。

渐渐地，他从一名小小少年成长为英俊、健壮的小伙子，从一名沈阳体院自由式滑雪空中技巧运动员，成长为国家队队员，并在沈阳体育学院大学毕业，读完北京体育学院的研究生，又在一边训练，一边读着哈尔滨工业大学的生物学博士，主攻项目则是航天员的体能训练……

他说，一个高水平的运动员，要用知识来支撑。而不像过去人们所说的：运动员只是四肢发达、大脑平滑的平庸之人。

在与徐梦桃的交往中，随着时间的推移，随着心灵的拉近，他已不再是那个话语不多、只知道崇拜桃桃姐姐的小弟弟了。而且每当桃桃在训练中产生某种坏情绪，无处倾诉时，他就是她的倾诉对象，是她宣泄坏情绪的宣泄桶。而他给予桃桃的，则不仅是安慰和微笑，还有一个男人博大胸怀的包容与鼓励。

他总是以队友、知心朋友的身份，给她以建议："没关系，调整好情绪，一切都会过去的，我相信你……"

久而久之，二人之间年龄的差异消失了。

他已成为她的人生知己，他们是追梦路上并肩前行的亲密战友！

而徐梦桃则是他心中永远的偶像，是他不断追赶的奋斗目标，也是他深深爱着、处处想给她以呵护的恋人。

徐梦桃经历了三届冬奥夺冠失败，忍受了无数伤病的折磨，承受了无数内心无法化解的痛苦，他都看在眼里，深深地埋在心底。他们彼此搀扶着，走过寒冬，走过酷暑，走过漫长而艰难的追梦之路……

就像他们自己所说："你不行了，我拉拉你。我不行了，你拉拉我！"

而在平昌冬奥会失败之后，他们又将面临着巨大的考验……

躺在医院里，徐梦桃心中的两个"小人"，又在一刻不停地打架……

她不甘心这样败下阵来，明明有夺金的实力，却一直与金牌失之交臂。留下终生的遗憾，那不是徐梦桃的性格！而且，她更不甘心在北京举办的冬奥赛场上，在祖国和人民面前，没有徐梦桃展示空中技巧的高难度表演，失去她为中国升国旗、奏国歌的机会……

她心有不甘！一百个不甘！

人生能有几次搏？

今日不搏，更待何时？

于是，她对王心迪说，我准备参加 2022 年的北京冬奥会……

王心迪，这位与徐梦桃一起拼搏了十几个春秋的队友、恋人，太了解他的桃桃了。

运动生涯给了他们共同的个性，也给了他们共同的追求与梦想，他们是为追梦而来，为追梦而生的一对恋人。

他握着她的手，郑重地说："我相信我的桃桃，一定会成功！我会全力地支持你！"

徐梦桃感动得热泪盈眶，将头偎依在恋人温暖的怀抱里……

徐梦桃提出参加四年后的北京冬奥会，教练和领导都丝毫不感到惊讶，似乎是在他们的预料之中，因为他们太了解徐梦桃的个性了。

徐梦桃，这个百折不回的姑娘，康复之后，又开始了四年一个周期的备战冬奥训练。因为她一心要拼得那枚奥运金牌……

接下来的训练，更是残酷，一边进行康复训练，一边进行电击治疗。很多男运动员都受不了，疼得哇哇大叫。她却咬着牙，一声不吭，一直顽强地坚持着……

又是一个流血、流汗的四年，跟过去一样，玩儿命地训练，玩儿命地拼搏，所不同的是，对北京冬奥冠军的求胜欲望，则更加强烈，更加执着，因为它是在中国首都举办！

2022 年 2 月 14 日，徐梦桃终于以百折不回的毅力，不达目的誓不罢休的精神，摘下了这枚来之不易的金牌！

她不由得喜极而泣，仰天长啸："我是第一吗？我是第一吗？"

二十年的拼搏，二十年的流血流汗……

这枝傲雪凌霜的蜡梅，终于绽放出她最耀眼夺目的光彩！

此生无憾了！

但遗憾的是，她的恋人王心迪，在这次冬奥会上却没有赢得奖牌，只是排名第 14 位。为此，他三天三夜没合眼，内心陷入痛苦之中。而为他化解痛苦的则是桃桃……

当他得知桃桃终于夺得了那枚来之不易的金牌，这个 27 岁的大小伙子竟然跪在床上呜呜大哭……

他说："我虽然没有获得金墩墩，但我拥有了无比骄傲的桃墩墩！"

徐梦桃成为北京冬奥会闭幕式上的中国旗手。她坐在速滑冬奥冠军高亭宇的肩膀上，挥舞着五星红旗，享受着人生最骄傲、最辉煌的高光时刻。

不久，徐梦桃和王心迪向外界正式宣布了恋情。

王心迪为心爱的桃桃准备了浪漫的求婚仪式：鲜花、气球、钻戒、海誓山盟……

他们的教练陈洪斌将作为证婚人，来见证他们的婚礼，徐梦桃将成为最美丽的新娘。

一切都如此圆满、如此成功。

北京冬奥会不久，徐梦桃荣获了中共中央、国务院颁发的"北京冬奥会、冬残奥会突出贡献个人奖"。

徐梦桃说："中国梦！冰雪梦！我的梦！这份荣誉来自我深爱的祖国，祖国这片热土不会辜负每一个追梦者。这枚沉甸甸的奖章背后，凝聚着冰雪人和空中技巧几代人团结与奋斗的历程！"

她当选为党的二十大代表，她说："在赛场上，我不是一个人在战斗，背后是整个中国体育界，其中有非常多的优秀党员，他们给了我很大支持！""当选党的二十大代表，我希望把我们整个体育系统党员的精气神，尤其是运动员党员在备战中起到的榜样作用传承下去。我也希望用我们追求梦想、力拼冠军的劲头，带动身边所有的人，为新时代中国特色社会主义建设事业而共同奋斗！"

2022 年，第二十四届北京冬奥会闭幕式，中国代表团旗手徐梦桃与高亭宇在闭幕式上入场

# 惊世之吻

第八篇

## ——从 7 平方米小屋里走出的短道速滑 冬奥冠军范可新

范可新说：

"大家都站在同一起跑线上，你练别人也练，你只能比别人练得更多、更加刻苦，才能超过人家，才能拼出成绩来！"

当我第一次见到短道速滑冬奥冠军范可新的父母时，他们瘦小的身材、羸弱的身体，顿时触动了我这颗多泪的心……

母亲聂桂玲因肾病刚出院。父亲范士忠步履蹒跚，拖着一条从小患有小儿麻痹的残腿……

我与他们握手时，不由得在想：

这样一对瘦小羸弱的夫妻，怎么能孕育出身高 1.72 米、那么顽强而优秀的冬奥冠军女儿呢？在这个特殊的家庭里，究竟蕴藏着多少鲜为人知的故事？在他们的女儿身上，又继承了父母怎样强大的基因与优秀品质呢？

我想：这也许恰恰就是我写范可新这位冬奥冠军，所要挖掘的真正内涵……

一

冰场上惊人的一跪，饱含着多少内容？

洒在冰场上的泪水，又蕴含着多少汗水与艰辛？

2022 年，范可新与队友获得第二十四届北京冬奥会短道速滑男女 2000 米混合接力赛冠军

人们一定还记得，在 2022 年北京冬奥会上，当中国短道速滑男女 2000 米混合接力队最后一棒武大靖的刀尖第一个冲过终点，夺得了北京冬奥首金的刹那，短道速滑名将范可新，身着红、黑两色醒目的速滑服，激动得满脸泪水，扑通一声跪在冰场上，双手撑着冰面，就像一位虔诚的信徒亲吻着圣洁的殿堂一样，深情地亲吻着脚下的银色冰场……

这惊人的一吻，震撼了冰场内外亿万观众！

这惊人的一吻，又昭示出范可新多少无法用语言描述的心声："我

等这一天等得太久、太久了！今天，终于在北京冬奥会赛场上，等来了
这一天！我太激动了！"

是啊，二十年的青春，二十年的血汗，二十年的拼搏，全部挥洒在
这银色的冰场上了。

在这二十年中，有无数期待、无数失败、无数彷徨，又有无数不甘
于失败的重新奋起，都浓缩在这块迟来的金牌里了！

今天，来自古希腊的冷酷而公平的奥林匹克老人，终于张开他博大
的胸怀，以奥林匹克最高的奖赏，来拥抱我们中国这个顽强而执着的孩
子了！


范可新，一个从农村走出来的苦孩子。

我发现，这些在冬奥赛场上争金夺银、叱咤风云的冰雪骄子，大多
来自底层的普通百姓家庭。他们生命的底色充满了艰辛与不甘，也充满
了不肯屈服于命运的摆布，一心要拼出一番天地来的渴望、胆识与力量，
所以，才能不遗余力地用青春与梦想，用泪水与汗水，书写出一篇篇辉
煌的人生乐章！

范可新的父亲是残疾人，从小就患有小儿麻痹症，体重不到 80 斤。
母亲也有一点小残疾，天生患有唇腭裂，不过缝合得很好，一般人看不
出来。

20 世纪 90 年代，中国刚刚改革开放，好多农村人进城来打工。
2000 年，家境贫寒的范可新父母带着 7 岁的小可新及 14 岁的哥哥，一
家四口从黑龙江省勃利县农村，来到七台河市落脚谋生。到七台河以后，
找不到便宜的住房，搬了十几次家，最后总算找到一处落脚之地——一
间 7 平方米的半地下室铁皮房。

7 平方米的铁皮小房，既是父亲用来修自行车、母亲用来修鞋的铺
面，又是一家四口吃饭、睡觉的地方，上下铺，就像学生宿舍一样，小
哥俩儿睡在上铺。

出生在这样一个贫穷而特殊的家庭，两个孩子从小都很懂事，从不跟父母要吃的、穿的，哥俩儿穿的衣服、裤子，都是从垃圾箱里捡来的。小可新经常跟着母亲出去捡废品，每次看见垃圾箱就会上前去翻找，捡到一些有用的废品就攒着，卖了钱买笔和本，这样就不用向妈妈要钱买书本了。

一天傍晚，小可新放学回家，看见一个长相很霸气的男人正在怒斥母亲："你这个臭老娘们儿，你看你把我的鞋弄成啥样了？这还能穿吗？"

小可新看见他怒斥母亲，立刻攥起了小拳头，梗着小脖冲那男人吼起来："不许你骂我妈是臭老娘们儿！你再骂我就，我就……"

她真想上去揍那男人。可她刚说两句就被母亲制止了。

"可新，不许跟大人这么说话！"母亲急忙向那男人赔礼道歉，"对不起，您别跟孩子一般见识……"

那男人拿起修好的鞋，骂骂咧咧地走了。

母亲这才对可新说，其实那人的鞋修得挺好，他就是不想给钱故意找碴儿。

小可新忙劝母亲："妈你别生气！等我长大了挣钱，给咱家买个大房子！你就不用修鞋了！"

母亲却摸着小可新的脑袋，长叹一声："唉！傻孩子，你猴年马月能挣钱买个大房子啊？妈听到你说这句话就知足了。"

"妈，我快点长大……"

小可新一心想快点长大，长大挣钱好给父母买一幢大房子。她以为住进宽敞的大房子，别人就不敢欺负爸爸、妈妈了。

后来，当她进了国家队，每当看见别人家住着宽敞的大房子，她总会问自己："我啥时候能给我爸妈买一幢大房子呢？"

给父母买一幢宽敞的大房子，成为范可新从小的心愿。

铁皮房虽小，但一家四口却生活得很快乐。

每天傍晚，一家人挤在一起吃着很少见到肉腥儿的粗茶淡饭，却总是乐呵呵的。

生活虽然艰苦，但父母却从不抱怨，总是用他们并不强悍甚至残疾的身躯，顽强地支撑着这个四口之家。

小可新经常看到母亲的手上有伤，是修鞋的锥子扎的或者烫的。

一次，她发现母亲的腿上有血，问妈妈咋弄的？一问得知，原来母亲用烧红的锥子纳鞋底时，一不小心扎在了大腿上……

可母亲却像没事儿人似的，说："没事，过两天就好了。"

父亲那双整天跟自行车轮胎打交道的手，更像松树皮般地结满了老茧，扎进一根刺都没感觉。

小可新问父亲，手扎了刺不疼啊？父亲总是憨憨地一笑，摇摇头，并不说什么。

父母这种乐观的生活态度、不怕吃苦的顽强性格，给范可新幼小的心灵带来了极其深远的影响。这使她后来在训练中遇到伤病与挫折，从不气馁，从不放弃，总是乐观面对，直到登上冬奥冠军的领奖台……

## 二

**我也要拿冠军！我也要升国旗、奏国歌……**
**冠军梦，成为她人生的启蒙。**

童年的范可新，像许多孩子一样，小脑袋里装满了美好的幻想，一会儿想当舞蹈家，一会儿想当运动员。

9 岁那年，老师说她长着两条修长的腿，适合练舞蹈。小可新听了心里美滋滋的，一心想去学跳舞，还总是对着邻居家的玻璃窗扭来扭去。

可是，一个很现实的问题，很快就使她的舞蹈梦破灭了。参加舞蹈班要交学费。她没钱交学费，只好眼泪汪汪地离开了她所向往的舞蹈班。

然而，谁都没想到，一心想跳舞的女孩子，却因美国盐湖城举办的一场冬奥会，从而走上了另一条艰难而辉煌的追梦之路……

2002 年，中国短道速滑运动员杨扬，在美国盐湖城举办的第十九届冬奥会上创造了奇迹，创造了中国参加冬奥历史以来从未有过的辉煌：

一举夺得了 500 米和 1000 米两枚金牌，又在女子 3000 米接力赛中摘得一枚银牌！

两金一银，不仅实现了中国运动员在冬奥会上金牌零的突破，而且在世界冰坛刮起了中国短道速滑的强劲旋风，开创了中国短道速滑的新时代！

这股强劲的短道速滑旋风，不是从别处刮起的，就是从范可新所生活的黑龙江省七台河市刮起的——

让我们来看看这些先后从七台河走出去的运动员名字吧！

四位冬奥冠军：杨扬、王濛、范可新、孙琳琳。

八位世界冠军：张杰、刘秋宏、王伟、李红爽、孟晓雪、季雪、徐爱丽、于威。

此外，还涌现出众多优秀的滑冰运动员。

七台河，因此被人们称为"冬奥冠军的摇篮"！

七台河的短道速滑健儿们，有一众家喻户晓的人物，成为中国人民心目中的英雄！七台河市领导对短道速滑项目也格外重视，七台河举全市之力支持短道速滑的发展。

七台河市体校成立了短道速滑初级班，不少孩子因此而改变了命运。范可新就是其中一个。

美国盐湖城举办冬奥会时，范可新家里没有电视，她并没有看到杨扬在冬奥会上夺冠的场面。后来，她听见邻居叔叔、阿姨在兴致勃勃地谈论七台河运动员夺得奥运冠军的消息，她这才跑到邻居家去看电视重播。

当她看到杨扬在冬奥赛场上，高举着五星红旗，在冰场上兴奋地挥舞着拳头，她心里羡慕极了。心想，我要是也能当个滑冰运动员该多好！我也要拿冠军！我也要升国旗、奏国歌……

这就是一个9岁孩子的幼小心灵冒出的第一个愿望。它看似幼稚、可笑，甚至不自量力。但它却像早晨喷薄欲出的朝阳，有着不可抗拒的强大生命力！

更重要的是，她生活在一个"冬奥冠军的摇篮"里……

以前，她和哥哥曾在郊外水库里滑过冰，但穿的不是冰刀，而是父亲给他俩做的木头"冰刀"，就是用两块木板安上两道铁丝，再将木板用麻绳捆在脚上，大家都叫它"脚划子"。好多孩子买不起冰刀，就穿着这种自制的"脚划子"在冰道上滑跑。

她和哥哥穿着脚划子滑得特别开心，两人还经常比赛，她从不肯输给哥哥，要输了，她总是缠着哥哥再比一次，直到赢了为止。

一天，邻居的一位阿姨说，七台河市体校正在招收滑冰队员。听到这一消息，小可新立刻跑到体育场，找到正在招生的教练，第一句话就问人家："你们这招收滑冰队员要不要交钱？"

招生的马庆忠教练笑了，说不用交钱，但要看看你的身体素质情况，看你适不适合从事滑冰运动。

一听这话，小可新长舒了一口气，心想不用交钱我就放心了。

之后，马教练对她的身体素质进行了简单测试，发现她的身体素质不错，跑、跳都很出色，爆发力也很强。

于是，小可新被顺利地录取了，成为七台河市体校短道速滑初级班的正式学员。马庆忠教练作为她的启蒙教练，得知她的家庭困难，还送

范可新少年时期的照片

给她一双带鞋的旧冰刀。

捧着这双带鞋的旧冰刀，小可新高兴极了，晚上睡觉都放在枕边。

就这样，9 岁的小可新怀着冠军梦，走进了七台河市体校短道速滑初级班，穿着母亲捡来的旧衣裤，戴着破旧的手闷子（棉手套），穿着教练送给她的旧冰鞋，踏上了短道速滑的追梦之旅，开始了她的拼搏生涯……

她觉得自己很幸运，不用交钱就进了体校滑冰队，没钱买冰鞋，马教练还送给她一双旧冰鞋。她非常珍惜这来之不易的机会，训练起来特别刻苦，全队训练结束了，她总要比别的孩子多滑几圈，总是最后一个离开冰场。这种偷偷加量的做法，一直持续到今天，队友都知道她是拼命三郎。

她却说："大家都站在同一起跑线上，你练别人也练，你只能比别人练得更多、更加刻苦，才能超过人家，才能拼出成绩来！"

的确，她的成绩是拼出来的。

不过，马教练送给她的冰鞋号码太大，脚底板很快就磨破了，然后感染化脓了，皮和肉黏在袜子上，晚间睡觉都不敢脱袜子。

但她却一声不吭。

母亲发现她脚上的脓血，心疼她，劝她别练滑冰了。她却坚决不同意，小小年纪，却表现出一种超常的毅力。

而且，她知道家里穷，平时非常节俭。母亲发现她用的是一块五颜六色捏成团的香皂，问她从哪儿买的。她说是捡别人用完扔掉的。母亲得知女儿捡别人扔掉的香皂，顿时就掉泪了，回去就给她买来一块新香皂。

小可新脚底板上的脓血渐渐结痂了。

她的滑冰技术也像这日趋打磨的厚膙一样逐渐成熟起来，进步飞快，很快就在同期招收的小队员中脱颖而出。

## 三

"等你拿到世界冠军那天，别忘了把金牌挂到老师的脖子上！"

"老师，你放心！我要真拿到世界冠军那天，一定把金牌挂到你的脖子上！"

这是一位教练与一名小运动员之间的约定。

范可新跟着马庆忠教练训练一年之后，被七台河市著名的体校教练孟庆余选中了，成为孟教练手下的一名短道速滑小队员。

孟庆余曾经培养出杨扬、王濛等多名短道速滑冬奥冠军及世界冠军，是一位既严格又品德高尚的教练，深受队员们的爱戴。

他对待队员，就像对待自己的孩子一样，甚至比对他自己的孩子还要负责，无论是训练、学习，还是做人，他对这些孩子的影响都非常大。

范可新在孟庆余教练手下训练了三年。

这三年，她打下了良好的冰上技术基础，提高了体能，更重要的是，让她坚定了追逐冠军梦的信心与勇气！

孟教练以杨扬和王濛为榜样，经常教导范可新这帮小队员，要大家向杨扬和王濛学习，刻苦训练，要有远大抱负，将来拿世界冠军，为祖国争光！

榜样的力量是无穷的。

从七台河走出去的杨扬、王濛等短道速滑世界名将，成为新一代小将们的榜样，一批批小队员从这里走出去，成为中国短道速滑的后备力量。

范可新从小就特能吃苦，总是给自己偷偷地加量。孟教练从不担心她在训练中偷懒，而是担心她年龄太小，身体吃不消。每天训练结束，队员们都下冰了，冰场上常常只剩下一个瘦小的身影仍在一圈一圈地滑着，不用说，肯定又是范可新！

孟教练默默地站在冰场边，等她下冰了跟着她一起走，总会问她："感觉怎么样？不要太累了。"

范可新总是气喘吁吁，乐呵呵地回一句："教练，我不累！"

对范可新的吃苦劲头，孟教练看在眼里。

他坚信：这个孩子早晚会有夺得世界冠军那天！

范可新 13 岁那年，因成绩突出，被黑龙江体育运动学校冰雪分校选中，要去哈尔滨训练了。

临行前一天晚上，孟庆余教练找她谈了一次话。

他的话语不多，但这次谈话，却给范可新留下了终生难忘、刻骨铭心的记忆……

"范可新，你在滑冰方面很有天赋，你这回到哈尔滨一定要好好训练，将来拿世界冠军！"

"孟老师，你说我将来真能拿世界冠军吗？"

"只要你好好训练，肯定能拿世界冠军！"孟教练说得很坚决，很肯定。

这番来自教练的鼓励，对一个心怀冠军梦的13岁少年来说，不仅带来的是又惊又喜，甚至有点不敢相信，她心里暗暗问自己：我真能拿世界冠军吗？

更令她惊喜的是，孟教练从大铁柜里拿出一副已用铆钉安好冰鞋的黑龙牌新冰刀，捧到范可新面前……

"教练，这是……"她不敢相信是给她的。

孟教练却说："这副冰刀钱，我先给你垫着，等你将来拿了世界冠军，有钱了再还给我。"

捧着这副崭新的冰刀，范可新又惊又喜，她简直不敢相信，孟教练居然送给她这么贵的冰刀。她知道，这副黑龙牌冰刀、冰鞋加在一起，要花2500多元呢！当时，对她这样的贫困家庭来说，简直是一个天文数字。

她知道，她的旧冰鞋早该换了。可家里靠父母修车、修鞋维持全家人的生活，她实在不忍心再让父母借这么大一笔钱给自己买冰刀了。要知道，她这三年来的伙食费，都是孟教练给代交的。

不仅是她，不少小队员因家庭困难交不起伙食费，都是孟教练给垫的。而且，孟教练觉得小队员正在长身体时期，训练、学习又很累，学校的伙食根本不够他们长身体的需要，于是经常自己掏腰包给队员们买来肉、蛋，给他们增加营养。大家一看到饭桌子又有肉了，高兴得呜嗷喊着狼吞虎咽起来！

范可新知道，孟教练家里并不富裕，他把自己挣的那点儿工资，全部花在这帮小队员身上了，家里根本指不上他。他身上一直穿着多年前的那套旧运动服，连双袜子都舍不得买，经常穿着露脚跟的破袜子。

但是，孟教练却为她花这么多钱买来一副新冰刀，实在令她心里好感动、好感动！

她爱不释手地捧着这副盼望已久的新冰刀，不敢抬头，怕孟教练看见她眼里的泪水掉下来……

末了，孟教练又说了一句："等你拿到世界冠军那天，别忘了把金牌挂到老师的脖子上啊！"

"嗯哪！"范可新哽咽道，"老师你放心，我要真拿到世界冠军那天，一定亲手把金牌挂到你的脖子上……"

"老师就等着你这一天哪！咱们一言为定！"

"好！一言为定！"

孟教练伸出手来，范可新也伸出手来，一大一小两只手，久久地握在一起……

这就是一位教练与一个小运动员之间的约定与承诺。

孟教练的这番鼓励，对 13 岁的范可新来说，不仅是刻骨铭心的记忆，更是她在今后漫长的追梦路上，百折不回，无坚不摧，直到冬奥夺冠的强大动力！

但令她最为遗憾的是，当她真正夺得世界冠军那天，孟教练却走了。


当得知孟教练去世的消息，范可新哭得最为伤心。她觉得自己欠孟老师的太多了，尤其欠他一枚世界冠军的金牌……

## 四

在她二十年的追梦生涯中，挫折与失败，就像她身上的补丁，一直伴随着她——


15 岁那年，她在黑龙江体育运动学校冰雪分校多次获得全国青少年组冠军，国家青年队已经下文，正准备调她去国家青年队，一场意想不到的疾病却突然不期而至……

一连几天，范可新觉得浑身无力，头晕目眩，根本无法训练，无奈之下，她只好回到七台河家里。

她的启蒙教练马庆忠得知她病了，急忙带着她连夜赶回哈尔滨，跑了好几家医院，最后确诊：严重缺铁性贫血，血色素比正常人少三分之一，长时间超负荷大运动量训练，严重营养不良，患上青春期缺铁性贫血。

对运动员来说，这是一种致命的病症，如果恢复不好，将永远告别体坛！

她在医院住了半个月，医生让她回家食补增加营养。

她回到家里，马庆忠教练看到范可新家的条件太差，别说休养，连个住的地方都没有，根本没钱为她补充营养。于是，就把她领到自己家里，住了很长一段时间，马教练每天买来牛肉、羊肉、鸡蛋……让妻子给她做好，力争以最快的速度调养好范可新的身体。

得知范可新病了，七台河体育局局长伊才波自己掏出 5000 元钱，给范可新看病、买营养品。七台河工商局的一对夫妇，得知范可新的家境后，认范可新为干女儿，给予她很大帮助。

社会上这么多人都在帮助范可新，希望她早日康复，这使范可新全家备受感动。

但是，父母心疼女儿，他们看到女儿得了这么重的病，劝她别练滑冰了，改行干别的吧。

范可新却哭着坚决不同意："爸、妈，我知道你们心疼我，可我太爱滑冰了！要是不让我滑冰，我觉得活着都没劲了！我天天做梦都在滑冰，都在入弯道……你们放心，我的病很快就会好的，等病好了，我就可以训练了！爸、妈，这么多人帮助我，对我寄予厚望，我要是不干了，都对不起他们！尤其对不起马老师和孟老师……"

这番话说得父母都哭了。他们觉得可新是一个懂得感恩的孩子，只好全力支持她。

休养、补充营养一段时间之后，范可新的身体逐渐好转，她在家里又开始训练了。

开始是慢跑，逐渐加量，加力量练习——做俯卧撑，蹲腿力量练习。没有杠铃，她就让 80 斤重的父亲骑在她的脖子上，练下蹲。觉得重量不够，又让父亲抱着 50 斤的米袋子，重量还不够，她就让母亲再让父亲加上几十斤的面袋子或其他东西……

父亲骑在女儿的脖子上，手把着门把手，以防摔倒。他数着女儿下蹲的次数，看着女儿满头大汗，忍不住默默地流泪，觉得女儿对滑冰太执着了，做父母的，没有理由不支持她。

# 五

**不懈地努力，超人的毅力，终于迎来了运动生涯的黄金时代。**

天道酬勤。

休养一年之后，范可新终于重返黑龙江体育运动学校冰雪分校。

2009 年，她被选进国家速滑青年队。

2010 年，她被选入国家速滑队。

她不懈地努力，用超人的毅力，终于迎来了运动生涯的黄金时代。

进国家队不久，她第一次参加世界杯比赛，就拿到了第一个 500 米冠军。随后，在加拿大蒙特利尔举行的短道速滑世界锦标赛上，她同周洋、刘秋宏、张会联手夺得了女子 3000 米接力金牌。

但她最大的遗憾是没能将世界冠军的金牌挂到恩师孟庆余教练的脖子上。她多次想过，要是孟教练活着，看见她获得了世界冠军的金牌，该多高兴啊！

她深知，自己的每一步前行的脚步，每一枚奖牌的获得，都是与教练、领导和社会众多好心人士的帮助分不开的。她觉得自己无以回报，就用攒了几年的 3 万元钱，买了 10 副冰刀，赠给了七台河少体校的小队员们，以表自己的心意。

我查到了 2012 年 3 月 23 日《生活报》，在七台河版，以头版大标题"世界冠军范可新：回报家乡是我的心愿"报道了这一消息。

范可新的这一举动，震撼了多少冰雪孩子的心？

就像当年孟庆余、马庆忠教练送给范可新冰刀一样，使那些买不起冰刀的孩子如获至宝。

这不仅是一副冰刀，还是一种激励和鞭策，一种不可小觑地鼓励孩子奋进的力量！

范可新（左一）在比赛中

在接下来的几年里，范可新的成绩走向了高峰，成为中国短道速滑继杨扬、王濛、周洋之后，又一个领军人物！

她拼出了令世人瞩目的辉煌——

接连夺得五届世锦赛 500 米冠军；

与队友接连拿下五届世锦赛 3000 米接力冠军；

几十次夺得世界杯分站赛 500 米冠军……

2015 年，在美国盐湖城世界杯比赛中，她以 42 秒 504 的成绩打破了队友王濛创造的 500 米世界纪录！

这些辉煌的成绩，足以让任何一个运动员感到欣慰与骄傲了。

但是，范可新却怀着更高、更大的目标，向队友杨扬、王濛、周洋学习，一心要登上奥运冠军的领奖台，要让五星红旗在奥运赛场上升起……

可是，幸运之神还没有青睐她，打击却接踵而至。

在两届冬奥会上，人们把夺冠的希望寄托在主力队员范可新身上，而她也把十几年的梦想全部寄托在两届冬奥会上，但比赛的成绩却让人失望……

第一次是在 2014 年索契冬奥会上，当时很有实力的她，却在 500 米半决赛中意外摔倒，无缘决赛。中国女队在 3000 米接力中犯规，被取消了成绩。她仅在 1000 米比赛中，拿到一枚银牌。

最令人痛心的是 2018 年平昌冬奥会，中国短道速滑女队颗粒无收！

当时，25 岁的范可新是中国队实力最强的领军人物，却在 500 米决赛中被罚犯规；女子 3000 米接力中国队员也被判犯规……

教练说她在大赛中犯有"低级性的大失误"，是因为她的心态问题，控制不好自己，两次冬奥会都出现了重大失误！

她知道，那是因为她太想赢，太想为国争光，太想证明自己了！

平昌冬奥会结束后，她经历了有生以来最痛苦、最迷茫、最彷徨的一段时光，不知该如何正视自己？

赛后那天晚上，她度过了一生最难忘的一个夜晚。

她独自一人站在奥运宾馆 17 层房间的窗前，一直站到凌晨 3 点，窗外是醒目耀眼的五环旗，而她却沉浸在极大痛苦而无法自拔的自责深渊里——

她觉得对不起祖国，对不起教练，更对不起养育自己的父母……

她内心充满了质疑，一遍遍地质问自己：范可新，你滑了十六年冰，参加了两届冬奥会，都与金牌擦肩而过。你到底行不行？不行你就……

她想到了"退役"，但心里又有一百个不甘！

就在她最痛苦、最茫然的时刻，教练李琰、冰雪处领导找她谈话，给予她鼓励。尤其她的队友向她讲述她们自身的挫折经历，讲述她们失败之后，如何咬着牙重新站起来的心路历程……

队友们的亲身经历，肺腑之言，使范可新渐渐走出了心理阴影，使她认识到运动员都是这样，从一次次失败中爬起，一次次顽强地站起来，一次次重新走向拼搏的战场……

冬奥会结束之后，她回到了三年没有回去的七台河家里，她感受到七台河人民及领导对她的热情与爱戴……

那一刻，她突然明白了，滑冰给予她的不仅是几十枚奖牌，而是太多太多的荣誉、待遇和爱戴……

早在 2012 年，七台河市政府就帮她家解决了住房问题。她父母终于搬离了生活了十几年的 7 平方米小屋，住进了 70 平方米的楼房……

她获得：

2011CCTV 体坛风云人物年度最佳新人奖；

2012 年七台河市青年五四奖章；

2015 年中华全国总工会全国五一巾帼奖状；

2015、2017CCTV 体坛风云人物年度最佳组合奖提名；

惊世之吻——从 7 平方米小屋里走出的短道速滑冬奥冠军范可新

2011—2017 年中华人民共和国体育运动荣誉奖章；

2017 年第十九届黑龙江省青年五四奖章……

啊，太多了！

回到家里，她看到父母都红着眼睛，一脸的难过，就急忙劝说："爸、妈，你们不用为我担心，我会继续滑下去的！我还要在 2022 年北京冬奥会上，为中国人，为我自己好好地拼一把呢！"

听到女儿的这番话，这对因女儿而骄傲、因女儿而自豪的父母，终于忍不住眼中的泪水，抱住女儿呜呜大哭……

母亲哭着说："可新，听到你这句话，我和你爸就放心了！我们就怕你……"

范可新却问父亲："爸，你这辈子不容易，都尝到了什么滋味？"

2019 年，范可新参加全国第十二届冬季运动会留影

221

"唉……"父亲长叹一声，"人这一辈子酸甜苦辣都得尝受，再苦、再难，你也得挺着……"

范可新却笑了，说："爸、妈，你们放心好了。可新永远是你们的可新……"

"好孩子……"父母和可新三人一下子抱到了一起。

第二天早晨，范可新又像以往一样，开始跑步了。

又像过去那样，满头大汗地跑步回来，让父亲骑在她的脖子上，进行腿部力量练习，重量不够，又让母亲不断地加东西……

一位伟大的运动员，就这样从跌倒的跑道上爬了起来，又重新站在起跑线上，期待着下一次的发令枪声……

两个月后，范可新重新回到了国家队。

接下来，又是四年的拼搏，而且，比任何一次都更艰巨、更严酷，因为面对的是 2022 年在北京举办的冬奥会！

2022 年 2 月 5 日，人们终于看到范可新与搭档曲春雨、任子威、武大靖，获得了北京冬奥会短道速滑男女 2000 米混合接力的金牌，而且是中国在这次冬奥会上的首金！

多么激动人心的时刻呀！

然而，没人知道，就在赛前十天，范可新的腰部严重扭伤，不能动，队医为她治疗时，从不爱哭的她，却蒙着毛巾失声痛哭……

队医劝她："别难过，你要相信我们……"

队医给她腰上缠满了支撑力量的肌贴。

十天后，她咬着牙，带着腰伤走上了战场。

对运动员来说，赛场就是战场。养兵千日，用兵一时！

苦苦备战四年，就是为了这一天，不是战场又是什么？

当最后一棒武大靖的刀尖第一个冲过终点时，范可新跑上前，与他紧紧地拥抱……

继而，她满脸激动地扑通一声跪在冰场上，亲吻着脚下的银色冰场……

　　她心里在说："我等这一天等得太久、太久了！今天，终于在北京冬奥会赛场上，等来了这一天……"

　　当范可新与曲春雨、任子威、武大靖几位队友，登上冬奥冠军的领奖台，脖子上挂着沉甸甸的金牌，伴随着五星红旗的缓缓升起，耳边响起庄严的国歌之时，几个人都激动得热泪盈眶。

　　他们都知道，这块金牌实在来之不易！

　　今天，他们终于在祖国首都北京的冬奥会赛场上，等来了这枚沉甸甸的金牌。

　　北京冬奥会之后，范可新荣获中共中央、国务院颁发的"北京冬奥会、冬残奥会突出贡献个人奖"。

　　最后，我想用范可新和武大靖在中央电视台一次采访节目中范可新说的一段话，来做结束语吧：

　　"这里，是我最爱的短道速滑队！这里，有我人生的挚爱！有我的汗水和泪水，有我的青春和欢乐，更有我的光荣与梦想！

　　"只要祖国需要，身体允许，我会一直战斗下去，直到最后一刻，绝不认怂！"

# 第九篇 妈妈，感谢你生了我
## ——短道速滑冬奥冠军张会

她，就像石头缝儿里冒出来的一棵小草，秉承着天地之精华，有着顽强的生命力，倔强地生长着……

2010 年，张会（左二）与队友在第二十一届温哥华冬奥会中获得短道速滑女子 3000 米接力赛冠军

一

她独特的经历，造就了她独特的个性。
而她独特的个性，又造就了她独特的人生。

对张会的采访，就是从她特殊的人生经历谈起的。

她父母原本住在黑龙江省宾县农村，是普通的农民。

随着改革大潮的涌来，农村人走出封闭的村落，走向开放的城市。

1987 年，张会的母亲不甘心在农村面朝黑土背朝天地过一辈子，提出要去县城打工，公公婆婆却坚决不同意。

夫妻俩却不顾老人的强烈反对，母亲抱着刚出生不到百天，还在襁褓中的大女儿，父亲赶着毛驴车，兜里揣着 50 元钱，一家三口来到了宾县城里，租下一间小房住下来。

父母的文化程度不高，但肯吃苦，会做豆腐。从此，他们靠做豆腐为生，开始了艰辛的打工生活。虽然家庭生活拮据，但父母却又相继生下两个孩子——张会和弟弟。

1988 年农历三月初八中午 12 点，一个婴儿响亮的啼哭声划破了早春的宁静， 一个小生命落生在这个贫困的家庭，她就是未来的冬奥冠军——张会。

张会在没有上户口之前，叫张丽丽，家里人都叫她老二。

在她幼小的记忆里，她家的厨房里永远是雾气蒙蒙、烟气腾腾，永远是忙碌着的父母吵吵闹闹的身影。

凌晨两三点钟，父母就开始做豆腐了。磨黄豆、用豆腐包过滤豆腐渣、熬豆浆、卤水点豆腐……做完豆腐，他们又将豆腐挑到集市上去卖。

在张会幼小的记忆里，父母的身影永远是忙碌的。

她知道家里很穷，经常听到父母因借钱的事吵架。在她的记忆里，家里一直背负着外债过日子：先是父亲借钱买一间草房，后来是供他们三个孩子上学，再后来是为了给她买冰刀……

父母每天起早贪黑做豆腐挣的那点儿钱，只够一家五口养家糊口，根本没有多余的。

他们姐儿仨从没见过玩具，没见过新衣，更不能像别人家孩子跑出去 打冰尜儿、打哧溜滑儿那样开心地玩耍了。因为家里永远有干不完的活，倒泔水、喂猪、倒煤灰……

因此，在她懵懂无知的幼小心灵深处，曾经产生过"逃离"这个家的念头，甚至心里嗔怪母亲，不该生她。正因如此，她从小就养成一种孤僻而敏感的性格，从不跟人交往，也不跟小朋友玩耍，还经常因为一些小事跟小朋友打架！为此，经常有孩子跑到她家来向她父母告状。

母亲一听她又惹事了，就会骂她、打她……

在她幼小的心灵深处，曾经懵懵懂懂地闪过这样的念头：等自己长大了，绝不能像父母那样整天做豆腐，太累了。自己长大一定要有出息……

可自己怎样才能有出息呢？

她不知道，怎样才能让自己有出息。

她的父母没有多少文化，并不知道如何教育孩子，更不知如何培养孩子，指导孩子的人生。

母亲只是不止一次地对他们姐儿仨说过这样的话：咱家穷，你们爹妈没本事！今后，只能靠你们自个儿了。你们谁要有出息，我砸锅卖铁也要供他！"

"砸锅卖铁也要供他！"

这就是父母对他们姐弟三人的最大承诺。

为了孩子将来能有出息，父母可以为孩子舍弃一切，不惜一切代价，砸锅卖铁也要供孩子读书，盼望孩子将来能有出息，不再走父辈贫穷落后的老路，能过上好日子……

这就是中国父母！

## 二

老师的一番话，成为她的人生转折。

张会的人生转折，发生在 9 岁那年夏天。

学校放暑假前一天，教体育的申天宝老师当着全班同学的面，大声喊她："张会！从明天开始，你上午来学校参加滑冰队训练！记住，8 点准时到校，不许迟到！"

听到老师当着大家的面喊自己的名字，她感到又惊又喜又疑惑。平时的训练课，都在放学以后，跟大家一起练，只有到寒、暑假期，滑冰成绩好的学生，才能被体育老师选进校滑冰队训练。第一次听到体育老师当着全班同学的面喊自己的名字，并让她来参加学校滑冰队的训练，她感到格外高兴，也格外珍惜。

可是，她却对老师嗫嚅道："老师，可我不会滑冰……也没有冰刀……"

她是个诚实孩子，不会说谎。

"不会滑冰没关系，可以学嘛！至于冰刀，老师帮你想办法！"

申老师说她身体素质好，应该练滑冰。

不久前，全县组织中、小学几千米的越野比赛，全校学生都参加了。好多女孩子都是跑跑停停，没跑完全程就停下了，只有张会一个女同学不但跑完了全程，而且第一个冲过了终点，引来全校同学一片掌声。

她所以能跑，有体力，可能和她从小干活，帮母亲挑豆腐到处叫卖，天天拎泔水喂猪有关吧。劳动不仅锻炼了她的体力，也锻炼了她的毅力。

体育老师之所以让她来参加学校滑冰队的训练，是觉得她是一个搞体育的苗子。

在黑龙江，有近半年时间是滴水成冰的冬天，学校都要浇冰场，上体育课就是让学生滑冰。各市、县的中小学都要组织滑冰队。

体育老师的这番话，对一个从小学习平平、自尊心极强，从未受到过他人重视的 9 岁张会来说，其内心的激动是可想而知的。

她不知自己是不是"搞体育的苗子"，但她十分珍惜体育老师的这份首肯，更珍惜这来之不易的机会，要能参加滑冰队训练，她就可以"逃离"家里，就不用整天没完没了地倒泔水、喂猪、倒煤灰了。

当天晚上，她就把这一消息告诉了父母。

她本以为父母会骂她一顿："学那玩意儿干啥？一个女孩子家家的，整天跑跑跳跳，有啥用？痛快儿地在家好好干活！"

她甚至想好了应付父母的话语。可她没有想到，父亲什么话都没说。

母亲却说："不管你干啥，能干出名堂来就行！我和你爸没啥本事，只要你能干出名堂来，我和你爸砸锅卖铁也要支持你！"

母亲的这番话，给了她莫大的鼓励。

# 三

**她像珍惜生命一样，珍惜着降临到自己头上的机会。**

她并不是一个幸运儿，她出生在一个贫穷、落后的家庭。

但是，她又是幸运的。

在她 9 岁那年，还是一个懵懂无知的天真孩童，却赶上了好时候，而且遇到了一位伯乐老师申天宝，把她这匹千里马引上了追梦之路。

而且，她身上最宝贵的精神品质，是她小小年纪却表现出超人的毅力，并且把这种顽强的毅力变成了持之以恒的坚守与追逐梦想的动力。

她追梦的动力很简单，并不像人们想象的那么崇高：为国争光、升国旗、唱国歌……

她只是想：我要好好滑冰，将来要有出息，就不用像父母那样整天起早贪黑地做豆腐了！我要给爸妈争脸……

　　她年龄太小，其梦想是现实的，孩子气的。

　　但是，随着老师的启蒙，随着年龄的增长，随着社会的发展，她的视野变得越来越开阔，人生的格局也变得越来越大，人生的理想也越来越崇高了。

　　但她丝毫没有改变的，是她的毅力，以及严格自律的精神与不屈不挠的拼搏劲头！


　　在全县二三十名滑冰队员中，张会的年龄最小，但在训练中，却是最刻苦、最顽强的一个！

　　夏天挥汗如雨地跑步，做滑行、滑跳等滑冰专项技术训练，冬天零下二三十摄氏度，体育老师带着队员们一起浇冰、滑冰，体育老师举着探照灯给队员们照亮。队员们穿着破旧的秋衣、秋裤，外面套一件薄薄的滑冰服，头上像白胡子老头似的挂满了冰霜，仍然不停地滑着、滑着……

　　她刚上冰时，并不会滑冰，但她第一天上冰就表现出与众不同的天赋。

　　别的孩子第一次穿上冰刀，两只脚脖子就像面条似的，里倒歪斜地站不起来。她却丝毫没有这种感觉，穿上冰刀两只脚脖就硬邦邦地挺直了，而且开始就能迈步滑起来。并且，随着训练越滑越快，没过多久，她就超过了其他队员，成为滑冰队里的佼佼者。

　　也许，这就是她所具有的滑冰天赋，也许，她更具有的是那种顽强的拼搏劲头吧！

　　一天晚上，灯光很暗，她在滑跑中一不小心摔倒在雪堆里了，嘴唇被什么东西划出一个大口子……

　　老师急忙喊她："张会！摔坏没有？要不要下冰去上点药？"

她却回了一句"不用！"便急忙爬起来继续滑……

训练结束了，老师发现张会的嘴唇肿得很高，冰场的雪堆里散落着鲜红的血滴，看起来就像几朵盛开的梅花。

张会的家离学校很远，每天训练完了，要走六七里没有路灯的漆黑小道。

路上，一旦遇到陌生男人迎面走来，她就感到特别害怕，心吓得怦怦直跳，心想：他要敢动手我就跟他拼了！

还好，一看她背着冰刀像个男孩子似的，雄赳赳、气昂昂的样子，没一个人敢欺负她。

几个月下来，一起来训练的二三十名队员因吃不了这份苦，都陆续离开了，最后只剩下四名队员留下来，张会是唯一一名女孩子。

不久，她赢得了人生的第一次胜利——

在全县中小学滑冰比赛中，获得了第一名的好成绩！

# 四

机会总是青睐那些执着而有追求的人。

12 岁那年，由于滑冰成绩突出，于是她迎来了人生的又一次机会……

县体校的王胜任教练到张会家里，来做她父母的工作，希望张会能转到呼兰县体校就读（全称是哈尔滨市第三业余体校），说在呼兰体校训练成绩好了可以上中专，每月还补助 60 元的伙食费，毕业后还可以分配工作，当一名体育教师。

王教练觉得张会这孩子很懂事，考虑到她家的实际情况，经济困难，想帮她选一条今后的生活出路。

母亲问张会："你愿不愿意去体校？"

"愿意！"张会毫不犹豫地回答。

12岁的她，没有更高的奢望，只觉得王教练讲的几个条件很诱人：中专、60元伙食费、毕业后还能当体育老师……

她觉得，长大能当一名体育老师，就不用像父母那样起早贪黑做豆腐了，还能帮助家里解决一些生活困难。

于是，12岁的她来到哈尔滨辖区、作家萧红的故乡呼兰县哈尔滨市第三业余体校，边训练，边学习，第一次过起了集体生活。

她很珍惜这来之不易的机会，无论是学习还是训练，都很努力，很刻苦。

她不像其他孩子，整天就知道嘻嘻哈哈、打打闹闹地玩耍，从不考虑今后的打算。她从不跟同学玩耍，也不跟同学开玩笑，一天到晚就知道训练和学习。

一年之后，她在哈尔滨市举行的速度滑冰比赛中，竟获得了同龄组的第一名。

一个人的机遇，总是与时代紧密相关。

2002年2月，从美国盐湖城第十九届冬奥会上，传来了震惊中国体坛的好消息——

2月16日，在短道速滑女子500米的决赛中，中国短道速滑运动员杨扬，以44秒187的成绩夺得了冠军，实现了中国运动员在冬奥会上金牌零的突破！而且，杨扬在1000米的决赛中，又以1分36秒391的成绩，夺得了1000米的金牌！随后，中国女队又在3000米接力中获得了银牌！

一时，中国短道速滑的成绩震惊了世界冰坛，刮起一股中国短道速滑的旋风，开创了中国短道速滑的新时代……

当时，在呼兰县体校任教的李彦涛老师，从电视上看到中国短道速滑运动员在冬奥会上取得如此惊人的好成绩，顿时觉得这对中国滑冰运

动来 说，是一次难得的机会，中国短道速滑将成为中国大有前途的冬季项目！而且，他还得知，哈尔滨体校正在招收短道速滑运动员。

于是，他找张会谈话，劝她去报考哈尔滨体校。

他对张会说："你有毅力，又很刻苦，是一个大有前途的速滑运动员！"

根据张会的身材及体能情况，劝她由大道速滑改成短道，并鼓励她，要向杨扬学习，将来争取参加冬奥会，拿冠军，为祖国争光！

这番苦口婆心的劝说，对一个十三四岁的孩子来说，来得太突然、太不可思议，也太难以接受了！

她这个从贫苦家庭走出来的孩子，从未看过电视，根本不明白冬奥会是咋回事，更不知短道速滑与大道速滑有什么区别。至于出国比赛、为国争光之类的事，她更是连想都没有想过。

在她尚未成熟的心灵里，装满了一个贫穷家庭的孩子最实际的问题——这些年，父母一直在为她背负着沉重的外债……

前两年，是父母借钱给她买的运动服。去年，父母又借了 1500 元钱，刚给她买了一副国产的速滑冰刀（新型冰刀），她才穿一年。如果让她再改成短道速滑，那她又得重新换一副短道穿的新冰刀，那父母又得为她借多少钱呀？

于是，她对教练坚决地说："我不去！"

"为什么不去？"

"我家没钱换冰刀！"

听到她的这句话，李彦涛半天没言语。

他知道，国产的好冰刀要两三千元，进口冰刀就更贵了。几千元钱对一个贫困、靠做豆腐为生的家庭来说，的确不是一笔小数字。

但他更知道，对一个运动员来说，失去这样一次千载难逢的机会，也许是她终身的遗憾！

李彦涛教练像所有爱才的教练一样，千方百计想说服这个倔强、有着顽强毅力的女孩子。

于是，他找来张会的母亲，对她详细谈了当前的滑冰形势，以及张会在滑冰方面的优势，希望她能劝劝张会，抓住这千载难逢的机会！否则，对张会这孩子的损失就太大了。

张会母亲虽然没有多少文化，却是一个处事果断的女人。

听完李彦涛老师说的这番话，她立刻对张会说："走！去哈尔滨！"并且雇了一辆车，带着张会，直奔哈尔滨市体校……

# 五

**人的命运，常常就在这看似不经意间决定了。**

到了哈尔滨市体校，正赶上体校速滑运动员在上冰训练。短道速滑教练许艳琴正在选拔短道速滑运动员。

许艳琴教练对张会的情况早有了解。她对张会母亲谈了张会的身体条件，以及中国短道速滑今后的发展形势……

末了，她说："根据张会的身材较矮、爆发力好的特点，也根据当前中国短道速滑的发展形势，她在短道速滑方面的发展，肯定要比大道速滑更有前途！"

听了这话，张会母亲立刻说："只要俺家张会能有出息，我和她爸砸锅卖铁也要供她！这孩子从小就没少受委屈，现在，不能再因为家穷耽误她滑冰了！"

"妈……"张会却不高兴地叫了一声，"你说这些干啥呀？"

张会并不同意改短道，因为她知道家里没钱，上哈体校中专要交3000元学费，换新冰刀还要花2000元，家里上哪儿弄来这么多钱？

她不想把这么一大笔外债再压到父母身上。她觉得父母这辈子已经够苦的了。

可是，离开冰场，母亲却从内衣兜里掏出厚厚一沓钱，塞到了张会手里……

"这是 2000 元，快拿去买冰刀吧！痛快儿地按教练说的改短道！"

"妈！我不要！这钱不是你来哈尔滨看病的钱吗？"

她知道，这钱是母亲借的准备来哈尔滨看病的。她怎能忍心拿这钱去买冰刀呢？

但是，母亲却说："看病不急，你先拿去买冰刀！够了吧？"

"妈……"张会叫了一声妈，就哽咽得说不下去了。

母亲却拍拍她的肩膀，嗔怪道："哎呀！你这孩子，别动不动就淌尿水子！妈这辈子遇到的难事，比你们多多了，你看妈啥时候哭过？"

"妈……"张会一把抱住母亲，许久说不出话来。

随后，母亲又对她说："至于上哈尔滨体育中专要交的那笔 3000 元的学费，你跟老师说说，你说咱家肯定交，只是先缓缓。你姐和你弟都不念书了，都去饭馆打工了。家里肯定会给你交上这笔学费的。你就安心地在这滑你的冰吧！"

就这样，14 岁的张会背负着全家的希望，也背负着心头那笔沉重的债务，走上了短道速滑的拼搏之路……

而且，让张会最无法承受的是另一笔冰刀债……

两年之后，她从哈体校被选进了哈尔滨短道速滑专业队，当上了专业 短道速滑运动员，以前花 2000 元钱买的国产冰刀，穿两年了，早已破烂不堪过时了。冰鞋和冰刀都不行了，要想提高成绩，就必须换进口刀。否则，就像不同马力的汽车在同一赛道上比赛一样。

要知道，进口刀与国产刀的钢质不同，咬冰程度不同，滑跑起来的速度也不同。

我当运动员时就知道，在冰场上滑起冰来，会发现进口刀刀尖划过冰面时，发出的是"丁零零、丁零零"的悦耳声，而国产刀发出的则是"啪啦啦、啪啦啦"的铁片子声。

当然，进口刀很贵，一副冰刀、冰鞋要花六七千元，甚至更贵呢。这对一个靠做豆腐为生的贫困家庭来说，实在是一笔天文数字。

　　张会再不想让父母为自己借债，先前买冰刀借的钱还没还完呢，所以就一直穿着那副破旧的冰刀训练。

　　可是不知母亲怎么知道了冰刀这件事，可能是教练向她透露的吧。

　　一天傍晚，母亲突然来找张会，把她拉到无人处，悄声对她说："妈给你带来 6600 元钱，你让教练帮你买一副进口冰刀……"

　　张会听到这话大为惊讶，忙问母亲："妈，你咋知道买进口冰刀的事？"

　　"你就别问了，快点买吧！别影响了训练！"

　　"妈你告诉我，咱家哪儿来这么多钱。是不是又是借的？"

　　母亲没有回答女儿的问话，只是意味深长地说道："妈说过，我和你爸没啥大本事，只会做豆腐。但是，俺俩就是砸锅卖铁也要供你，你从小就受了不少委屈，不能因为家穷再耽误你的前程了！"

　　"妈……"张会哽咽着叫了一声，抱住母亲就再也说不出话来了。

　　母亲从内衣兜里掏出钱，看看前后没人，急忙把钱塞到张会手里，并再三叮嘱，把钱收好，千万别弄丢喽！要她尽快交给教练早点买上进口冰刀，尽早穿上好冰刀训练，说完就走了。

　　张会攥着这沓厚厚的带着母亲体温的人民币，看着母亲微驼的背影，这个很少落泪的姑娘，不禁泪如雨下……

　　张会本以为这些钱，又是父母为她借的呢，她心里深感歉疚，觉得自己要是滑不好冰，实在对不起父母的那番苦心！

　　不久，她穿着这双渴盼已久的韩国产的 KSS 牌冰刀，像插上了飞翔的翅膀，拼命滑着，滑向一个个新的目标……

　　令她万万没想到，她脚下穿的这副 6600 元人民币的冰刀，并不是父母借的钱，而是父母把全家唯一一处房产做了抵押贷来的！

　　因为钱数太大，根本没人肯借给他们，所以父母才决定以房产做抵押，借来这笔钱给张会买冰刀。

写到这里，我突然在想，当一个十几岁的孩子，穿着父母用抵押房子借钱买来的冰刀，在冰场上滑着冰，她是一种什么样的心情？

张会说，当她得知这笔钱是父母用抵押房子借来的，她觉得心里有一种无形的压力，像有一座山似的压在她的心头……

她觉得，如果她滑不出成绩来，对不起父母，对不起家人，也对不起教练……

2009年，21岁的她，从哈尔滨市体工队领到了第一笔工资，她一分没动，全部寄回家里。从此，工资卡一直放在母亲手里。

她知道，家里为她借的外债还没还完呢。

# 六

**无论到哪儿，她都是最刻苦的一个。**

**即使是遇到"魔鬼教练"，她也毫不退却。**

**因为她肩负着追梦的使命，也肩负着改变家庭现状的重任！**

大家都知道张会的刻苦劲头，无论是在哈体校中专班，还是被选进哈尔滨专业短道速滑队，她都是训练中最能吃苦的一个。

在哈体校期间，教练发现她有毅力，有拼劲儿，就让她跟男队员一起训练，一起搏杀！因此张会练就了一身敢打、敢搏的劲头！

大家都知道，专业运动员的训练很残酷，它不仅要最大限度地挖掘人的潜力，而且大家都站在同一条起跑线上，你不加倍努力，怎么可能战胜别人？而张会的训练就更加残酷，总是自己给自己加量。

好多优秀运动员都是如此。短道速滑运动员范可新、乒乓球运动员邓亚萍，都是经常自己给自己加量。

张会就是这样，别人都下冰了，她还在滑。别人休息了，她仍在训练。她因为拼得太狠，体力不支，三次昏倒在训练场上……

教练给她买来生脉饮，劝她："千万不要这么拼了，差不多就行了！"

她却觉得，除了拼命训练没有别的出路，只有拼出好成绩才能有出息，才能对得起父母，才能帮家里还上那笔沉重的外债，才能不辜负教练和体工队领导的培养。

2006 年，为了提高短道运动员的成绩，哈尔滨市体育局从韩国请来一位短道速滑教练。

韩国教练的执教方式，苛刻而残酷，运动量超大，不近人情，比日本的"魔鬼教练"大松博文还要残酷，稍不满意，就扇运动员的耳光，"啪啪"地扇，无论男女都打！

不少运动员受不了"魔鬼教练"的做法，纷纷要求离开韩国教练，最后只剩下几名女队员，张会是其中一个。

在"魔鬼教练"的严酷执教下，张会的成绩提高得很快，不久就拿到了全国联赛的冠军。

当韩国教练合同期满，临行前，他向张会深深地鞠了一躬，感谢她的配合，并向她竖起了大拇指。

# 七

然而，这个被"魔鬼教练"都训不垮的拼命三郎，却在 2008 年 5 月入选国家队之后，一连几天晚上，趴在被窝里偷偷地哭鼻子。

入选国家队以后，她觉得自己练短道速滑，无论是体型还是体能，都没有优势可言。

因为着急上火，哭鼻子，她发起了高烧……

到国家队以后，面对陌生的环境，她这个从小就性格孤僻、不善于与人交往的人，不知该怎么跟队友交流，面对实力强大的队友王濛、周洋等一批高手，她觉得自己跟她们的差距太大。人家都在世界比赛中夺过牌，都拿过大大小小的冠军。可她什么成绩都没有，只能在后面拼命地追赶……

她心里感到很茫然，以往的自信心、不服输的劲头，都不知跑到哪里去了。

但是，凡是优秀运动员都有一种宝贵的、常人所不具备的特质——那就是无坚不摧的毅力，不肯服输的个性！

"你可以把我打倒，但你永远不会把我打败！"这是美国作家海明威的一句名言。

而放到优秀的运动员身上，再恰当不过了。

张会把王濛、周洋等人当成了自己的榜样，找到了追梦的力量……于是，她很快就克服了消极情绪，调整好心态，迅速融进了这个优秀而竞争激烈的集体，开始了比任何时候都更加刻苦、更加努力、更加玩儿命的拼搏了！

训练中，她经常瞄着榜样暗自偷偷地学习。

别人放假休息，她却悄悄地走进训练场……

她知道，要想赶上人家，别无选择，唯有拼搏！

这一切，都被国家队主教练李琰看在眼里，她很欣赏这个新入选国家队的年轻队员。

于是，李琰把张会列入接力项目的主要人选，并开始对张会的接力项目有意加以培养。

于是，在张会进入国家队五个月之后，她迎来了运动生涯的第一个春天——

她代表中国，第一次参加短道速滑世界杯比赛，并与王濛、周洋、刘秋红四名同伴夺得了女子 3000 米接力冠军，同时打破了世界纪录。

从此，张会成为中国短道速滑接力赛的主力队员。

李琰称她："平时在训练中踏实、刻苦，在比赛中能很好贯彻教练的战术安排，是接力队员中不可多得的人才。"

在接下来的几年里，张会在一些国际大赛中也拼出了个人不错的成绩，多次参加国际滑联举办的短道速滑世界杯赛、世锦赛，并获得了个人1000米第四、第五名，1500米第三名等优异成绩。

但她最突出的还是接力项目，在2010年加拿大冬奥会前，她代表中国参加了十次女子3000米接力比赛，获得了八次冠军！

## 八

宝剑锋从磨砺出，梅花香自苦寒来。

参加冬奥会，对一个酷爱滑冰，把青春和热血都挥洒在冰场，一心渴望站在冬奥会的赛场上，力压群雄，登上奥运之巅的金牌榜领奖台，从而为祖国争光、为家人争脸，为自己的人生书写辉煌而灿烂篇章的运动员来说，这将是多么难得的一次机会啊！

对张会来说，这一天终于盼来了。

2010年第二十一届温哥华冬奥会！

对张会来说，它来得太不容易了。

十几年的青春，十几年的拼搏，十几年的苦苦追求……

赛前，她经历了焦急而漫长的等待，不知参赛名单到底有没有自己？当她终于看到自己的名字出现在中国出征温哥华冬奥会的名单上，作为冬奥会短道速滑女子3000米接力的成员，竟兴奋得一连两天晚上失眠。她并不是主力队员，3000米接力是她参加冬奥会的唯一项目。

可是，就在温哥华冬奥比赛即将开幕之际，中国短道速滑女队却发生了一件大事：主力队员刘秋宏不慎摔倒，左大腿内侧缝了200多针。赛前即使赶到温哥华，因伤情严重，也无法参赛。中国短道速滑队只好做出痛苦的决定：宣布刘秋宏因伤退赛。

这对中国女子短道速滑队来说，是一个不小的打击。但是，赛场如战场，什么情况都可能发生，既然发生，也只能坚强地面对。

温哥华当地时间2010年2月24日晚，女子3000米接力决赛即将开始……

当王濛、周洋、张会和孙琳琳四位姑娘，带着多年训练所积淀的强大实力，怀着势在必得、一心要夺取金牌的强烈愿望，像箭一样，拼搏在银色的冰场上，与实力强劲、接连四届冬奥金牌得主的韩国队，展开了一场你追我赶、十分激烈的搏杀……

短道速滑女子3000米接力项目，一直是韩国队的优势，她们已经蝉联了四届该项目的冬奥冠军。但今天，中国队的水平，完全具备了与韩国队争夺奥运金牌的实力！

中国队的四名接力队员，个个都有辉煌的战绩，而且都处在运动生涯的最佳时期。

王濛在本届冬奥会上，刚刚夺得短道速滑女子500米与1000米两枚金牌；周洋刚刚夺得了1500米金牌；张会在以往参加的十次世界比赛女子3000米的接力中，曾获得过八次冠军；而孙琳琳在近几年的比赛中，也多次获得优异成绩。

因此，短道速滑女子3000米接力，将是这届冬奥会中国队冲金的重中之重——

赛前，李琰教练带领接力队员反复看录像，研究对手韩国队的战术，预判比赛中可能发生的各种不测，告诫四名队员在千变万化的赛场上，如何沉着应对，临危不惧……

24 日晚上，3000 米接力枪响之后，中国姑娘怀着必胜的信心，在万众瞩目之下，全力拼搏，表现出明显的优势！

然而，惊险的一幕发生在倒数第五圈……

当时，领先的孙琳琳在正常滑行，刚入弯道，只见韩国队员 139 号金 玟廷从后面猛冲上来，从内道强行超越！金玟廷的冰刀踢到了孙琳琳的冰 刀（后来发现孙琳琳的刀刃上有很大的破损），而且，金玟廷借助摆臂的力量把孙琳琳推出了赛道……

孙琳琳突然失去重心，险些被撞倒，速度一下子降了下来……

当时，教练和中国队员的心一下子都提到了嗓子眼儿，祈祷孙琳琳别摔倒。一旦摔倒，那结果可想而知！

谢天谢地！孙琳琳真是好样的，她承受了身体失衡的巨大考验，虽然速度慢了下来，但她并没有摔倒，而是拼命向前滑去，以最快的速度

张会（左一）在比赛中

把交接棒交到下一棒王濛的手里……

最后五圈，尽管中国姑娘拼力追赶，但还是让韩国队率先冲过了终点。

这时，中国短道速滑队主教练李琰，立刻向裁判长高高地举起双手，对韩国队的犯规行为提出严正抗议！

此刻，中国的四位姑娘，脸色沉郁，她们觉得这块金牌本应属于中国，而不是韩国。韩国运动员明显地犯规了！

她们在焦急地等待着裁判的公正判决……

只见主裁判穿着冰刀站在冰场边，仔细观看着比赛回放。时间一分一秒地过去，煎熬着中国队教练及队员的心……

五六分钟之后，全场所有的目光齐刷刷地集中到主裁判身上，只见他向场边的韩国教练滑去，对韩国教练说了一句什么，几乎与此同时，赛场的大屏幕上打出了醒目的（英文）字幕：

"中国队以4分06秒610夺得金牌，并创造了新的世界纪录！"

韩国队结束了冬奥短道速滑女子接力项目的四连冠垄断。

刹那间，冰场上的中国人沸腾了！

四个姑娘欢呼着扑向场边的主教练李琰，一齐去拥抱她……

这时，像男孩子性格的王濛，跳起来想跃上护墙去拥抱李琰，不小心，她跷起的右脚冰刀划向了张会下巴，划出了一个5厘米左右的口子！

但是，这点儿皮肉伤却丝毫没有影响大家庆贺胜利的喜悦。她们拥抱着教练李琰，忘情地欢呼着，跳跃着，我们中国队终于赢了！

随后，张会左手捂着下巴，右手高高地举起五星红旗的一角，四位铿锵玫瑰，绕场一周，让鲜艳的五星红旗第一次飘扬在冬奥会女子短道接力的赛场上……

随后，张会被带去医务室，简单地缝了10针。

之后，张会脸上贴着纱布，随同四位队友，手拉着手，一齐跳上了冬奥冠军的领奖台……

张会站在冬奥会最高的领奖台上，看着五星红旗伴随着庄严的国歌，徐徐升起，全世界所有的目光都注目着中国的国旗……

她眼里噙满了激动的泪水，有生以来，第一次感到无比骄傲、无比自豪，觉得做一名中国运动员真好！她心里充满了从未有过的激动与感激。

她感谢祖国，感谢教练，也感谢父母生了自己……

冬奥会结束后，回到北京，张会第一件事就是给家里打电话，第一句话就问母亲："妈！你和爸爸看见我们获得冬奥冠军了吗？"

"看见了！看见了！我还看见你的下巴……"

"没事！没事！"张会急忙打断了母亲的担心，对母亲说，"妈！我这回获得的奖金，就能把咱家的外债全还上了！"

"小会……"电话那头的母亲突然哽咽了，好一会儿才说，"你真懂事，妈多亏生了你……"

电话这头的张会，心里也在说：是啊！妈妈，多亏你生了我……

张会23岁那年，因伤病退役，去北京体育大学读书，后来又去美国学习。再后来，她与相爱多年的队友白龙结为伉俪，并生下一个宝宝。

她说今后要在经济上多帮助操劳一生、给予她莫大帮助的父母，她在宾县给他们买了房子，也帮助姐姐和弟弟解决了一些经济上的困难。

她2013年加入了中国共产党。

她说今后要跟爱人一起从事青少年体育培训方面的工作，教青少年轮滑和滑冰，让更多人了解冰雪项目，参加冰雪运动。

她觉得自己赶上了好时代，决心跟爱人一起，为中国的冰雪事业做些力所能及的贡献。

# 第十篇 夺冠功臣
## ——短道速滑冬奥冠军孙琳琳

翻开群星璀璨的冬奥冠军名录，孙琳琳的名字并不那么抢眼。但是，当人们谈论起 2010 年加拿大温哥华第二十一届冬奥会，在短道速滑女子 3000 米接力比赛中，中国队与韩国队激烈竞争的惊心动魄的一幕时，却发现这一幕的关键人物正是孙琳琳。

2010 年，孙琳琳（左一）与队友在温哥华冬奥会中获得短道速滑女子 3000 米接力赛冠军

一

她说："那一刻，我要么成为中国的功臣，要么成为中国的罪人……"

我对孙琳琳的采访，就是从这句话开始的。

由于迟迟联系不上她，我曾经有过放弃采访她的念头。

冬奥冠军接力队员张会却对我说："张老师，你别放弃她，她在温哥华冬奥会上是功臣，为中国队立下了汗马功劳！我帮你联系她。"

于是，在张会的努力下，我与孙琳琳终于联系上了。

当时，孙琳琳正在美国纽约普莱西德湖畔出差。

而我却在万里之遥的北京，两个从未谋面的冰上"战友"，就这样在微信里相识了。

我们从未见过面，两人又有着隔代人的年龄差距，但是，我们曾经是同行，都曾把青春和热血挥洒在银色的冰场上，都曾张开臂膀拥抱过美好的梦想，都曾是冰雪人生的追梦者！所以，交谈起来并不感到陌生，也没有"代沟"之感，而是感到很亲切，彼此就像相识已久的老朋友一样。

于是，她真诚而热情的声音带着她的故事，穿越浩瀚的太平洋，传到了我的电话上……

她的家庭故事，她的追梦人生，她在冬奥赛场上惊险而辉煌的一幕，就浓缩在我眼前的电脑屏幕里了。

二

又是一个农民的女儿。

又是一堂体育课，改变了一个孩子的命运。

1987 年 11 月 23 日，孙琳琳出生在辽宁省宽甸县一个普通的农民家庭。

她 6 岁那年，父母为了要第二个孩子（她的弟弟），母亲王金娥怀着身孕，一家三口从宽甸农村悄悄地搬到了黑龙江省七台河市。

像许多农村进城打工的人一样，孙琳琳的父母也过着勤劳而普通的生活，他们借住在亲属家里。父母种过香菇、干过杂活。性格内向、寡言少语的父亲开过电动三轮车。性格外向、爱说爱笑的母亲，开过交谊舞的舞蹈班，教别人跳"国标"。舞蹈学校用她自己的名字"金娥舞蹈学校"，到现在还一直经营着。

小琳琳由于离开了童年的玩伴，一直很不开心。她不理解爸爸、妈妈为啥要搬到这死冷寒天的七台河来。这里一到冬天三天两头下雪，而且，雪地上落满了黑乎乎的煤灰。

她看到外面的孩子都不怕冷，呜嗷喊叫着在大街上玩耍，好多孩子都穿着木板制的"脚滑子"，戴着手闷子（棉手套），在冰天雪地里你追我赶，玩得特开心。

冰雪世界是孩子们的天堂。

小琳琳很快就在冰雪中找到了乐趣，跟着孩子们打雪仗，打呲溜滑儿，而且在一帮孩子中大显身手。

她继承了母亲的性格特点：开朗、爱动，从小就爱跑、爱跳，身体素质好；同时又继承了父亲沉稳、不争不抢的个性，跟大家相处融洽。

她 8 岁那年，刚上小学一年级，一个深秋的下午，体育老师让全班同学在操场上跑步，实际意在测试同学们的身体素质。

体育老师特意对孙琳琳说："孙琳琳，你平时跑得最快，这次可别落在后头啊！你要好好跑……"

她并不知道体育老师的用意，只是像往常上体育课那样，在运动场上认真地跑起来，最后，她在全班男、女同学中名列前茅。

孙琳琳绝没有想到，她的追梦人生，就是从这堂看似平常的体育课开始的……

一位身着运动服的年轻女老师，站在操场上，正瞪大一双精明的眼睛注视着孙琳琳……

她就是七台河市体校教练赵小兵，也是"短道速滑之父"孟庆余的得意弟子。当年，孟庆余为了把她留在滑冰队，一天之内三顾茅庐，跑了几十里路去她家找她，苦口婆心地劝她归队。赵小兵没有辜负恩师的栽培，虽然没有成为世界冠军，但她深受孟教练的影响，成为七台河市一名优秀的滑冰教练，后来培养出冬奥冠军孙琳琳，世界冠军王伟、李红爽，青奥冠军曲爱丽等一批优秀运动员。

就这样，8 岁的孙琳琳被体校教练赵小兵相中了，成为七台河市业余体校年龄最小的一名小队员。

孙琳琳在教练的指导下，从此踏上了追梦之旅，并且靠着顽强的拼搏劲头，拼出了一番天地，书写出辉煌的人生。

但是，到体校的第一天训练，孙琳琳就被眼前的情景吓了一跳。

赵教练让"老"队员在 400 米的运动场上跑了 10 圈。她在心里顿时惊叫起来："我的妈呀！咋跑这么多呀？这不把人累死了吗？"

赵教练让她跑了 4 圈，她就累得上气不接下气了，跑到终点一屁股就要坐下来，却被赵教练厉声喊起来："起来！不许坐到地上！继续慢跑放松！"

她只好极不情愿地站起来，继续颠颠地慢跑放松。此刻，赵教练的眼睛却一直在她身后注视着她……

赵小兵知道，选一棵滑冰的好苗儿不容易，而头一两堂的训练课，对一个刚来队的孩子来说，更是一次不小的考验。

上训练课，不同于上体育课，要按照教练的要求，严格地执行训练计划。不少孩子吃不了这份苦，刚来两天就跑回家，扑到妈妈怀里哭鼻子去了。好多父母不愿让孩子吃这份苦，就把孩子领回去了。

赵小兵发现孙琳琳的身体素质不错，但不知她能不能吃苦，干滑冰这行，能吃苦非常重要，不能吃苦就不可能出成绩。

所以，第一堂训练课结束后，赵小兵找孙琳琳谈了一次话。谈话内容很有趣，令孙琳琳终生难忘。

赵小兵问她："孙琳琳，你为啥来体校训练？"

"想滑冰。"

"为啥要滑冰？"

"想当冠军！"

"为啥要当冠军？"

"……为了，为了登台领奖……"

"我告诉你，是为国争光！如果你在全世界的比赛中，谁都比不过你，你就是第一，你就能为中国升国旗、奏国歌了！"

"真的？"孙琳琳惊讶地瞪大了眼睛，反问道："那咋样才能拿第一呀？"

"刻苦训练！顽强拼搏！"

"啥叫顽强……拼搏？"

"在训练中跑不动了，你要咬牙坚持！你觉得自己快累死了，你要告诉自己我不能死，我必须冲到终点！我一定要赢他们！这就是顽强拼搏！懂了吧？你身体素质好，是一棵滑冰的好苗儿，只要你好好训练，将来一定能拿世界冠军！"

年轻的赵小兵，把从恩师孟庆余那里学来的本事，再加上她自身的训练体会，用来教育这些懵懂无知的孩子，收到了很好的效果。

一天，孙琳琳的母亲路过冰场，看到刚学滑冰不久的孙琳琳在冰场上跟头把式地直摔跟头，回家后，她心疼地问琳琳："我看你直摔跟头，要不咱不练滑冰了？"

孙琳琳的父母整天忙于生计，顾不过来管教孩子。再说，父母对孩子也没有奢望，练不练滑冰无所谓，由她自己拿主意，对孩子并没有过多的干涉。

孙琳琳却一脸坚决："不嘛！我要滑冰！赵教练说我身体素质好，是一棵滑冰的好苗儿！还说我要坚持刻苦训练，顽强拼搏，将来肯定能出成绩！还能拿世界冠军，为国争光呢！"

说这番话时，小琳琳仰着小脖，稚气未脱的脸上，充满了对冠军的美好向往。

父母对琳琳说出这番话并没在意。他们对为国争不争光的事，连想都没想过，只觉得女孩子将来能当个体育老师，有一份正式工作就不错了。所以，他们并不反对琳琳去体校滑冰，由她自己决定。

但是，赵小兵说的这番话对孙琳琳来说，却好像给她插上了一双渴望飞翔的翅膀……

就像当年孟庆余的教练对孟庆余、孟庆余对赵小兵说的那番话一样，在孙琳琳幼小的心灵深处，尽管懵懂，却生出了一个美好的冠军梦，为她心里点燃了一盏希望之灯。而且，这盏灯从此再也没有熄灭过。

"我一定要好好训练，将来拿世界冠军！"

就这样，在七台河这座有着"中国冬奥冠军之乡"美誉的煤城，又多了一个雄心勃勃、一心要拿世界冠军的女孩子！

## 三

冰雪是寒冷的。

但，火热的心却改变了孩子们的命运。

七台河是一个经济欠发达的地区，但这里的孩子却是幸运的。

因为七台河很早就成立了业余体校，而且，有一批以孟庆余为首的酷爱滑冰、十分敬业的体校教练，还招收了一批批身体素质好、爱滑冰的孩子。

这里好多家庭的父母忙于生计，顾不上管教孩子，因此给天性爱玩儿的孩子们提供了追逐滑冰梦想的机会。

这些普通家庭出身的孩子，从小在冰天雪地里滚大，从不娇气，从不怕吃苦。孩子们怀着懵懵懂懂的冠军梦，在体校教练的指导下，一边上学，一边训练，小小年纪便开始了追逐冠军梦的人生之旅……

夏天，这帮小队员在运动场上，进行滑冰专项技术训练及体能训练，在酷日下挥汗如雨，做滑行、滑跳、跑步，晶莹的汗珠掉在地上，常常洇湿了一大片地皮。

冬天，在零下二三十摄氏度的高寒下，他们一圈接一圈地"拉磨"，在教练严厉的要求下，你追我赶地拼搏，从而打下了良好的冰上技术基础，锻炼出强健的体魄。而且，个个都练出一副顽强的个性，从不叫苦，从不偷懒，保质保量地完成教练交给自己的训练任务！

这些业余队的小队员，来到哈尔滨冰上基地人工冰场训练，也只能趁省、市专业队不训练的时间，趁夜晚或清晨去冰场抢时间上冰训练。

由于经济条件有限，业余体校的条件很差，小队员们挤在上下铺的住处，吃着普通的饭菜。

但是，小队员们训练起来却个个生龙活虎，充满了勃勃生机。因为他们心中都怀有美好的冠军梦——

一个人无论年龄大小，只要心中有梦，就有希望！心中有梦，就有动力！心中有梦，就有克服一切困难的毅力！

尤其处在爱幻想的孩童时代，美好的梦想则是支撑他们朝气蓬勃成长的太阳，是他们前进的灯塔！

孙琳琳就是这批追梦少年中一个典型的代表。

曾经带过她的体校教练赵小兵、省队教练伊敏，以及国家队教练辛庆山，都曾这样评价她："孙琳琳这个孩子训练起来，能吃苦、有抱负，从不让教练操心！"

正因如此，她很快就成为同批小运动员中的佼佼者。

当她长大以后，明白了一些人生道理。

她对我说："其实，我觉得我在滑冰方面并没有多大天赋，而是我坚持拼到了最后，没有半途而废，所以才走到今天。"

她说她觉得自己很幸运，遇到了好教练。

的确，就像爱迪生所说，天才是百分之一的灵感，加上百分之九十九的汗水。

而运动员的成功，除了坚持与拼搏之外，有时还需要几分机遇与运气……

# 四

人的命运总是离不开时代。

美好的人生常常伴随着幸运的命运。

2001 年，孙琳琳刚 14 岁，就被选进了黑龙江省体育运动学校冰雪分校，后来毕业于哈尔滨体育学院。

2002 年，中国短道速滑运动员杨扬，在美国盐湖城举办的第十九届冬奥会上，连夺 500 米及 1000 米两项冠军，并与队友合作在女子3000 米的接力赛中摘得银牌，震惊了世界冰坛，开创了中国短道速滑的新时代！

这给中国短道速滑事业的发展带来了大好契机，短道速滑从此受到国家的高度重视。

由此而带来的机遇，就幸运地落到了孙琳琳头上……

盐湖城冬奥会结束不久，2002 年 8 月，15 岁的孙琳琳被选进了北京青年短道速滑集训队，这是从全国速滑运动员中选出 54 人集训一个月，最后要进行冰上测验，只留下8男8女。

孙琳琳在最后一天的测验中，获得1500米第一名的好成绩，被留在了北京青年队。

她刚到北京首都体育馆训练了一天，第二天，国家队的教练助理苏晓华就来通知她："孙琳琳，你马上收拾行李！"

她顿时蒙了，以为要送她回黑龙江呢。

可是，教练助理却把她带到了首都体育馆的冬秀园，把她送进了国家短道速滑队……

这回她真的蒙了。

她不理解：为什么把我送进国家队来了？

她眼前的国家短道速滑队员，个个都是著名的世界名将：杨扬、李佳军、小杨阳、王春露、王濛……而她却连全国比赛的名次都没拿过。

有人开她玩笑："纯属一个冰场上的小屁孩儿！"

她想不明白：为什么让她来到国家队？

她给体校的马延军教练打电话："马教练，我成绩并不突出，为啥把我送到国家队来了？"

马教练说："你被选进国家队是天大的好事，说明你在滑冰方面大有潜力！你要珍惜这多少人可望而不可即的大好机会！好好训练，认真向老队员学习，尽快提高成绩，早点参加世界大赛，为国争光……"

就这样，15岁的孙琳琳带着茫然和不解，走进了人才济济、竞争激烈，却友好团结的国家短道速滑队，成为一名国家队队员，先是由国家队教练辛庆山担任她的教练，四年后，由李琰接任做她的教练。

进国家队以后，她的成绩进步很快。

2003年，辛庆山教练就带她参加了短道速滑世界杯比赛，1500米成绩获得第五名，还跟大队员合作，参加了3000米接力，获得第二名。2004年，在短道速滑世界杯韩国站女子3000米接力赛中，她与同伴合作夺得了亚军。

2008 年，在短道速滑世界杯盐湖城站的女子 1500 米比赛中，她夺得了第三名。

2009 年，在哈尔滨大冬会的女子 3000 米接力中，她与队友合作夺得了冠军，并在女子 1500 米决赛中获得一枚铜牌；在世界杯韩国站的 1500 米比赛中，夺得了该项目的银牌，并与同伴合作夺得了 3000 米接力的冠军。在世界杯总决赛中，夺得了女子 3000 米接力的金牌……

## 五

**机会，总是给予有准备之人。**

时间到了 2010 年，四年一届的冬奥会即将在加拿大的温哥华举行。

奥运会对运动员来说，有着永恒的魅力，每个运动员都渴望到奥运赛场上展示雄姿，以求实现多年来的梦想。

但是，名额有限，中国短道速滑只有六男六女的参赛名额。当时，王濛、周洋、刘秋宏三员大将是中国短道女队的绝对主力，剩下的几个名额要在全国选拔赛中竞争了。孙琳琳心里没底，不知自己能不能被选上。

在冬奥选拔赛中，孙琳琳表现得很好，全能成绩名列前几，但在最后一项比赛中，却发生了意外：一名队员在弯道滑跑中摔倒，把她给撞倒了，冰刀撞在围墙上挫伤了她的脚，一只脚肿得像馒头似的连鞋都穿不上。

但她一天都不肯休息，生怕影响了冬奥会的参赛资格。她一边训练，一边做康复。晚上，她把肿得发烫的脚立在墙上，在不知不觉中睡着了，腿突然滑下来把她吓了一跳。

她太渴望参加这届冬奥会了！

她 8 岁开始滑冰，在冰场上已经打拼了十五个年头，青春和汗水都洒在冰场上了，她渴望到奥运赛场上一搏！

这一切，都被主教练李琰看在眼里。

李琰从 2006 年接手孙琳琳，四年来，二人配合得很默契。李琰了解孙琳琳的个性，训练刻苦，性格沉稳，善于与队友打配合，是一个在赛场上能担负起重任的选手。孙琳琳是李琰回国执教后唯一一名点名要的队员。

在中国速滑队赴温哥华参赛前夕，孙琳琳终于看到自己的名字出现在第二十一届冬奥会的名单上。

那一夜，她高兴得失眠了。


但是，就在动身飞往温哥华前几天，中国短道女队担负着夺金重任的三大主力之一的刘秋宏，却在训练中意外摔倒，冰刀把她自己的一条腿严重划伤，叫来急救车，用担架把她抬出了冰场。

看到这一幕，队员们都感到很痛心。

大家都觉得，中国队失去了一位冬奥夺金的大将。而对刘秋宏来说，则失去了一次报效祖国的机会。

几天后，中国短道速滑队就要飞往温哥华了，就在大巴车要启动的刹那，只见刘秋宏拄着双拐，拖着缝了 200 多针的伤腿，前来为队友们送行……

队员们纷纷跑下车，哭着与刘秋宏拥抱，并鼓励她："我们在奥运村等你，你一定要去！我们短道速滑队，一个都不能少！"

"我一定去！"刘秋宏信誓旦旦地说。

"我们在奥运村等你！"这句话给刘秋宏以莫大的鼓励。


刘秋宏果然没有食言，在冬奥会开幕前夕，她火速飞到了温哥华。

刘秋宏怀着莫大的期望，与中国短道速滑队在奥运村会合……

而此刻距离她腿部受伤仅仅过去短短十天，腿上的浮肿还没有消呢。

刘秋宏的到来，使中国短道的姑娘们兴奋不已，她们纷纷上前拥抱她，祝贺她前来参加四年一届的冬奥比赛！

晚上，教练李琰、队员王濛、张会、周洋、孙琳琳一帮人，纷纷跑到刘秋宏的房间里，问她："秋宏，你觉得你能不能参加比赛，你要觉得能行，我们就去找领导为你说情！"

听到这话，在腿上缝了200针都不曾掉泪的刘秋宏，却再也控制不住眼中的泪水……

看到她哭，大家一切都明白了。

这群在冰场上你争我夺的竞争对手，下了冰场却亲如姐妹的队友们，平时很少哭鼻子，此刻大家都抱住刘秋宏，哭得稀里哗啦……

她们知道：运动生命短暂，四年一届奥运会。四年之后，不知刘秋宏还能否参加下一届。即便参加，她能不能有良好的竞技状态，能不能赛出好成绩？一切都是未知的。

大家都为刘秋宏失去这届冬奥会参赛机会而深感遗憾，更为中国失去一位夺金的主力队员而深感惋惜。

冬奥开幕前两天，2010年2月12日，中国短道速滑队不得不做出一个痛苦的决定：

中国短道速滑女队主力选手刘秋宏，终因伤势无法达到奥运参赛标准，只好放弃参赛，由赵楠楠代替她出战这次冬奥会。

第二天，刘秋宏悄悄地离开奥运村回国了。

## 六

"我要么成为中国的功臣，要么就成为中国的罪人……"

刘秋宏的缺席对中国短道速滑队来说，是一笔不小的损失。冲击温哥华冬奥会 3000 米接力金牌的重任便落在了孙琳琳身上。而对第一次参加冬奥会就承担起主力重担的孙琳琳来说，则不仅是考验，而且是她运动生涯中最重要、最惊险的一次战斗……

是的，是战斗！赛场从来就是不见硝烟的战场！

正如她自己所说：

"那一刻，我要么成为中国的功臣，要么就成为中国的罪人……"

当她得知由她来接替刘秋宏担当中国女子 3000 米接力的上场队员，与王濛，周洋、张会四人上场参赛时，她既兴奋，又紧张，终于等来了为祖国出战的机会，觉得肩上的担子光荣而沉重。但同时她心里也惴惴不安，觉得自己的实力远不如刘秋宏，很怕在比赛中因自己的失误而影响了中国队的战绩。

短道速滑女子 3000 米接力，是韩国队的优势项目，她们已经蝉联了四届该项目的冬奥冠军。

但中国队已具备了与韩国竞争奥运金牌的实力。

中国队的四名接力队员，个个都有着辉煌的战绩，而且都处在运动生涯的最佳时期——

王濛在本届冬奥会上，刚刚夺得短道速滑女子 500 米与 1000 米两枚金牌；

周洋在本届冬奥会上，夺得了 1500 米金牌；

张会在以往参加的十次世界女子 3000 米的接力赛中，曾获得过八次冠军；

而孙琳琳在近几年的比赛中，也曾多次取得优异成绩：2008 年，在短道速滑世界杯盐湖城站的女子 1500 米比赛中，她夺得了第三名；2009 年，在世界杯韩国站的 1500 米比赛中，夺得了该项目的银牌，并与同伴合作夺得了 3000 米接力的冠军；在世界杯总决赛中，她夺得了女子 3000 米接力的金牌。

中国短道速滑女子 3000 米接力，是 2009—2010 赛季世界杯总冠军……

因此，短道速滑女子 3000 米接力，将是这届冬奥会上中国队冲金的重中之重！

孙琳琳内心的压力就可想而知了。

但是，一名优秀运动员不仅要有超人的体能与技术，而且要有超人的强大内心，和不畏强敌，临危不惧，敢于迎接各种挑战的胆魄和勇气！

李琰教练鼓励孙琳琳，接力是集体项目，要靠大家配合，并称孙琳琳历来沉稳，善于打配合，只要她正常发挥，就一定能滑出好成绩！

王濛等其他队员也一再鼓励她，让她放松，不要背包袱："我们是一个团结战斗的集体！我们一定能赢！"

教练和队友们的鼓励，给孙琳林以极大的安慰。

她不再是一个人在比赛，而是身后有着实力雄厚的队友、教练、领队，还有强大的祖国……

赛前，李琰带着队员们反复看录像，研究主要对手韩国队，分析她们的战术，预判比赛中可能发生的各种突发情况，并提出应对的各种方案。

温哥华当地时间 2010 年 2 月 24 日晚 7：30 分，女子 3000 米接力决赛即将开始，以王濛为首的中国四朵铿锵玫瑰，身着红色速滑服，以半决赛第一名的成绩，站在了起跑线上，并在内道……

王濛跑第一棒，接下来是周洋、张会和孙琳琳，将与韩国队、加拿大队和美国队的选手，展开一场激烈的争夺！

比赛从一开始，就进入了你争我夺的激烈状态，时而中国队领先，时而韩国队冲在前面。美国队和加拿大队渐渐被甩在后面。

中国姑娘怀着必胜的信心，在万众瞩目之下，全力拼搏，表现出明显的优势……

然而，惊险的一幕发生在倒数第五圈——

当时，领先的孙琳琳正常滑行紧扣内道刚入弯道，只见韩国队员139号金玟廷从后面猛冲上来，在孙琳琳没有改变滑跑路线的情况下，从内道强行超越！金玟廷的左脚冰刀不仅踢到了孙琳琳的冰刀（后来发现冰刀的刀刃上有很大的破损），而且借助右臂摆臂的力量，把孙琳琳猛地推出了赛道……孙琳琳突然失去重心，险些摔倒，速度一下子降了下来……

瞬间，孙琳琳承受着巨大的考验，也极力稳住身体，告诫自己千万不能摔倒，必须以最快的速度把交接棒交到王濛手里！她相信自己的团队一定会赢！

她拼命向前滑去……

然而这时，中国队已经失去了之前所保持的领先优势，反被韩国队落下了十几米。尽管最后五圈，中国姑娘拼力追赶，但最终还是让韩国队率先冲过了终点。

一过终点，四名韩国队员立刻奔向他们的主教练，簇拥着教练欢呼雀跃，继而又高举着韩国国旗绕场欢呼，庆祝韩国队第五次夺得女子3000米接力的奥运金牌……

而四位中国姑娘却脸色沉重，满脸的不服，手拉着手，在冰场上缓缓绕行，等待着大屏幕上显示的最后成绩……

早在韩国队刚一冲过终点，中国短道速滑队主教练李琰就立刻向裁判长高高地举起双手，对韩国队的犯规行为提出严正抗议！

中国队认为：韩国队139号强行内道超越的举动，明显是犯规，应该受到处罚！

此刻，孙琳琳度过了一生中最漫长、最受煎熬的几分钟……

她知道此刻裁判长将决定着中、韩两国队的命运。而她，要么成为中国队的功臣，要么成为中国队的罪人……

她心里默默地祈祷裁判长能给中国队一份公平与公正的判决！

此刻，全场的目光都集中在裁判长身上……

只见裁判长穿着冰刀，站在场边紧张地观看着比赛回放录像，与几位裁判悄声商议着。

时间一分一秒地过去，只有短短3分钟，但在中国队教练和运动员心里，却觉得它无比漫长，漫长得如同一个世纪。

当然，受煎熬的不仅是中国队，还有韩国队……

因为这关系到一个国家的荣誉，也关系到奥运赛场的公平与公正。

此刻，同样受着煎熬的还有万里之外、远在中国黑龙江七台河市的两位女性，一位是孙琳琳的母亲王金娥，一位是孙琳琳的启蒙教练赵小兵。孙琳琳的母亲因家里的电视没安天线，跑了很远的路，才来到赵小兵的家里，跟赵教练一起观看这场关系到孙琳琳成绩的冬奥比赛……

从发令那一刻起，两人就紧紧地握着汗渍渍的手，一直没松开。当她们看到孙琳琳被韩国队员险些撞倒的刹那，两个人的心一下子提到了嗓子眼儿！

当看到中国教练李琰向裁判长举手抗议，在等待裁判长看录像的几分钟里，她们焦急的心情，可想而知……

在温哥华奥运赛场上，全场的目光都集中在裁判长身上。3分钟过去了，只见裁判长离开录像屏幕，向场边的教练席滑去……

人们的神经顿时绷到了极点——

只见裁判长滑到韩国教练面前，对他说了一句话，韩国教练的表情顿时变得惊怵而愕然。

随即，赛场的大屏幕上打出了醒目的（英文）字幕：

中国队以 4 分 06 秒 610 夺得金牌，并创造了新的世界纪录和奥运纪录！

这时，中国队主教练李琰一下子跳了起来，大喊一声："中国队赢了！"

"中国队赢了！"

"中国队赢了！"

而在中国七台河，两位女子一下子抱到一起，久久地相拥而泣。

孙琳琳母亲不敢相信，一遍遍地问赵小兵："赵教练，这是真的吧？不会是梦吧？"

"是的，是真的，不是梦！中国队赢了！"

此刻，四朵铿锵玫瑰，就像四朵迟开的花朵，张开她们美丽的笑脸，欢呼着向场边的教练席"跑"去……

她们穿着冰刀，跳上教练席的桌垫，扑向教练李琰，由于过于开心，王濛的冰刀不小心划到了张会的下巴，但这丝毫没有影响大家夺冠的心情。

她们拥抱、流泪、欢呼，为迟来的荣誉，为中国队破世界纪录，为中国短道速滑队在本届冬奥会上夺得了第四枚金牌，尽情地释放着心中的骄傲与自豪！

这枚来之不易的金牌，正如短道速滑国家队领队杨占武所说："这次中国队夺冠，孙琳琳功不可没。她在韩国队员故意犯规的干扰下，仍然保持平稳，保住速度，而且始终坚持干净滑行，使中国队赢得了裁判公正的判决。"


当四位中国姑娘站在冬奥冠军的领奖台上，一同注视着五星红旗伴随着庄严的国歌徐徐升起时，姑娘们眼里闪着激动的泪花。而孙琳琳却在心里默默地说道：祖国，我没有辜负您的培养！那一刻，我坚持住了，没有成为中国的罪人……

当我看到她们在领奖台拍下的照片，四位姑娘身着红白双色运动服，人手一枚金牌，标志性地含在嘴边，她们开心地笑着，笑得非常美。我突然觉得，这些运动员怎么这么美呀！

记得当年，我看我们运动员一个个晒得像泥蛋子似的，从未觉得运动员会如此美丽！

是的，运动员的美丽不在于他（她）的外表，他（她）们的美丽展现在：

人生能有几次搏？

人生又有几次博得如此成功、如此辉煌、如此精彩？

在韩国队犯规的情况下，居然打破了世界纪录，为中国夺得了本届冬奥会上的第四金！

在 2010 年温哥华冬奥会上，中国队获 5 金 2 银 4 铜，共 11 枚奖牌，其中短道速滑就贡献了 4 枚金牌。

因此，孙琳琳在第二十一届温哥华冬奥会总结表彰大会上，荣获体育运动荣誉奖章；并与王濛、周洋、张会的短道速滑女子 3000 米接力组合获得安踏 2010CCTV 体坛风云人物年度最佳组合提名奖等多项荣誉。

孙琳琳告诉我，2010 年下半年，她同因伤离开国家队的王濛，去美国宾夕法尼亚大学语言班学习，2011 年年初，又转入加利福尼亚州州立大学长滩分校继续进修语言。

之后，她赴美执教。2019 年，她接到中国短道速滑队的邀请，回国担任国家短道速滑队的教练，她毅然放弃在美国滑冰协会短道项目主管的工作，回到祖国。后因国家队人员调整，她又回到美国盐湖城，继续从事着滑冰事业的推广工作。

她说，无论她走到哪里，她的心都永远属于中国，能在奥运赛场上为祖国升起五星红旗，能听到中国的国歌，那是她一生中最大的荣耀，也是她最大的骄傲！

## 第十一篇 托你渡过忧愁河
### ——花样滑冰双人滑冬奥冠军**隋文静、韩聪**

　　"当暮色昏沉沉，痛苦将你包围，我来安慰你。我与你同行。当黑夜茫茫，痛苦把你折磨，我为你筑起一座金桥，托你渡过忧愁河⋯⋯"

　　这首经典的欧美名曲《忧愁河上的金桥》，是隋文静、韩聪荣获 2022 年北京冬奥会花样滑冰双人滑冠军的伴奏曲，也是他们人生经历的真实写照。

　　从 2007 年 4 月第一次牵手，到 2022 年 2 月登上北京冬奥冠军的领奖台，十五年的追梦时光，五千四百多个日夜，他们经历了多少无法入眠的迷茫之夜？又跨过了多少痛苦而茫然的人生之桥？一次次跌倒，都是你牵着我，为我搭起一座人生之桥，让我从你身上跨过；我牵着你，为你弓起身，让你从我身上踏过！他们手拉着手，坚定不移地奔向胜利的彼岸⋯⋯

　　他们从牵手那天起，就必须把自己交给对方，信赖对方，爱护对方，为对方负责，不得有半点疏忽。他们的配合必须保持高度的默契，因为他们向世界展示的是两个人融为一体的艺术！

一

　　她哭着说："我死也要死在赛场上⋯⋯"

2022 年，隋文静、韩聪获得第二十四届北京冬奥会花样滑冰双人滑比赛冠军

　　2016 年 5 月。

　　隋文静、韩聪这对双人滑伙伴，继申雪／赵宏博、庞清／佟健两对世界冠军之后，是最有希望夺取奥运金牌的后起之秀。就在二人全身心地投入第二十三届平昌冬奥会的备战之际，灾难却不期而至……

　　隋文静在训练中多次受伤，两只脚踝断了四根韧带，左脚肌腱断裂，右脚软骨破碎，骨碎片卡进骨头里，必须手术进行摘除清理，要将右脚踝外侧副韧带重建，左侧脚踝肌腱需要做复位手术……

　　术前，隋文静哭着对韩聪说："聪哥，我一定要参加平昌冬奥会……我死也要死在赛场上……呜呜……"

　　韩聪极力安慰她："小静，别说傻话！我们不仅要参加冬奥会，还要登上冠军领奖台呢！"

　　对一个正向运动巅峰冲击的花样滑冰运动员、一个花样年华的 21 岁女孩子来说，面临这样的手术，其心情可想而知。恢复好了，可重返冰坛，继续与伙伴翩翩起舞，继续追逐他们的冠军梦。一旦出现闪失，后果不堪设想，十几年的奥冠梦不但成为泡影，而且她很可能要永远离开心爱的冰场……

而这时，距离他们所备战的 2018 年 2 月平昌冬奥会，还剩二十一个月。

此刻，为隋文静提着心的除了与她牵手多年的合作伙伴韩聪，还有他们的教练赵宏博、申雪及花样滑冰队的领导……

大家都在为隋文静提着心：

她还能重返冰坛吗？

## 二

哈尔滨，这座美丽的冰城，是"冰上芭蕾"的乐园，也是冰雪健儿的摇篮。

哈尔滨这座美丽的冰城，在短短的十几年里，为中国培养出多名冬季项目的世界冠军、奥运冠军选手，令世界冰坛为之震撼！

哈尔滨的双人滑项目取得的成绩尤为突出。我在想：哈尔滨，这座美丽的冰城，是否也可称为"双人滑世界冠军的摇篮"呢？

2010 年，申雪、赵宏博夺得奥运金牌，我国的花样滑冰双人滑国家队才刚刚组建十七年。在这次冬奥会上，申雪 / 赵宏博、庞清 / 佟健包揽了双人滑的金、银牌，震撼了整个冰坛！从此，中国花样滑冰健儿不断涌现出叱咤风云的人物！

当时的教练姚滨，被称为创造世界滑冰奇迹的人——一名教练同时培养出三对选手，申雪 / 赵宏博、庞清 / 佟健、张丹 / 张昊，同时进入世界锦标赛的前六名，得过四大洲锦标赛的金牌，得过世界各大赛事的所有金牌！

三对搭档，六名选手，都来自哈尔滨，都是喝着松花江水长大，从小都在冰天雪地里跟头把式地摔打，打冰尜、在江上支爬犁、滑冰，养成一种天不怕、地不怕的顽强性格，都练就一股敢于拿命去搏击成功、拼搏冠军的劲头！

而隋文静、韩聪，也同样出生在美丽、浪漫的冰城哈尔滨——

隋文静，1995 年 7 月 18 日出生，是家里深受宠爱的独生女。

其父母都是普通工人。父亲隋晓冬是哈尔滨标准件厂的电焊工，母亲刘微在铁路部门当仓库保管员，家境并不是很富裕。

前文讲过，短道速滑名将范可新，在她 8 岁时，从电视里看到杨扬在盐湖城冬奥会上夺得了 500 米金牌，就一心想当滑冰运动员的故事。

这又是一个同样的故事。

不记得是哪一天，只记得是 2000 年的一个冬天，电视里正播放着一对中国花样滑冰运动员在比赛，美轮美奂的"冰上芭蕾"不仅打动了亿万名观众，也深深地吸引了哈尔滨市一个 5 岁的小女孩儿……

电视里播放的是申雪、赵宏博在 2000 年花样滑冰大奖赛总决赛中的画面，他们在这次比赛中获得了总冠军。

小女孩儿不知他们叫什么名字，只是瞪大水灵而美丽的眼睛，一动不动地盯着屏幕上的"冰上芭蕾"……

在她幼小的心灵里，忽然冒出一个看似幼稚、却有着强大生命力的愿望：我也要学滑冰！我也要像姐姐那样在冰上跳舞！

童真的幻想，就像天上耀眼的星辰，有着无穷的魅力。世界上众多成功人士，都是因为童年的幻想，从而走上了追梦人生。

要在冰场上跳舞的想法，就像一粒火种，在她幼小的心灵里再也无法熄灭。

在接下来的一两年里，文静的父母带着小文静参加各种培训班，跳舞、武术、书法……想看看宝贝女儿在哪方面有特长，好进一步培养她。

当时，各种少儿培训班方兴未艾，好多家长都开始注重孩子的从小培养，不希望孩子从小输在起跑线上。而哈尔滨是冰雪的故乡，各个学校、各个区体校都很注重培养孩子们滑冰。

一天傍晚，小文静在家里做燕式平衡动作，兴高采烈地喊："妈妈！妈妈！你快看！我能单腿站住了！"

但是，母亲刘微却不愿让女儿学滑冰，觉得滑冰又苦又累又危险，怕她摔坏喽。再说，母亲希望女孩子文文静静的，所以才给她起名文静，不希望她整天蹦蹦跶跶、像个假小子似的。而且，小文静学习好，母亲希望她将来考大学，去体校滑冰会影响学习的。

文静的姥爷也说："花样滑冰是欧美的长项，要选体育项目，也要考虑我们中国人的长项，比如乒乓球……"

可是，向来乖巧听话、深受家人宠爱的小文静，却表现出从未有过的执着与倔强，对别的项目都不感兴趣，就一心想学花样滑冰！

小文静用倔强坚守着内心的决定，从而唤醒了她体内潜在的天赋。

父母只好顺从了女儿的要求，给她买了花样滑冰的冰刀、冰鞋，送她到哈尔滨道外区业余体校花样滑冰小班报了名。

小文静捧着冰刀高兴得爱不释手，晚上睡觉都放在枕边。

父亲对她说："文静，不管你学啥，我和你妈都会支持你！可你记住，不管学啥都要好好学，不能半途而废，更不能三天打鱼两天晒网！你知道咱家的经济情况……"

小文静冲父亲认真地点点头，说："爸爸，你放心！我一定好好学，绝不半途而废！"

她知道，父母的收入不高，还照顾着重病在身的姥姥和姑姑，她经常看到父亲去别人家借钱给姥姥、姑姑看病。她知道，父亲给她买冰刀、冰鞋，又花了好大一笔钱。

在文静童年的记忆里，虽然家里并不富裕，但一家人很和睦，从没因为钱的问题闹过矛盾。

一天晚上，母亲掀开小文静的被子，发现她腿上摔得青一块、紫一块，像紫茄子似的。

母亲抚摸着文静的伤腿，心疼得哭了，说："孩子，要不咱不练滑冰了行不？"

小文静睁开眼睛用力摇了摇头，把头埋到母亲的怀里，很怕母亲看见她眼里的泪。

母亲嗔怪她："你这孩子咋这么犟呢？摔成这样，多疼啊？"

小文静却执拗地回了一句："我不怕疼！我就是想在冰上跳舞！"

"那你就跳吧！"母亲赌气地怒嗔了她一句。

"性格决定命运。"

在运动员身上，充分体现了这句人生的哲理。

一天，外面下着漫天大雪，雪深得没了脚脖。小文静说什么都要去训练，说老师在等他们训练呢！

母亲却赌气地说："这么大的雪，要去你自己去！我不陪你！你这孩子，真是鬼迷心窍了！"

母亲本想这么大的雪能阻止住女儿。可是，小文静却背着冰刀匆匆离开了家门，转眼消失在白茫茫的漫天飞雪中了。

母亲只好追出门去，跟头把式地撵上女儿，怕她在路上出事。结果，平时半个小时的路程，这天却顶着漫天飞雪走了两个多小时，娘儿俩全成了"雪人"。

从那以后，母亲再也不反对女儿滑冰了。

她知道，任何反对都没用！只好由着女儿的性子折腾去吧！做父母的，也只能是鼓励和支持她了。

隋文静说，正因为父母对她的宽容和支持，才使她形成了正确的人生观。

她在父母面前，永远是一个爱撒娇的孩子，永远跟父母娇嗲地喊着："妈！我想吃酸菜馅饺子！""妈！我想吃韭菜合子……"

尤其当她跌入伤病的低谷时，她从父母那里得到的永远是鼓励和安慰，而不是抱怨："没事！我们的小文静从小就坚强……"

隋文静8岁开始滑冰，有一个与其他孩子不同的童年。这与众不同的童年，使她养成一种特别自信、不达目的誓不罢休，一心要追逐冠军的性格！

## 三

一位花样滑冰的天才，一次意外，却险些断送他的滑冰梦。
他曾发誓："我再也不滑冰了！"

韩聪，1992年8月6日，同样出生在哈尔滨市一个普通家庭。

父亲韩洪波在土特产公司上班，后来公司倒闭，集体下岗。父亲和母亲重新创业，开创了一番新天地，使家庭生活有了很大改善。

父母对他的教育，就是希望他好好学习，将来做一个有出息、有抱负的人。有出息，是父母留给他最深刻的教育！

他小时候体弱，父母让他多参加体育锻炼，长大后身体才能强壮。因此，他在幼儿园就学会了轮滑，后来又学会了滑冰。

他被哈尔滨道外区业余体校教练陈秀静相中了，把他选进了哈尔滨道外区业余体校花样滑冰队。他跟后来的隋文静在一个滑冰班。

上学以后，韩聪成为父母的骄傲。他被选为班长兼文体委员，多才多艺，会滑冰，会轮滑，会跳拉丁舞，女孩子都愿意跟他跳拉丁舞。

但在他的成长中，却发生了一件事，险些错过了他的冠军梦。

那天，父亲骑着自行车驮着韩聪去冰上基地训练，路上他的右脚跟部不小心伸进了后车轮的辐条里，划得皮开肉绽！

父亲急忙把他送到医院。

母亲赶到医院，在手术室外焦急地等候，当看到韩聪从手术室被推出来，母亲心疼得哭了，拉着韩聪的手，问他："儿子，疼不？"

韩聪急忙说："妈，不疼！你别难过……"

他表现得很坚强，一只脚被自行车辐条划得皮开肉绽，缝了很多针，他却一声不吭，还一个劲地劝母亲，让她别难过。

没过多久，韩聪就拄着拐去上学了。

同学们看见他拄着拐来上学，都大为惊讶，纷纷围着他，都被他的顽强精神所深深地感动。

不久，韩聪又重新穿上冰刀，踏上了久违的冰场。他觉得开心极了。

上小学五年级的那年冬天放寒假，他代表学校参加哈尔滨市少年组花样滑冰比赛，一个伯乐发现了他——

她就是中国第一代花样滑冰运动员出身的资深教练栾波。她曾与姚滨搭档获得过中国双人滑第一块世界奖牌——世界大学生冬季运动会双人滑第三名。

栾波发现韩聪动作灵敏，身体素质不错，滑冰技术娴熟，是一个有培养前途的苗子。

于是她找韩聪谈话，希望他能接受专业训练。

但是，怀揣另一番志向的韩聪，却婉言拒绝了栾波的请求。他喜欢滑冰，但并不想搞专业，他想将来考大学，像父亲说的那样做一个有出息、有作为的人。

班主任老师找韩聪谈话，真诚地劝他："韩聪，你在滑冰方面有天赋，又遇到这样一位赏识你的教练，这是人生难得的机会！你千万不要错过……"

父母也劝韩聪去搞专业试试。

韩聪终于同意了。

于是，13岁的他，开始了他的追梦生涯。

# 四

命运，让他们"牵"着手走向追梦的人生。

2006年，在意大利都灵冬奥会上，中国运动员获得了2金4银5铜的好成绩。

中国花样滑冰双人滑的三对选手，申雪／赵宏博、庞清／佟健、张丹／张昊，虽然没有摘金，却获得了银牌、铜牌及第四名，创造了令世人瞩目的佳绩。

这一消息对哈尔滨那些酷爱滑冰、一心想当奥运冠军的孩子们，无疑是莫大的鼓励！

小家伙们拍着小胸脯，不无骄傲地说："冬奥会的金牌，就等着我们去夺呢！"

而在隋文静的幼小心灵里，却产生一种懵懵懂懂的茫然，心想我练滑冰快四年了，啥时候能像大哥哥、大姐姐那样去参加冬奥会，去获奖呢？

隋文静是个率真的孩子，她把内心的茫然告诉了她的教练陈秀静。

陈秀静见她如此热爱滑冰，问她愿不愿练双人滑？

"愿意！"隋文静毫不犹豫地回答。

她觉得双人滑有伙伴牵着手，比一个人滑更有趣。

于是，陈秀静向栾波教练推荐了隋文静。

很巧，栾波正在为韩聪挑选合适的双人滑女伴。

栾波觉得隋文静这孩子身体条件、冰上技术都不错，就是身高与韩聪的差距太小。世界著名双人滑运动员，男女身高大多都相差二三十厘米，以便男选手完成对女伴的托举、高抛、空中转体等高难动作。但考虑两个人都还年少，都有成长的空间，于是栾波就把长得可爱灵巧、长着一双水灵眼睛的女孩子，带到了韩聪面前……

第一次见面，韩聪心里却充满了怀疑：她能行吗？

他没想到：这个女孩子对滑冰却充满了火一般的激情。她的激情点燃了他内心冰一样的理性……

2007年4月9日，一对未来冬奥冠军的伙伴第一次牵手……

一个12岁，一个15岁。

一个对滑冰充满了火一般的激情，另一个却理智得像块冰。

女孩子美丽、活泼、开朗，男孩子冷峻、帅气、有主见、有思想。

一对风华正茂的少年，就这样走到了一起，开始了他们漫长而艰难的追梦之旅，一边上课一边训练……

栾波同时执教23名运动员。

训练课第一天，她就对大家讲："希望你们珍惜大好时光，刻苦训练，冬奥会的金牌，就等着你们去夺呢！"

韩聪说："栾教练不仅教我们训练，而且教我们做人……"

她给运动员留下最深的记忆，是43岁那年她怀孕了，每天却挺着大肚子照样站在冰场上，指导运动员训练，直到秋季临产。

她生完孩子没几天，大家正按照她布置的训练计划在训练，却发现一个穿着羽绒服、头上包得严严实实的人，出现在冰场上……

"大家都过来！"

当队员们听到这熟悉的喊声，都不敢相信自己的耳朵。

大家纷纷地围上来，惊讶地问道："教练，你怎么又跑来了？你不是刚生完宝宝吗？"

教练却说："不来看看你们，我不放心！我要为你们负责……"

听到这句话，这帮不谙世事、还不懂得生孩子是咋回事的小运动员，惊愕之余，眼里都噙满了感动的泪水。他们觉得不好好训练，真对不起教练。

尽管大家一再让教练回家，并一再表示，我们一定会好好训练，不用教练担心！

可是，第二天、第三天、第四天……

那个身影就像夜航中的一座灯塔，每天准时出现在冰场上……

写到这里，同为女人的我，如果不是亲耳听见隋文静、韩聪讲的故事，我真不敢相信是真的。

如此玩儿命，究竟为了什么？

韩聪说："教练的敬业精神，深深地影响了我和文静。在我俩身上，能看到栾教练的影子，也能看到赵教练、申教练的影子……"

# 五

**天道酬勤，功夫不负有心人。**

隋文静与韩聪刚开始牵手时，两人并不和谐。

隋文静对滑冰充满了火一般的激情。申雪、赵宏博是她心中的偶像，一心要像他们那样，夺取世界冠军、奥运冠军，为国争光，为自己争脸！

而韩聪却表现得很理性。

开始时，隋文静年龄小，没有话语权，一切都得听韩聪的。韩聪让她减肥，她就乖乖地少吃，有时饿得头昏脑涨，体重却不见减少。韩聪尽管不断加强力量练习，但托举隋文静照样很吃力。

随着年龄的增长，隋文静不再听从韩聪的指挥，开始跟他理论，探讨花样滑冰的动作和技术，探讨怎样才能更好地诠释节目。

韩聪发现，隋文静对滑冰有着火一般的激情。而隋文静也从韩聪身上，感到一种男人的强悍与担当……

所以，不管二人争论得多么激烈，只要一站到冰场上，一听到教练的喊声："开始训练！"两人立刻噤了声，投入训练中，因为他们心中有着明确的、不可动摇的共同目标！

他们按照教练的要求，在冰场上不停地滑着、练着、摔着，时而牵手，飞快地滑跑，时而做着抛跳、旋转、捻转等各种高难动作。

隋文静不记得摔了多少跟头，只记得教练经常冲她喊："哪个双人滑的世界冠军不是摔出来的！"

韩聪也不记得他在托举中遭遇过多少次失败，只记得教练经常冲他喊："哪个世界冠军不是从失败中爬出来的！"

二人牵手两年之后，用优异的成绩证明了自己——

2009年，隋文静14岁，韩聪17岁，一对风华少年携手摘得了第一枚金牌——全国冬运会冠军！

从此，便开始了他们真正的追梦生涯……

## 六

《孟子·告子下》："故天将降大任于是人也，必先苦其心志，劳其筋骨，饿其体肤……"

隋文静、韩聪（中）少年时期（一）　　　　隋文静、韩聪（中）少年时期（二）

2009年，他们第一次被派往白俄罗斯、德国参加世界青年组大奖赛，惊艳的表演，第一次闪耀在国际赛场，凭借四战全胜的战绩，一举成名，拿下了世青赛和青少年大奖赛的总决赛冠军！

2010年，二人又在世青赛上摘得桂冠，并在接下来的两届世青赛中成功卫冕！

2012年，他们又在四大洲锦标赛双人滑比赛中，夺得了第一个冠军……

2013年5月，赵宏博任国家队双人滑主教练，从全国选出八对选手加入国家队，隋文静、韩聪就在其中。

在赵宏博、申雪两位奥运冠军教练的精心指导下，隋文静、韩聪的天赋与潜力越发迅速地被激发出来。赵宏博、申雪让他们改变了在赛场上速度快、缺少美感的滑跑风格，指导他们既要完成高质量的技术动作，又要有很强的艺术表现力和感染力，给观众以美感。

这使他们在世锦赛上连连获得突破：

2013年，世锦赛排名第12；

2014年，世锦赛升为第6；

2015年，获得了世锦赛银牌……

赵宏博说："教练的责任就是要让运动员成为最好的自己，而且要让他们充满自信：你们是世界上最棒的搭档，任何人都打不败你们！"

然而，当他们满怀信心地向运动巅峰冲击时，病魔却不期而至。

2016 年 5 月，他们的追梦人生跌入了无法预测的低谷——

隋文静患上了骨骺炎，而且两只脚踝断了四根韧带，左脚肌腱断裂，右脚软骨破碎，骨碎片卡进骨头里，必须手术进行摘除清理，要将右脚踝外侧副韧带重建，左侧脚踝肌腱需要做复位手术。

对运动员来说，这样的手术存在着不可预测的风险，恢复好了，可以继续上冰，一旦出现闪失，奥运冠军梦将永远成为泡影……

所以，隋文静哭出了那句话："聪哥，我一定要参加平昌冬奥会……我死也要死在赛场上……"

当年，赵宏博跟腱断裂，医生从他小腿肌膜上割下一块肌膜，在他跟腱上缝了 70 多针。

他当时对医生说："大夫，请给我缝结实点儿，我还要参加冬奥会呢！"

今天，隋文静又说出了那句"我死也要死在赛场上……"

师徒二人，几乎说出相同的话，表达的竟是同样的意愿……

看看吧，这就是我们的运动员，执着得令人敬佩，也令人心疼！训练和比赛已经融入他们的血液，已成为他们生命中不可或缺的主宰！

如果没有这种玩儿命的劲头，没有这种超乎常人的毅力，他们也不可能冲上世界赛场的巅峰，也不可能让五星红旗一次次在奥运赛场上飘扬！

2016 年 5 月 6 日，隋文静在北京做了手术，教练和队领导都非常关心她。赵宏博、申雪以自身经历鼓励她，让她充满信心，相信自己很快就会好起来的！母亲来照顾她，也一再鼓励她。

在手术过程中，隋文静处于半麻状态，她听见了钉子敲进骨头的声音，甚至闻到了钻头摩擦骨头的味道……

在她的脑海里，只有一个念头：我还能滑冰吗？我还能跟聪哥一起去参加平昌冬奥会吗？

后来，她把这种感受告诉了韩聪，韩聪怀着敬佩之情，在一次接受记者采访时说："听到文静说出这样的话，我不由得从心里为文静竖起大拇指！面对如此困境，她能如此淡定和乐观，这不是每一个人都能做到的，何况她还是一个柔弱的小女孩儿呢！"

手术后，隋文静经历了身心备受折磨、极其痛苦的一段时光：72小时极限疼痛，只能靠打针才能入睡；近三个月无法下床，但每天仍要严格地进行治疗和康复训练……

这期间，隋文静最盼望韩聪来看望她，给她讲队里最近发生的趣事，陪着她一起开心地大笑……

韩聪总是信誓旦旦地说："等你伤好了，咱们跟教练商量，重新编排节目，重新配乐，重新备战冬奥会！"

文静的眼里却噙满了泪水："聪哥，你说我还能牵着你的手，一起参加冬奥吗？"

"当然能了！宏博老师的跟腱断裂得比你还严重，缝了七十多针，他与申雪老师不是获得了奥运金牌嘛！"

申雪、赵宏博，不仅是他们的教练，更是他们战胜伤病的榜样。与伤病斗争，这是世界运动员都会面临的问题。

韩聪带给隋文静的总是希望和鼓励，这成为她内心强大的精神支柱。

可是，韩聪每次离开文静，出门后却常常是满眼泪水。男儿有泪不轻弹，他不能让隋文静看见自己的眼泪。可他无法预测，牵手多年的女伴还能否重新回到赛场？还能否跟自己一起参加冬奥会？

一切都是未知的。

但他知道，只有他坚强，才能给伙伴以鼓励，只有他强大，才能给伙伴以安慰和力量，才能使她尽快地从伤病的痛苦阴霾中走出来！

在那段前途未卜的日子里，韩聪感到从未有过的孤独，他唯一能做的就是按照教练的要求一个人拼命地训练，不停地上英语课，上舞蹈课，把时间排得满满的，不让自己的心有一点闲暇去胡思乱想，一心等待着伙伴的康复。

在隋文静术后恢复的日子里，在教练的指导下，韩聪陪着她，从站立、走路，一点点地恢复肌肉力量，直至重新回到训练场……

在这期间，有一场演出，韩聪一个人完成了一套"双人滑"舞蹈。他一个人做着无人的托举，一个人跳着与女伴携手同行的冰上舞蹈。最后，他把坐在轮椅上的隋文静推进冰场，与观众见面，向观众致意。那一刻，很多观众都感动得热泪盈眶。

在康复师和教练的指导下，隋文静的身体恢复得很快，三个月后，就以良好的状态回到了冰场。

第一天上冰，第一次牵手，两位搭档的眼里都闪烁着激动的泪花，就像重获了新生一样。

是的，对运动员来说，的确是新生。

只要能重新回到冰场，能重新牵手，他们对奥运冠军梦就充满了希望……

<h2 style="text-align:center">七</h2>

《忧愁河上的金桥》，深深地触动了他的灵感……

一天晚上，韩聪、隋文静在加拿大聘请来的编舞师劳瑞·妮可的家里，听到一首欧美经典名曲《忧愁河上的金桥》，歌中唱道："当你眼中含着泪水，我会为你擦干；当长夜漫漫，我会给你安慰；当黑暗到来，痛苦将你包围，我会成为你的一部分。我将为你俯身，就像跨越忧愁河的金桥……"

其深沉而优美的旋律，真挚而深情的歌词，深深地触动了韩聪和隋文静……

韩聪觉得这首歌曲写得太好了，好像专门为他和文静所作，内容与他们两人的命运有着深深的契合。

于是，他向编舞师劳瑞·妮可提出，请编舞师以《忧愁河上的金桥》为伴奏曲子，为他俩编一段冰上舞蹈。

劳瑞·妮可担心他们驾驭不了这段音乐的风格。

韩聪却说："我觉得这支曲子深深地打动了我！它好像就是在说我和文静。"

这得到了教练赵宏博、申雪的支持。

于是，编舞师尊重他们的意见，将隋文静、韩聪的坎坷经历化为肢体语言，融入舞蹈，为他们设计出一套独一无二的冰舞，深刻地诠释了歌曲内涵。后来，他们凭借这套冰舞征服了赛场的观众和裁判……

2017年3月，在芬兰赫尔辛基，他们第一次在世锦赛上亮相这套舞蹈，完美的舞蹈设计，精美绝伦的冰上舞蹈，征服了在场的观众和评委，以短节目66.75分、自由滑135.08分、总成绩201.83分的高分，夺得了第一个世界冠军！

隋文静、韩聪因此成为世界第八对、中国第三对（前两对为申雪／赵宏博、庞清／佟健）总分超过200分的双人滑组合！

之后，他们又苦练了一年，满怀夺取冬奥金牌的信心，奔向2018年2月的平昌……

然而，人生无常。命运就像在有意折磨他们。

2018 年 1 月 10 日，距离平昌冬奥会仅剩一个月，隋文静在训练中，右脚刀尖划伤左腿，缝了 5 针。

但这并没有影响他们的训练，仍然全力以赴备战冬奥。

就在距离出征平昌冬奥会仅剩五天时，隋文静的右脚又被查出疲劳性骨膜炎，十分疼痛。

即使这样，他们也坚决要随队出征！祖国培养多年，教练、队医各方工作人员都做出了巨大付出，把夺冠的希望，寄托在他们这对中国双人滑年轻的领军人物身上，他们不可能退却，咬牙也要上！

正像隋文静说的："死也要死在赛场上……"

2018 年 2 月 15 日，平昌冬奥会双人滑比赛正式开始。

第一套短节目，在隋文静、韩聪出场前，夺冠呼声很高的德国组合萨夫申科 / 马索特，用一套近乎完美的动作，滑出了当时的最高分。

这就意味着，隋文静、韩聪要想夺得金牌，就必须更加出色地完成整套动作。

而此刻，隋文静的脚却肿得连脚踝骨都看不到了，钻心地疼。在化妆间里，她一直在哭，心态几近崩溃。回国后专家检查时发现，她的右脚在冬奥比赛期间，已经是应力性骨折了。

上场前，赵宏博一再鼓励隋文静，让她充满信心地微笑，绝不能让对手看出她有伤，看出她内心的软弱！

"记住，你们要让对手感到你们是最强大的，任何人都打不败你们！"

隋文静、韩聪上场了。

只见二人身穿红、黑搭配的比赛服，手拉着手，满怀自信地微笑着出现在平昌冬奥会的双人滑赛场上……

结果，他们的短节目完成得非常漂亮，得分很高，排名第一。

然而，在第二套舞蹈节目的比赛中，随着隋文静的伤情进一步加重，尽管他们万分努力，但是前三个动作却出现了明显的瑕疵……

结果，德国选手萨夫申科／马索特以 159.31 分的高分获得了金牌，而隋文静、韩聪仅以 0.43 分微弱之差，屈居亚军。

在颁奖台上，第一次登上奥运亚军领奖台的隋文静，眼里却一直流着泪。韩聪几次转头看她，并给她以拥抱来安慰她……

平昌，却成为他们永远的痛。

# 八

**爱因斯坦说："人只有献身于社会，才能找出那实际上是短暂而有风险的生命的意义。"**

0.43 分之差，与金牌失之交臂，令教练和队员都深感遗憾。

他们知道，只有等下一个四年了。

四年，对人生来说，并不算长，但对运动员来说，却是无比的漫长与多变。无论是自身的身体状况，还是外部的竞争环境，都可能发生无法预测的变化，也许永远失去了夺取奥运金牌的机会……

但下一届冬奥会，是在中国的首都北京举行，那是五星红旗升起的地方。"五星红旗，我为你骄傲！五星红旗，我为你自豪……"这是中国运动员最爱唱的歌曲。

无论是隋文静、韩聪，还是教练赵宏博、申雪，都不可能退却，都决心为梦想而战，为五星红旗争光！

接下来的四年，1460 天，无论是运动员还是教练，都无时不在备战，无时不在为冬奥而筹谋，为祖国的荣誉而拼搏！

2020 年新冠疫情暴发，为了备战北京冬奥，运动员和教练都在首钢训练场进行封闭式训练，教练也不能回家。赵宏博的女儿想来看看爸爸，只能隔着栅栏远远地与爸爸挥挥手。

从疫情开始，运动员就在封闭式的环境下生活和训练，忍受着双重煎熬。他们要耐得住寂寞，顶得住内心的压力，调整好心态和情绪，才能保证全身心地投入训练！

为了提高在比赛中的难度，赵宏博决定让隋文静、韩聪进行捻转四周抛跳练习，就像当年自己练习"沙霍夫四周抛跳"一样。为了完成这个世界顶级的高难动作，每天韩聪、隋文静都在不停地练习着。

赵宏博说，教练与运动员是一对矛盾体，教练就像雕塑家，总想把自己的"作品"雕塑得完美无瑕；教练又像父母，生怕自己的孩子有力不逮，影响了他的人生；但双方更像战友，为完成某项伟大任务和使命，团结一心、共同战斗的战友！

在训练中，教练不仅给他们做示范，而且时时提醒他们：按照乐曲《忧愁河上的金桥》的旋律，按照乐感的节奏，滑出内在的美，而不是为了完成动作，这样才能诠释这首金曲深刻的内涵，才能滑出真正的美感……

但是，就在备战冬奥最紧张的时刻，韩聪的髋关节因承受多年大运动量训练，不堪重负，不得不接受手术治疗。

韩聪躺在病床上，焦急万分。隋文静又无法走进病房，只能隔着医院的栅栏，远远地与韩聪挥手相望。

她满脸泪水，紧握着拳头，给韩聪做着加油的手势！

她不断地给韩聪发来微信：

"聪哥！你是世界上最棒的搭档！你一直是我心中的榜样……"

"聪哥，你快点好起来！我们好全力备战北京冬奥！"

"聪哥，加油！加油！"

而赵宏博则不停地给韩聪鼓劲儿，鼓励他保持乐观的心态，要有信心，适时进行肌肉训练，以保证肌肉的力量！

不久，隋文静、韩聪又重新回到了赛场。

接着，他们在四大洲锦标赛和世锦赛上连连夺冠，并拿下了大奖赛总决赛的金牌。

2021年8月9日，他们在国际滑联的世界排名稳居榜首！

## 九

辉煌的时刻，追梦的人生。

盼望已久的第二十四届北京冬奥会终于开幕了！

2022年2月19日。

冬奥会花样滑冰双人滑比赛，在北京首都体育馆进行。这是花样滑冰项目的最后一场决赛，也是中国代表团最后一个夺金点。全世界都在关注着这场比赛……

该隋文静、韩聪上场了。

赵宏博仍然对他们说出那句沉甸甸的鼓励："你们是最棒的，相信自己，任何对手都打不败你们！"

两位弟子点点头，相互击掌，充满信心地上场了。

只见隋文静、韩聪身着黑、灰蓝色赛服，伴随着《忧愁河上的金桥》乐曲，开始了他们的表演。二人以近乎完美的舞蹈动作，展示出世界最高难度的捻转四周抛跳，诠释出他们对滑冰、对人生不懈的追求，闪烁着人类相帮相助的光辉而宝贵的品格！

二人表演的《忧愁河上的金桥》，成为一则献给人类的寓言：人在最困难的时候，每个人的心中都渴望架起一座桥，都需要他人的相助与

隋文静、韩聪在比赛中

鼓励，从而跨过这座艰难之桥。

乐曲结束，二人紧紧地拥抱，隋文静将脸贴在韩聪的胸膛上，激动得大哭。他们为完成美妙的冰上舞蹈而自豪，更为在北京冬奥会上完美的表现而骄傲！

二人向观众致谢之后，手拉着手，一齐向场边的教练奔去……

赵宏博张开双臂紧紧地拥抱两位爱徒，三位奥运冠军留下了这珍贵的瞬间——

隋文静、韩聪战胜了三对俄罗斯强敌，获得 239.88 分，为中国再夺一金，并刷新了双人滑总成绩的世界纪录！

师徒三人都泪流满面，心里同时说着一句相同的话："一切付出都值了！"

是的，一切付出都值了！

为了这一天，隋文静、韩聪拼搏了十五年！

为了这一天，49岁的赵宏博带领两位弟子，苦苦奋斗了九年！

今天，终于如愿，为中国夺得了北京冬奥会的第九枚金牌，也是中国花样滑冰双人滑夺得的第二块奥运金牌！

至此，赵宏博带领两名高徒，已将世界花样双人滑各种大赛的金牌全部拿了个遍！

多么令人骄傲啊！

而此刻，远在千里之外的隋文静、韩聪的父母，以及他们的启蒙老师，都在为他们激动不已。他们说得最多的一句话便是："两个孩子走到今天太不容易了！"

是的，太不容易了。

人生的高光时刻，荣誉、出镜、"粉丝"、媒体……雪片般地飞来。

隋文静、韩聪荣获中共中央、国务院颁发的"北京冬奥会、冬残奥会突出贡献个人奖"。

二人被新华社体育部评选为2022年中国十佳运动员。

二人被中国体育周刊评选为2022年度体育人物，被《人物》评选为2022年度人物，被南风窗评选为2022年年度运动员……

北京冬奥会之后，隋文静和韩聪暂时告别了冰坛。但他们表示：如果祖国需要，他们将立刻归队！国家的需要就是他们的需要！国家队永远是他们的家！

不久，隋文静出版了她的自传《不止文静》，讲述了她战胜伤病、战胜失败，与韩聪彼此成为对方的桥，走向辉煌的励志故事。她希望通过她的故事，使人们汲取追梦的力量，为实现中华民族伟大复兴的中国梦而努力奋斗！

她将新书的全部版税捐给了中国少年儿童基金会，希望更多的孩子能拥有追梦的志向，开创美好的人生！

在新书发布会上，隋文静将第一本书赠给了合作伙伴——韩聪。

她说："聪哥是我生命中非常重要的家人，001号代表着唯一和第一，感谢聪哥一路以来的陪伴与支持！"

隋文静现在正在北京体育大学读研。

谈到今后的打算，她说："人生不止滑冰，还有很多事情值得去做。不管做什么，我都会努力把它做好！这就是滑冰给予我的性格！"

赵宏博在隋文静的自传中写道："没有人永远是运动员，但运动员一定会将他的灼灼韶华献给最极限的挑战和最热爱的事业。当人生达到一个新高度的时候，角色也会随之转变，这就需要不断丰富自己的阅历、知识和对事物的判断力，不断塑造自己。"

北京冬奥会之后，韩聪被国际滑联任命为单双人滑技术委员会运动员委员。

他又在中国花样滑冰协会举办的国家级裁判员线上培训班拿到了裁判员资格认证。

已是中共预备党员、正在北京体育大学读研的他，表示决不辜负国家对他的培养！

他说，他胸中有一个颇具雄心的志愿：想为中国花样滑冰事业的发展，为推进中国冰雪运动在大众中、尤其在青少年中的普及，做出引领一个新的时代而应有的贡献！

---

一

在任子威身上，发生了许多精彩的故事，一个个精彩的瞬间串起来，就像一颗颗美丽的珍珠，构成一幅绚烂的人生画卷，彰显出一个有为青年的博大胸怀与崇高理想，彰显出一个优秀运动员无坚不摧的精神特质，以及他在追逐梦想的征途中，所经历的种种坎坷与磨难……

2022 年 2 月 5 日晚，北京冬奥会开赛第一天。首都体育馆正进行着男女 2000 米混合接力决赛。

此刻，观看比赛的中国人都紧张地预判着中国短道速滑健儿能否为中国体育代表团夺得本届冬奥会的首金。

我坐在电视机前，心紧张得怦怦直跳。

由任子威、曲春雨、范可新、武大靖和张雨婷组成的男女短道速滑混合接力队员，没有辜负国人的期望，经过一番激烈的拼杀，最后一棒的武大靖，在千钧一发之际，刀尖第一个冲过了终点……

"哇——中国队赢了——"

那一刻，我相信所有观看比赛的中国人都会同时喊出一个声音："中国队夺冠了！"

这是北京冬奥会的第一块金牌，它重如千斤。

第二个高光时刻发生在两天后的 2022 年 2 月 7 日晚，冬奥会短道速滑男子 1000 米决赛……

短道速滑选手任子威和李文龙，同时闯进了决赛的 A 组，与实力雄厚的匈牙利选手刘少林和刘少昂兄弟争夺冠军。

经过一番惊心动魄的血拼，任子威和刘少林几乎同时冲过终点……

那一刻，我的心都快跳到嗓子眼儿了。

最后，裁判通过回放录像才判出输赢，裁判发现刘少林在比赛中两次犯规，将其罚下。任子威以 1 分 26.728 秒的超人成绩，夺取了短道速滑男子 1000 米的奥运冠军，实现了中国队在该项目上金牌零的突破！

在北京冬奥会前夕，习近平总书记在百忙之中来慰问鼓励参赛的运动员。当时，任子威向习近平总书记保证："我一定努力拼搏，在北京冬奥会上夺得金牌，为国争光！"

现在，任子威终于兑现了对习近平总书记的承诺。

## 二

**一个运动员，在同一届冬奥会上，成为双冠王，两天之内，夺得两枚金牌，使中国的国歌奏响了两次，升起了两次国旗，这是何等令人自豪与骄傲的荣耀啊！一个"狼性"十足的少年，站在了世界体育赛场的最高点——**

我在想：这样一个"狼性"十足的滑冰天才，出生在怎样一个家庭？是哪一片沃土培育了他？他那不肯服输的顽强个性，是如何形成的？是先天的秉性，继承了父辈的基因，还是后天努力的结果？在他拼搏的人生路上，遇到过哪些坎坷与挫折？是什么力量鼓舞着他，激励着他，令他勇往直前地拼搏下去？直到登上奥运冠军的领奖台！

任子威的故事呼唤着我，催促着我。

于是，我走进了他的人生……

任子威说，在他童年的记忆里，父亲的背影就像一座山，永远在前面引导着他，令他不可退却！

1997 年 6 月 3 日，一个晴朗的清晨，伴随着响亮的军号声，一个小生命降生在部队大院一个军人的家庭。

父亲任长伟，是一名带兵的军人，曾荣获过三次三等功，转业后到哈尔滨市香坊区税务局工作，仍然干得很出色，曾四次被评为优秀公务员。母亲李艳是做裱画的自由职业者。

夫妻俩一文一武，父亲威武、健壮，母亲认真、细腻，二人遗传给儿子的基因，正如任子威自己所说："我的性格既像父亲又像母亲，在生活中像母亲，在赛场上却像父亲！"

父亲为儿子起名"子威"，顾名思义，威武雄壮，希望儿子将来能成为一个有毅力、有抱负、有作为的人！

小子威从小在部队大院里长大，在军歌声中成长，部队里阳光、乐观、积极向上的气氛，给他幼小心灵带来了极大的影响，使他养成一种东北人的幽默、直爽、乐观向上的性格，因此在速滑队里，大家都称他是开心果。

在他童年的记忆里，父亲对他的要求很严。

他不记得从几岁开始，大概有六七岁吧。一大早，外面一响起官兵起床出操的军号，父亲就把他从睡梦中叫醒，带他去操场跑步。

他揉着惺忪的眼睛，极不情愿地跟在父亲身后，甩着两条小胳膊，惴惴地跑着。

而父亲高大的身影却像山一样，在他前面指引他，让他顽强地坚持下去。父亲还不时地用教官的语气，严肃地喊道："跟上！不许掉队，要像战士一样！"

无论冬夏，无论寒风刺骨，还是阳光普照，父亲都带着他出操，风雨不误。

冬天路滑，他摔倒了，趴在地上不敢哭，只是眼巴巴地看着前面的背影，渴望爸爸能转过身来拉他一把。可是，父亲却用教官的眼神严厉地看着他，直到他自己爬起来，父亲这才转身继续跑去。

他在心里说："狠心的爸爸……"

对一个六七岁的孩子来说，天天在睡梦中被父亲从被窝里叫醒，实在是有些不近人情。

但是，经常听到大院里的大人们嗔斥自己的孩子："你看人家任子威，品学兼优，样样都好，你要好好向人家学习……"

而在子威心里，并不热衷于当孩子们的榜样，只渴望像其他孩子那样，美美地睡个懒觉，那该多好啊！

随着子威渐渐长大，他发现自己的两条长腿与同龄孩子不同，强壮而有力；尤其发现自己练就了一副天不怕、地不怕、不肯服输、一心要战胜对手的强悍性格，他这才意识到：是父亲影响了他……

令子威记忆最深的是父亲多次对他说的那番话：

"子威，不管你将来干什么，都必须有强健的体魄，顽强的毅力，认真做事的态度！否则，将一事无成！"

子威还是一个懵懂无知的孩子，并不明白父亲这番话的真正含义。但是，随着年龄的增长，他越来越觉得军人出身的父亲很伟大，说出了人生的三大要素——

"强健的体魄，顽强的毅力，认真做事的态度！"

这三大要素是一个人的立命之本，也渐渐成为任子威的座右铭，他不知不觉地接受了父亲给予他的人生指导！

## 三

### 严师出高徒，严父出才子！

任子威走上滑冰道路，并不是父母有意要培养他，而是在他刚上小学一年级时，父亲在部队带兵很忙，母亲李艳也忙于做生意，夫妻俩都顾不上来接孩子。为了能晚点接子威回家，李艳求老师给孩子"找点事儿干"，或参加什么培训班，每天能晚点接孩子回家就行。

任子威就读的哈尔滨市南岗区清滨小学，当时正在招收滑冰的孩子，老师就让任子威去参加滑冰培训班了。

子威参加滑冰班纯属觉得好玩，穿着红白黑三色的漂亮运动服，戴着小冰帽，跟着一帮小朋友在冰场上你追我赶，又刺激，又好玩！

当时，学校组织滑冰班，并非哄孩子们玩儿，而是要找寻将来在滑冰方面有前途的苗子。时间一长，有些孩子就厌烦了，又冷又累又枯燥，不少孩子开始偷懒，打起了退堂鼓。

子威也想偷懒，也想打退堂鼓，但他不敢。

因为父亲那双教官的眼睛，常常不知什么时候会出现在冰场外。而且父亲从教练那里掌握了滑冰技术的要领，回家后还要经常指导他。对此，子威心里却很反感，心想：你是带兵的教官，又不会滑冰，能指导我啥呀？

但他从不敢反驳父亲，他深知父亲的严厉，还领教过父亲的大巴掌。所以他只好默默地承受着，咬牙坚持着训练。

有时累得连楼梯都爬不动了。一天晚间训练回来，子威望着七层高的楼梯（老式楼没有电梯），趴在楼梯扶手上不想爬楼，就对母亲说："妈呀，咱家啥时候能住上一楼啊？"

母亲知道儿子一边上学一边训练，实在太累了。

母亲劝父亲，对子威别像训练士兵似的，他毕竟是个孩子。再说，子威将来也不一定非要干滑冰！他学习好，将来可以考个好大学……

父亲却对母亲说："不管他将来干什么，都必须有强健的体魄，顽强的毅力，认真做事的态度！现在的孩子，都是独生子女，都在娇生惯养中长大，不严加管教，将来会是一事无成！"

这番话说得母亲哑口无言，她觉得丈夫说得有道理，只好由他管教下去。

子威是一个要强的孩子，无论是学习还是滑冰，都是名列前茅，深受老师和同学们的喜欢。

不久，参加滑冰训练班的六个班级的同学进行首次测试，几十号人，最后通过测试的只有一名学生，他就是任子威！

父亲任长伟为了培养子威吃苦的意志品质，从部队转业后，按照部队对战士要求的"从难从严"的训练理念，为子威制订出一套体能训练的计划和食谱，坚持早起带子威进行体能训练。

这使子威越练越起劲，渐渐养成了一种不服输的性格。

任长伟觉得：如果一个人有理想、有追求，又有顽强的毅力，无论他将来考大学或从事什么职业，都会成功！

# 四

**感谢恩师！**

**一个天才体育少年被爱才如命的教练给生生地拉了回来。**

任子威是幸运的，父亲给了他最早的人生启蒙。

他 8 岁时，又遇到了一位伯乐恩师。

他就是哈尔滨市南岗区体校的教练王北铭。王教练在几十年的执教生涯中，带过上千名学生，为省、市、国家队输送了大批滑冰人才，其中在北京冬奥会上夺得金牌的张雨婷、任子威等都曾在他手下训练过。

王北铭第一次见到任子威，就发现这孩子身上有一股天不怕地不怕的冲劲儿，滑起冰来凶猛，不肯服输，用东北话说，有一股敢玩儿命的"虎"劲儿！你要跟他比赛，他就以玩儿命的劲头跟你拼，拼输了也不服，要求再来一次！到了冰场上了无惧色，摔倒了毫不在乎，爬起来继续滑！

任子威是全队年龄最小的孩子，但在王教练带领的四五十个孩子中，却是表现最突出、最刻苦、最有前途的一个。

王教练格外喜欢他，称他是"威哥"。王教练觉得这孩子将来是世界冠军的料，所以格外重点培养他！

2005 年，省里有一个比赛，任子威吵着也要报名参加，参赛队员的年龄最小的也有 10 岁，他才 8 岁，最后只拿了个第五名。

王教练故意刺激他："怎么样？不行吧！"

任子威毫不服气地回了一句："我明年就能行！"

王教练欣慰地笑了。他知道运动员最宝贵的精神就是这种不服输的拼劲儿，就说："好哇，我就等着你能行那天呢！"

2006 年，9 岁的任子威在全国小学生短道速滑比赛中，又拿了一个第五名。任子威同队的师哥张宏超拿了冠军。

任子威不服，下冰后对张宏超说："你等着，明年我就干过你！"

这本是孩子之间的一句戏言，但对这个天才滑冰少年来说，冠军梦却像一颗饱满的种子，在他心里生根发芽了。而且，他的目标绝不仅仅是省、市冠军……

2006 年，王教练的学生王洪洋，在国家队训练比赛，获得了一项世界冠军，放假回哈尔滨来看望王北铭教练。一帮小队员都兴高采烈地围住这位冠军大哥，对他的金牌爱不释手。任子威更是拿在手里不肯撒手，问王洪洋能不能借他戴一会儿？

王洪洋打趣他："喜欢吗？"

任子威急忙说："喜欢！"

王洪洋逗他："喜欢自己得去！"

王教练不失时机地说了一句："对啊，你能不能得呀？"

"能！"任子威毫不犹豫地回了一句。他心里却在暗暗地发誓："我将来一定要拿世界冠军！不，我要拿奥运冠军！"

但是，在通往冠军的路上，绝不是鲜花和掌声，而是充满了常人难以想象的坎坷与荆棘……

任子威小学一年级就被王教练选进了南岗区体校。王教练认为任子威是一个难得的滑冰天才。从这时起，任子威便开始了边学习边训练的严格生活。

可是，天有不测风云，人有旦夕祸福。

就在任子威满怀希望，带着初生牛犊不怕虎的虎劲儿，在冰场上奋力拼搏，一心要追逐冠军梦的时候，灾难却不期而至……

2010 年、2011 年接连两年，任子威在训练、比赛中不慎摔倒，左右腿分别摔成了骨折。

这对任子威全家人来说，也是一次莫大的打击。

一贯支持儿子滑冰的任子威母亲，心疼儿子，坚决不让儿子滑冰了。她对王教练提出："孩子不是那块料，不滑了，让他好好学习将来考个好大学！"子威也有想放弃的念头。

王北铭像许多爱才如命的教练一样，不会让自己最有前途的弟子就因为一次骨折而放弃，从而埋没了未来的世界冠军！

他几次来到任家苦口婆心地劝说任子威的父母："希望你们不用担心，子威年龄小，骨头嫩，很快就会长好的！"

他说："我今天来是想告诉你们，子威是我任体校教练多年以来，遇到的体育天赋最好、爆发力最强的运动员，他的爆发力，不是百里挑一，而是万里挑一！所以，我对子威一直寄予厚望，他将来不是进省队、进国家队的问题，不是在世界上拿名次，而是能不能拿世界冠军、奥运冠军的问题！他有这么好的体育天赋，如果因为一次受伤，从此就放弃了滑冰，那是我这个教练的失职，没有保护好他……"

"不！王教练，您千万别这么说！是孩子不懂事……"任子威的父亲被王教练的真诚打动了，急忙说，"再说，运动员训练就像我们练兵一样，哪有不受伤的时候！"

王教练又说，纵观世界体育竞技赛场，专业运动员从来都是与伤病做斗争。他举例说奥运冠军花样双人滑运动员申雪、赵宏博，2006 年距离都灵冬奥会仅剩半年时间，赵宏博的左脚跟腱突然断裂，缝了七十多针。

他还谈到著名自由式滑雪空中技巧运动员徐梦桃多次摔伤，两条腿的半月板几乎全部破碎，多次被推进医院进行手术。

他说，当专业运动员，摆在每个人面前的挑战，是首先要学会与伤病斗争，要有常人所不具备的超人的顽强毅力！

这些真实的故事，不仅打动了任子威的父母，也深深地打动了正陷入矛盾之中的任子威……

王教练发现任子威床头墙上挂着 NBA 球星詹姆斯的宣传画，问他为什么挂詹姆斯的画像？

任子威说："我崇拜詹姆斯，他身上有一股王者的霸气！"

王教练却说了一句："我看你滑起冰来也有一股子霸气啊！"

"可我现在……"任子威满脸沮丧地说："教练……你看我还能行吗？"

王教练并没有说他行，而是用激将法将了他一句："你要想干就行，你要是不想干，谁拿你都没辙！"

听到这句话，任子威的眼睛里立刻放出了期待的目光，像孩子期待父亲鼓励似的，说了一句："你要是说我行，我就干！"

"你当然行！"王教练郑重地说道："你要是不行，我才不会花这么大工夫来苦口婆心地劝你！更不会花这么多时间来培养你！我第一次见到你，就发现你是一棵滑冰的好苗儿，是世界冠军的料，你有滑冰天赋！但是，如果你连眼前这点困难都不能克服，那就辜负了我对你的期望！你要是想干，咱俩就要定个奋斗目标，我问你，你的奋斗目标是啥？"

听到教练的这番鼓励，任子威立刻小脖儿一梗，骄傲地说："进国家队！"

"进国家队又为了啥？"

"为了登上世界最高的领奖台，为国争光！"

"那我再问你，到底是想干还是不想干？"

子威瞅瞅父亲，只见父亲正用鼓励的目光看着他，就斩钉截铁地说了一句："想干！"

"好！男子汉，一言既出，驷马难追！"

王北铭举起右手，与任子威重重地击了一掌，随后说道："从明天开始，我每天抽出时间来陪你训练，指导你做上肢、腰腹肌练习，让你迅速恢复体能！"

"教练……"任子威倍受感动，眼里倏地充满了泪水。

王教练张开双臂，像父亲拥抱孩子似的，把这位未来的奥运冠军久久地搂在怀里……

王教练没有食言，他不仅每天来家里陪任子威度过了最艰难的一段时光，帮他在床上做着各种康复体能训练，而且，为了帮助爱徒度过骨折后的恢复期，还研制出一套模拟滑行台的训练器械，使子威的身体迅速地恢复了体能。

任子威的父母看到教练对孩子如此负责，非常感动，把孩子交到这样一位高度负责的教练手里，十分放心。

父亲任长伟与任子威认真地进行了一次谈话。

他说："子威，你决心当专业滑冰运动员，我不反对。但我必须告诉你，不管你干什么绝不能半途而废！要干就一定要坚持到底，否则你将一事无成！当专业运动员你要明白你身上的责任。国家建设军队是为了保卫国家不受外敌侵略。而国家培养专业运动员，则是为了祖国争光！世界体育赛场，并不像你们想得那么简单，只是为了争几块奖牌，而是各国都在显示着自己的综合国力，都在努力为自己的国家争得荣誉！你要时刻牢记这份重任，不能辜负了国家的培养……"

这番话对一个十几岁的孩子来说，似乎太高深、太成人化了，但对从小听惯了父亲谆谆教导的任子威来说，并不感到意外，他认真地向父亲表态："爸爸，请你放心，我一定努力拼搏，为国争光！"

# 五

梁启超说："少年智则国智，少年富则国富；少年强则国强……"

少年是国家的希望，民族的未来。奥运赛场更是青少年大显身手追逐梦想的天堂！在奥运赛场上争金夺银，是每一个体育人一生所追求的崇高梦想！

任子威，小小年纪，两次骨折，不但没有把他顽强的意志击垮，反而使他越挫越勇，越发坚定了追梦的决心，直到登上短道速滑的世界最高峰——

2012 年春，王北铭教练带领任子威参加了伤后的第一次全省比赛。

当任子威以"狼性"十足的顽强，获得了全省第一名的成绩时，令所有在场的人都大为惊讶——

教练们纷纷议论，都说任子威连续两年骨折都没有好好正规训练，第一次参加省比赛居然拿了全省冠军，这太不可思议了。任子威这孩子太顽强、太能拼了！

有人称他是"任坚强"！

有人说他是"狼性"十足！

不管别人叫他啥，他都毫不在乎，他就知道一上场就拼了！

拼，已成为他生命中的强大支柱。

在接下来的几年里，这个被人称为滑冰天才的少年，成绩越发突飞猛进，一年一个台阶，先后入选了哈尔滨市队和黑龙江省队。

2013 年，任子威获得了全省冠军。

2014 年 3 月，任子威第一次参加国际比赛，在世界青年短道速滑锦标赛上，获得了男子 1500 米第 3 名。他还参加了接力，在与同伴的共同努力下，拿下了世青赛男子 3000 米接力冠军。

几个月后，17 岁的任子威被选入国家短道速滑队，实现了他与王教练的第一个约定，成为中国国家短道速滑队的一员小将。

在国家队教练李琰的严格指导下，在高手如林的队友激励下，乐观、顽强的任子威，充分发挥出他那不服输的"狼性"，积极投入国家队紧张而严格的训练之中，很快成为中国短道速滑队的新生力量，不断创造中国短道速滑的新成绩。

2015 年，上海站的世界杯，任子威大破韩国队的"兔子"战术，爆冷夺冠，震撼了整个冰坛！使世界冰坛从此认识了这匹 18 岁的中国黑马——任子威！

所谓"兔子"战术，就是"兔子"选手搞突然加速，冲出滑跑阵营，打乱所有参赛选手的比赛计划，使"兔子"阵营中的选手获得夺冠的机会。

当时，中国选手韩天宇和任子威同时进入男子 1500 米 A 组决赛，与他们同场竞争的是三名韩国强手。1500 米属于中长距离，运动员要在 111.12 米短道赛场滑行 13 圈。所以发令枪响之后，选手们都会采取跟随战术，保存体力，以确保在后半程的搏杀中全力以赴……

但这次发令枪一响，韩国队的一名非主力队员，却突然冲出选手阵营，拼命向前滑去，企图扰乱中国选手的滑跑节奏，打乱中国选手的竞争计划，给韩国队优秀选手创造夺冠的机会！

任子威顿时识破了韩国队的"兔子"花招，急忙改变原来的战术，迅速冲出大部队，凭借他良好的体能，紧随韩国队员身后，死死地咬住对方不放！

冲在前面的韩国选手滑到第七圈，体力不行了，任子威顿时全力加速从他身边超了过去！之后，任子威一直以最快的速度强势领跑，甩掉第二梯队近一圈，夺得了这枚来之不易的金牌，从而打破了韩国男选手多年来对男子 1500 米金牌的垄断！

韩国队本想用"兔子"战术来扰乱中国队员的滑跑计划，万万没想到，他们遇到的竟是"狼性"十足、拼劲十足，有着"大象"之称的任子威。任子威因此夺得了个人首枚世界杯金牌！

这一精彩的表现轰动了整个冰坛，从此，人们认识了这位令世界冰坛高手不能小觑的中国小将——任子威！

在接下来的岁月里，任子威用优异的成绩，一次次书写着青春的辉煌，续写着伟大梦想的篇章——

2016 年，夺得了世界青年短道速滑锦标赛的男子全能冠军；

2017 年，获得 2017 年札幌亚洲冬季运动会男子 5000 米接力冠军；

任子威（左一）在比赛中

2018 年，获得了平昌冬奥会短道速滑男子 5000 米接力亚军；

2020 年 2 月，在世界杯德国德累斯顿站的短道速滑男子 1500 米决赛中，他在教练的安排下，同样采取了"兔子"战术……

发令枪一响，任子威就率先冲到前面领滑，随后又突然加速，一骑绝尘，甩掉所有的选手，全力向前冲去，眼看就快要扣圈了！当其他选手从梦中惊醒想加速追赶时，中国队的另一名选手安凯则在第二梯队里领滑，通过线路合理地压制选手们的速度……

最后，任子威甩掉第二名一圈之多，全场为之轰动！他以 2 分 14 秒 761 的成绩，夺得了世界冠军，安凯则名列第五。

2021 年，更是他收获的一年：获得了短道速滑世界杯日本名古屋站男子 1000 米金牌、500 米银牌、男子 5000 米接力银牌；获得短道速滑世界杯匈牙利站男子 1500 米金牌；短道速滑世界杯荷兰站男子 1500 米金牌……

# 六

北京冬奥会双冠王。

2022 年 2 月 4 日，盼望已久的北京冬奥会终于开幕了！

能在奥运赛场上夺金，那是每个运动员一生的梦想，也是他们一生的追求与骄傲！尤其在家门口首都的冬奥赛场上夺金，更是每个运动员梦寐以求的向往！

2 月 5 日，比赛开始，首先进行的是短道速滑男女 2000 米混合接力赛，由任子威、曲春雨、范可新、武大靖和张雨婷五名短道选手组成的中国队，身穿红、黑相间的比赛服，满怀为祖国争光的豪情，奔向决赛的战场——

发令枪一响，只见中国健儿们就像一道道红色的闪电，从人们眼前一次次闪过，经过一番血拼之后，中国队以 2 分 37 秒 348 的成绩，夺得了这枚意义非凡的金牌！

瞬间，北京首都体育馆里沸腾了，响起了惊天动地的欢呼声！

中国队迎来了开门红，夺得冬奥会的首金！中华人民共和国的国歌，第一次在首都体育馆里响起……

短道速滑健儿们怀着无比兴奋的心情，在队长武大靖的带领下，身披五星红旗，眼含激动的泪水，相互拥抱，向观众致意，向教练致谢，向祖国人民致敬……

这时，只见短道速滑名将范可新，满脸激动扑通一声跪在冰场上，深情地亲吻着脚下冰冷的冰面……

男女 2000 米混合接力赛结束之后，2 月 7 日和 2 月 9 日，任子威要进行 1000 米与 1500 米个人单项男子比赛。对他来说，这两项都有夺金的可能。除此，还有两项接力赛的任务。

2 月 7 日晚，我早早地守在电视机前，很怕错过了任子威 1000 米夺冠的镜头。

冬奥短道速滑男子 1000 米决赛准时开始。任子威和队友李文龙闯进了 A 组决赛，与实力雄厚的匈牙利选手刘少林和刘少昂兄弟对决！

发令枪一响，双方四名选手在短道赛场上展开了一场激烈的搏杀……

任子威和李文龙身穿红、黑相间的比赛服，任子威起跑后，立刻彰显出舍我其谁的霸气，毫无所惧的"狼性"，勇猛顽强，就像他自己所说的豪言壮语："赛场上，我绝不会服任何一个人！谁要是惹到我，我拼死也要咬下他身上的一块肉来！"

他果然在信守诺言，不仅是咬下对方的一块肉，而是用他的利齿紧紧地扼住了对方的喉咙……

直到二人的刀尖触线的刹那，仍然难分胜负。

最后，裁判通过视频回放得出最后结果，判决刘少林在比赛中两次犯规，黄牌罚下。任子威以 1 分 26 秒 728 的成绩夺得 1000 米的冠军，实现了中国队在该项目上金牌零的突破！并为中国在北京冬奥会再夺一金！

李文龙获得银牌，刘少昂获得铜牌。

当人们看到任子威再次夺金的刹那，全场响起了一片欢呼声。而任子威激动得仰天长啸，心里发出一声自豪的呐喊："啊！我赢了！我没有辜负祖国的期望！"

随后，他张开双臂奔向教练席，扑到教练李琰的怀里，激动的泪水洒在这位被人们称为短道"教母"的怀里。而李琰教练则像母亲拥抱孩子似的，紧紧地拥抱着这位得力弟子……

当任子威第二次登上冬奥冠军的领奖台，当他望着缓缓升起的五星红旗，聆听着庄严的国歌，他内心感到一种从未有过的自豪，不由得想起那首歌：

"五星红旗，我为你自豪！

为你欢呼，我为你祝福！

你的名字，比我生命更重要……"

当这位 24 岁的小伙子走下领奖台，走出媒体记者的包围圈，他内心很快就平静下来，脑海里闪现出一幅幅令他终生难忘的画面……

他的腿摔骨折了，王北铭教练拉着他的手，苦口婆心地劝他："我第一次见到你，就发现你是一棵滑冰的好苗儿，是世界冠军的料！如果你连眼前这点困难都挺不过去，那就辜负了老师对你的期望！"

父亲一脸严肃地对他说："国家建设军队是为了保卫国家安全，不受外敌侵略。而国家培养专业运动员，则是为了祖国争光！……你要时刻牢记着这份重任，不要辜负了国家的培养！"

李琰教练在训练中，无数次地教导他要学习世界最先进的滑跑技术，严厉地指出他在滑跑中存在的问题……

任子威美丽、贤惠的爱人王慧，并不是搞体育的，他们深深地相爱，结婚后却因任子威常年在外训练，很少相聚。妻子对他说："子威，我爱你，你的事业就是我的事业……你一定要安心训练，我永远是你坚强的后盾！我期待着你登上奥运冠军的领奖台……"

这一天终于来了。

此刻，在夺得第二枚奥运金牌的时刻，他多么想去拥抱自己的爱妻，拥抱亲爱的父母，去拥抱对他高度负责的教练和领导啊！

他真想冲着世界，冲着电视机的镜头大喊一声："亲人们，子威没有辜负你们的厚望，没有辜负国家队的培养，我终于为祖国摘得了两枚金牌！"

但是，他什么都没说，只是理性地告诉自己：迅速调整好心态，马上准备进入下一项比赛！要与教练研究比赛方案，请队医指导按摩，尽快消除赛后的疲劳……

他要为2月9日举行的1500米比赛，做好一切准备！

1500米，是任子威最擅长、最有实力的项目。据他当时的实力和竞技状态，完全可能再创奇迹。

然而，赛场如战场，情况多变。

2月9日，在短道速滑男子1500米半决赛中，任子威以小组第一名的成绩晋级决赛。当他满怀必胜的信心一心想冲击第三枚金牌时，上帝的天平却不再眷顾他了。他在比赛中因犯规被罚，无缘决赛，失去了再次夺金的机会。

大家都为他深感遗憾。

但是，这位"狼性"十足、从不肯轻易服输的冰坛名将，却在心里默默地发誓："等着！四年后米兰见！"

<h1 style="text-align:center">七</h1>

北京冬奥会，中国冰雪健儿用青春和热血，用永不言败的拼搏，为腾飞中的中国书写了一幅幅壮美的诗篇，创造了一个个精彩的高光时刻！

中国队共获9金4银2铜，名列第三，排在冰雪强国挪威、德国之后！

中国的冰雪健儿向世界彰显出中华民族在冰雪项目上从未有过的辉煌！

让我们记住这些冰雪健儿的名字吧：

曲春雨、范可新、武大靖、任子威、张雨婷，夺得第一金，获得短道速滑男女2000米混合接力赛冠军；

任子威，夺得第二金，摘下短道速滑男子1000米金牌；

谷爱凌，夺得第三金，获自由式滑雪女子大跳台金牌；

高亭宇，夺下第四金，获速度滑冰男子 500 米金牌；

徐梦桃，夺得第五金，获得自由式滑雪女子空中技巧金牌；

苏翊鸣，夺下第六金，获单板滑雪男子大跳台金牌；

齐广璞，夺得第七金，获自由式滑雪男子空中技巧金牌；

谷爱凌，夺得第八金，获自由式滑雪女子 U 形场地技巧金牌；

隋文静、韩聪，夺下第九金，获得花样滑冰双人自由滑金牌。

除此，还有李文龙、贾宗洋、闫文港、张楚桐、张雨婷等人，摘得 4 银、2 铜的奖牌。

当运动健儿登上奥运冠军的领奖台，为祖国升起五星红旗、奏起国歌的时候，人们可曾想到他们长年累月所付出的汗水和泪水？而在奖牌与掌声的背后，又有多少人在为运动健儿们默默地工作与操劳——教练、领队、保健医、厨师……

运动队是一个庞大的集体。而这一切，不是我这篇短文所能概述的。

写到这里，我不禁思绪澎湃，遐想万千，中国再也不是百年前被列强欺凌的国家！中国，再也不是被西方列强称为“东亚病夫”的中国！中国，再也不会只有一名运动员参加奥运会，再也不会让足球队员踢球“卖艺”，去赚取参加奥运会的旅费了！

我在想，生长在中国新时代的运动员真好，不仅受到国家的高度重视，不再被人们称为四肢发达、大脑平滑的体育棒子，并成为深受广大群众爱戴的明星！

他们心志高远，在紧张的训练之余，发奋努力，完成自己所选择的高等教育学业，以弥补少年时代所受教育的缺失与不足。任子威在训练之余，完成了沈阳师范大学的学业，目前仍在北京体育大学冠军班就读研究生。

冬奥会之后，各种荣誉雪片般地向任子威飞来：

他获得北京冬奥会、冬残奥会突出贡献个人奖；

被推选为首批国家冰雪运动推广大使；

被评为 2022 年中国十佳运动员；

被黑龙江省推选为第十四届全国人大代表……

这位"狼性"十足的冬奥冠军，不仅在赛场上表现出超人的强悍，而且这位爱读书、口才幽默的小伙子，把个人的理想融入国家百年复兴的宏大目标之中，让自己气宇轩昂地立于天地之间，彰显出他非凡的人生格局与胸怀——

他说："当国旗飘扬、国歌奏响的那一刻，我真的非常激动，为伟大的祖国而自豪，深感作为一名中国短道速滑运动员无上光荣！我把为国而战作为自己义不容辞的使命，把个人的奥运梦融入体育强国梦之中，使我进一步认识到自己身上的使命与责任！"

"体育承载着国家强盛、民族兴旺的重任。作为一名运动员，体育事业是我生命的追求！作为一名'90后'运动员，为祖国的体育事业奉献我的青春和力量，是我的梦想与使命！北京冬奥会已经结束，米兰又在向我招手。我将不负青春韶华，不辱使命，更加拼搏，力争创造出无愧于祖国、无愧于人民的优异成绩！"

在全国人大代表会上，他满怀家国情怀，发表了一番令人感动的讲话。

他说："我出生在美丽的冰城哈尔滨，这里有六十多年的冰雪运动历史，'百万青少年上冰雪'，就是我们最火热的全民健身活动。

"我从 8 岁开始滑冰，是一个怀揣金色梦想的少年，是老师和教练培养了我，父母教育了我。我一路走来，从业余体校到专业队，从市队到省队再到国家队，我的身份不断变化，唯一不变的是我对冰雪运动的酷爱和执着！

"我觉得要想把一件事情做好，光有兴趣和热爱是远远不够的，必须全身心地投入，去努力拼搏！在训练场上，我每一天都在拼尽全力。

"作为一名运动员，身穿国家队队服，代表祖国征战，那是无上光荣的事情！祖国荣誉高于一切，中国短道速滑队的'团魂'一直激励着我，使我为了祖国荣誉而竭尽全力！在北京冬奥会上，我斩获了混合团体2000米接力和男子1000米两枚金牌！这是我一生中最引以为傲的时刻，也是职业生涯中最光荣的篇章！看着国旗升起，听着国歌奏响，心中的自豪感和荣誉感便油然而生，觉得自己此生不虚度了！"

他还说："人生要有梦想、有追求、有目标，要有顽强的毅力，不断地突破！天道酬勤，不负韶华！作为一名中国共产党党员、全国人大代表、青年运动员，我要继续身披国旗为国出征，彰显出中国短道速滑队'国之尖刀'的精神，鼓舞更多人参与冰雪体育运动，热爱冰雪运动，为建设体育强国而继续发挥自己的光和热！"

北京冬奥会已经结束，作为追逐奥运梦的运动员，其训练和比赛却永远不会结束，备战米兰冬奥会已经进入了倒计时。

2023年5月13日上午，米兰冬奥会倒计时1000天工作部署及动员大会，在北京国家体育总局冬运中心花样滑冰训练馆举行。中国冰雪界的优秀运动员齐聚一堂，吹响了向米兰冬奥会进军的冲锋号！

任子威作为运动员代表发言，他说："北京冬奥会已成为历史，走下领奖台，一切都要从零开始，力争再创辉煌！"

他说："一代人有一代人的长征，一代人有一代人的历史使命，作为新时代的运动员，我们要勇于担负起我们这一代运动员的时代重任！北京冬奥会的荣誉虽然已经成为历史，但北京提出的冬奥精神，将永远激励我们在新时代的征程中永不言败、不懈奋斗、再创辉煌，以回报祖国和人民对我们的关心和厚爱！我们将全力以赴，为祖国的荣誉而拼尽一切。1000天之后，我们将在米兰赛场见！"

这番激昂陈词，令人心潮澎湃，也让人对这位风华正茂的小伙子，对中国的冰雪健儿们，充满了更大的期待！

# 八

"更快、更高、更强——更团结！"这是奥林匹克留给人类永恒的精神内涵，也是人类追求的崇高目标。

"胸怀大局、自信开放、迎难而上、追求卓越、共创未来！"这是北京冬奥会留给中国人的精神内涵。

北京冬奥会的成功召开，带动了全国亿万群众积极参加到冰雪运动当中。尤其对青少年来说，冰雪运动将成为他们强身健体、增强体魄、磨炼意志的体育摇篮。它将推动体育文化的交流与发展，使中华民族早日实现体育强国梦！

就在我即将完成书稿之际，我的故乡黑龙江下了一场几十年未见的大雪，厚厚的积雪覆盖了整个世界，天地间白茫茫一片。看见这多年不见的漫天大雪，我这从小在冰雪中滚大，与冰雪有着特殊情感的老人，不禁心潮澎湃，浮想联翩，一位伟人的千古名句顿时涌上心头……

那是毛泽东同志早在 1936 年 2 月，率领红军长征部队到达陕北清涧县袁家沟，准备渡河视察地形时，登上了海拔上千米的塬上，看到呈现在他眼前那千里冰封的大好河山，挥毫泼墨，写下的一首大气磅礴、内涵丰富的千古绝唱——

《沁园春·雪》

北国风光，千里冰封，万里雪飘。

望长城内外，惟余莽莽；

大河上下，顿失滔滔。

山舞银蛇，原驰蜡象，欲与天公试比高。

须晴日，看红装素裹，分外妖娆。

江山如此多娇，引无数英雄竞折腰。

惜秦皇汉武，略输文采；

唐宗宋祖，稍逊风骚。

一代天骄，成吉思汗，只识弯弓射大雕。

俱往矣，数风流人物，还看今朝！

八十八年前，能写下如此诗篇，有着何等高瞻远瞩的眼光？又有着何等雄韬大略的胸怀？

八十八年，弹指一挥间，谁能想到一个被外寇欺凌、内忧外患、一盘散沙似的民族，居然改天换地，顶天立地立于世界东方！谁能想到，今天的中华民族正奔走在百年复兴的大路上！

冰雪是寒冷的，却是温暖的。它是人类不可或缺的朋友。

冰雪体育情怀是中华民族伟大复兴不可或缺的一部分。我们每个冰雪运动员脚上踏的不仅是冰刀和雪板，也是背负了中华民族伟大复兴的神圣使命！

冬奥健儿们：珍惜青春韶华，为体育强国梦，为实现中华民族百年复兴而努力奋斗吧！

# 后记

**Epilogue**

## 献给我亲爱的冰上战友

我的命运不济，一辈子都向不济的命运抗争着。

年轻时，每当遇到坎坷，我总是用孟子的那段名言鼓励自己："故天将降大任于是人也，必先苦其心志，劳其筋骨，饿其体肤，空乏其身，行拂乱其所为，所以动心忍性，曾益其所不能！"

可是，直到夕阳西下的暮年，也没见什么大任降临到我身上，反而坎坷的命运却从没有放过我，而且又向我发起了雷霆般的攻击……

2021年9月9日，我最亲爱的爱人意外地离我而去（篇幅有限，原因不便细说）……

当时，我拍打着重症监护室厚厚的墙壁，发出撕心裂肺般的哭号："贺玉，你不能走啊，你千万不能走啊，你知道今天是什么日子啊……"

我用尽全身心的力气，绝望地呼唤着我最亲爱的爱人，拼命想留住他，可是晚上8点30分，他却永远地走了。

这一天，恰是我们结婚五十四周年纪念日，晚上 8 点 30 分，正是我们新婚洞房花烛夜。

难道这真是天意？

我发出绝望的呐喊：命运啊，你为什么总是跟我过不去？为什么选在这个时间让我们夫妻天地两隔！这到底是为什么？

没有人能回答我。

# 二

我和爱人周贺玉是在一个冰场上相识、相知、相恋，直到走进简陋的婚房。

我们都曾是专业速滑运动员。他是运动健将，我是国家一级运动员。他当了十年运动员、十年教练，35 岁转业到法院工作，后来提升为某市的区法院院长。我 35 岁走上拥挤的文学创作"独木桥"，像运动员那样玩儿命地拼起来，如今成为国家一级作家。

我们都曾怀着冠军梦拼搏在运动场上，都曾把美好青春、远大理想，献给了滑冰场。遗憾的是，我们都没有实现冠军梦。但是，滑冰却给了我们无坚不摧的毅力，也给了我们忠贞不渝的爱情，我们相亲相爱地度过了六十年。因此，我们对滑冰有着特殊的感情。

我出生在只有一户人家的山沟里，因参加全市小学滑冰比赛得了 500 米冠军，被选进了速滑队，开始了严格的训练。我虽然达到了一级运动员标准，但我并不是滑冰的料，接连几场大病，只练了四年就退役了。

刚进队时我 15 岁，小学都没毕业，傻乎乎的，整天除了训练就知道大咧咧地织毛衣，织手套，啥都不想。

一天，周贺玉送给我一张贺卡，上面写道："雅文，收起你的手工作坊，没事多读点书！你不可能当一辈子运动员，你应该想想今后干什么？"

这句话使我懵懂的心幡然醒悟，一种敬慕之情悄然升起，心想：他真了不起，懂得这么多大道理呢。

从此，我便收起了手工作坊，开始读书，还攒了几个月的钱，最后花了 7 元钱买了一支钢笔，开始练字。

周贺玉比我大三岁，他滑冰成绩好，曾获全国比赛 500 米第三名，是我们队里唯一一名运动健将。他爱读书，爱写诗，体委出节目都是由他来写。他给我背诵海涅诗选，讲泰戈尔的小说《红帆》……

渐渐地，他成了我心目中的偶像。我这颗少女心被他占领了。

我俩偷偷地相爱了，而且爱得如火如荼，任何批评、制度都无法将我们分开。1967 年 9 月 9 日，我们结婚了，没有任何仪式，没有一个人祝福，连新的背心裤衩都没买，只有两颗相爱的心紧紧地贴在一起。

他像大哥哥似的用心捧了我一生，而且，像导师一样引导我走上了文学创作之路……

那是 1979 年早春，已从体委转业到法院工作的贺玉，一天晚上看冰球比赛回来，冻得嘶嘶哈哈地对我说："雅文，等咱俩老了写一部体育小说，让小说中的人物去拿世界冠军，去实现我们没有实现的理想！"

当时，我正处在人生彷徨的痛苦时期。1966 年我自学完初高中全部文科课程（当时在职人员可免考数学）准备考大学，"文化大革命"开始了。而十年后恢复高考时，我已经有了两个孩子，在工厂当上了会计，再没有重新选择人生的机会了。

正是贺玉这句话点亮了我心中的梦想。

我心想：干嘛要等老年，我现在就写！

我背着他偷偷地写了一篇三千字的小说，怕他笑话我，拿到当地报社战战兢兢地送给副刊编辑……

编辑丁继松老师看完稿子，却说："张雅文同志，我搞了二十多年编辑，我相信我的眼睛，我认为你在这方面是有才气的，希望你能坚持下去！"

我像一个夜行人突然在漆黑的夜幕中看见一束光亮——一束生命希望之光！更像一个输光了老本的赌徒，意外地发现兜里还剩下最后一个铜板……

从此，35 岁的我，开始了第二次追梦，拼命地恶补文化，每天拼到半夜 12 点，每天早 5 点便起床，边做饭摇风轮边看《红楼梦》。有时切菜的时候也忍不住看两眼墙上挂的古诗词，常常不小心切破了手指。

贺玉全力支持我，而且在我遇到困难时总是给我莫大的鼓励。

三

1999 年，我 60 岁，遇到了人生的第一次大难。

当时，我克服了诸多困难，自费满怀激情地赴比利时采访《盖世太保枪口下的中国女人》的原型钱秀玲老人，回国后却接二连三地遭到作品侵权，被迫打了三起官司，使我身心受到巨大的伤害，心脏三支主动脉需要做三个搭桥大手术。这边医院等着我上台手术，那边三家法院等待我去开庭……

当我从十几个小时的手术中醒来，发现我还活着，脑海里第一个念头就是：我一定要写出自己坎坷的一生，否则死了太遗憾了！

就在重症监护室里，我 24 小时一分钟没睡，我的血压、脉搏都在 180、200 之间徘徊，而我却在构思如何去写我的生命呐喊……

当我从重症监护室出来的第二天，我就让贺玉扶着我下地走路。而且，我拒绝吃护士发给我的止痛药，怕刺激大脑影响我今后的创作。当时还没有止痛泵，我身上的三处刀口剧烈地疼痛，使我整夜整夜地无法入睡。我却在想：疼算啥？只要能活着，疼痛早晚能过去！

半年后，我的身体恢复些了，便开始了《生命的呐喊》的创作……

可是，《生命的呐喊》完稿后，却接连遭到出版社的退稿，我很痛苦。贺玉却对我说："雅文，你别上火！我相信这是一本好书，肯定能出版，只是时间问题！"

终于，我的《生命的呐喊》正式出版了。

后来，当他听到《生命的呐喊》获得鲁迅文学奖的消息，从客厅里急忙跑进书房，一把抱住我，我俩激动得相拥而泣。他连声说道："雅文，我们终于有今天了！我们终于有今天了！"只有他知道我为这部书付出了多少代价。

2015年6月24日，当我们得知国家主席习近平将英文版反战小说《盖世太保枪口下的中国女人》作为国礼赠送给比利时国王菲利普时，贺玉说了一句："这回谁不待见咱们都不怕，国家主席待见咱们！"

2017年12月，他腿摔伤了，走路不便，我每次去外地采访都推着他。去哈尔滨开我的新书发布会，我推着他从广西北海来到哈尔滨，我坐在台上，他坐在台下。我应邀前往哈工大采访刘永坦院士，也是推着他一同前往。

他曾问我："你带个瘸子到处走，不嫌我给你丢人啊？"

我说："有啥丢人的？你又没干坏事！"

深感遗憾的是，我一直忙于各种题材的创作，却始终没有完成贺玉的心愿，写一部滑冰题材的小说，让小说中的人物去实现我们的理想。

直到2021年初，贺玉腰受伤躺在医院病床上进行保守治疗，我俩谈论起2022年在北京举办的冬奥会。我俩相约，一起看冬奥，一起去采访冬奥夺冠的运动员，写一部冬奥冠军的书，以完成我们多年的心愿。

可是，他却没有等到北京冬奥会的召开，竟于2021年9月9日意外地走了……

# 四

爱人的离去，令我心肝欲裂，痛不欲生，使我这个对创作、对生活充满了激情的人，突然觉得对一切都失去了兴趣，没有了以往的激情。

北京冬奥会期间，我一个人孤零零地坐在电视机前，看到中国冰雪健儿一次次夺金摘银的精彩场面，我这颗本以为再也燃不起激情的心，却一次次的心潮澎湃，一次次地激动不已。

当看到中国速滑男选手高亭宇在 500 米决赛中夺得金牌时，我下意识地呼喊着爱人："老伴！你快看！中国男选手终于夺冠了！你快看哪！"

我知道，中国速滑女选手张虹早在 2014 年索契冬奥会，就夺得了女子 1000 米的金牌，实现了中国女选手在冬奥赛场上金牌零的突破。而男选手直到 2022 年北京冬奥会，高亭宇终于书写了中国男子速滑的新篇章，以 34 秒 23 的成绩夺得了男子速滑 500 米奥运金牌，并打破了奥运纪录！他完成了几代滑冰人的心愿——成为世界冰上第一飞人！

可惜，干了二十年滑冰的贺玉，却没有看到这一幕。

当北京冬奥会接近尾声时，我看到隋文静与韩聪在冰场上拥抱的瞬间，突然产生一种久违了的激情，心里再次燃起创作欲望："我要写一本中国冬奥健儿追求梦想、勇夺金牌的书！我要完成贺玉未果的夙愿！"

这个想法在脑海里一闪，我不由得问自己：就你现在的身体状况和心态，能拿下这么重的采访创作任务吗？ 20 万字！你能行吗？

以往，每当遇到这种情况，帮我拿主意的总是贺玉。他总会笑眯眯地说："没问题。就凭我的雅文不会一句外语，却敢独闯俄罗斯、欧洲、韩国，创作了多部国际题材的作品，任何困难都难不倒雅文！"

可是，鼓励我的人走了。

夜深，我独自在寂静的客厅里徘徊，自言自语："老伴，我决定完

成你的遗愿，写一部展现奥运冠军精神的书。你说我能行吗？"

屋子里静悄悄的，没人能回答我，只有我的心在回答自己：

"行！你一定能行！你只有全身心地投入到创作当中，才能转移你的注意力，才能减轻你对爱人的思恋与痛苦！"

在那个并不温暖的早春夜晚，在爱人离世六个月之后，我做出了一项重要决定：

去采写中国历届冬奥冠军，走进他们的冰雪人生，记录他们在追梦路上的精彩故事，记录他们令人难以想象的艰难与伤病、乐观与坚强，写出他们超人的毅力，写出他们为追求理想永不言败的精神，给青少年以励志与启迪！

作为一名曾经怀揣冠军梦的老运动员、老作家，我有责任有义务，把自己从悲痛中捞出来，挺起被悲痛压弯的脊梁，像以往一样，以满腔激情去拥抱那些可爱而可敬的奥运冠军，以完成我和爱人共同的心愿。

## 五

当时，正值疫情防控期间，冬奥冠军们在天南海北，只能用电话和微信联系采访。他们很忙，谁都不好联系，有的联系十多次都联系不上，只好遗憾地放弃了。创作起来也很难，运动员的经历都差不多，如何写出每个人独特的个性，写出每个冬奥冠军每次夺冠时的特殊意义，写出透过冬奥冠军们的成绩来彰显出我国综合国力的变化，写出奥运冠军的民族精神、体育精神……

然而，令我万万没想到的是，就在我创作的关键时刻，意想不到的一场灾难又一次向我袭来……

2023年6月，我被确诊为肝细胞癌，而且肿瘤很大，不能手术。孩子不想告诉我，怕我吃不消。

我对孩子说："不用瞒我，不就是个死嘛！谁都有死那天，只不过早几年晚几年的事！"我没掉一滴眼泪。爱人的离世，使我完全看淡了生死。

医生根据我的病情及我个人的要求，决定为我做介入治疗。这种手术创伤很小，不能根治，但能杀死、抑制部分癌细胞，局麻下就可以完成操作，病人一周就可以出院。

可是，万万没想到，我做完介入手术，却发生了医生从未遇到过的情况……

当天夜里凌晨2点，护士交接班时，发现我的右腿动脉血管内出血，右腿肿得很粗，变成了黑紫色。护士急忙向值班医生报告，值班医生又急忙找来介入医生，对我的腿做了抢救性的处理！

第二天，医生对我的右腿动脉出血处做了紧急处理，安了支架，否则无法止住流血。

医生说我的血管不好，有斑块，因此发生了这种少见的情况。

右腿动脉出血后，紧接着，在我身上发生了一系列的可怕病症，多种并发症同时向我袭来……

——严重的肺炎，呼吸困难，剧烈咳嗽，只能跪在床上，一口接一口地捯气；严重缺氧，24小时戴着氧气罩，一摘下来血氧立刻就急剧下降；右大腿肿得像腰似的，变成了黑紫色；排不下来尿，肚子鼓得像怀孕七八个月似的，医生给我加大了排尿剂，一个晚上排出了12斤尿；给我输血……

更为严重的是：我得了并不多见、从未听说过的一种病，叫"肝性脑病"（网上查，称其是一种非常严重的并发症，俗称肝昏迷，死亡率很高，或产生精神失常，表现不一）。

我的表现是脑海里出现幻觉，认为医护人员都是坏人，把我关在一间墨绿色的车厢里要害我。我对医护人员产生了强烈的对抗情绪，拼命挣扎着想逃出去！从未打过人的我，见到医护人员又踢又打！科室主任前来看我，我躺在病床上抬脚就踢他，质问他："你为什么不经我同意就给我安支架？"

主任说："再不安支架，你就没命了！"

我心里有一种强烈的求生欲望，一心要逃出去！

凌晨一两点钟，我给两位外地的医生朋友打电话，向他们发出紧急求救，让他们快向北京市公安局报案，"快来救我，不然我就没命了"！

两位医生朋友得知我得了肝性脑病，非常着急，一再叮嘱我配合医生好好治疗！曾给我做过心脏手术的刘晓程院长，问我："你的右脚现在有没有知觉？"我说："有。"他听了顿时长吁一口气。如果我的右脚没了知觉，那可能就要截肢了！


我住院的医生对我的病情高度重视，他们深知肝性脑病的严重性，几次会诊，研究治疗方案。

他们担心我这个 80 岁老人，抵挡不住这么多并发症的同时袭击，怕抢救不及时就没命了，研究决定，想把我送进重症监护室，问我同不同意？

我一听就炸了，厉声质问："为什么要把我送进那个鬼地方？请把你们的院长找来，让他给我说清楚！我好端端的人进来，为什么把我弄成现在这个样子？我告诉你们，我绝不去 ICU！等我病好了，我将一个个地收拾你们！"

一个 80 岁的老太太，还能收拾谁呀？别人不收拾你就不错了。

我儿子、儿媳请假白天黑夜轮班照顾我，很怕我发生意外。女儿正在国外，派同事来照顾我。我却把她当成护士一伙的，对人家拳打脚踢。

我告诉儿子："你们不许在 ICU 的条款上签字！必须我自己决定！"

医生看我如此反抗，只好尊重我的意见。

当时，我的思绪还算清醒，思维还算缜密，不说一句走板的话，心里只有一个强烈的信念就是：我不会死！我身体那么好，每天出操、游泳、打乒乓球，怎么说死就能死呢？不！我决不能死！我的冬奥冠军书稿还没有交稿！我的下一步创作计划写我和爱人的故事，书名都起好了《永远的恋人》，我还没有写呢！不！我决不能死！

此刻，一种坚定的信念支撑着我，一种强烈的求生欲望呼唤着我：我不能死！我要活！

我住院期间，黑龙江省委宣传部、省作协、黑龙江出版集团的领导、责编，专程从哈尔滨来看望我。我对他们说："你们放心，只要我不壮烈，肯定会交稿的，只是要拖后一段时间。"

领导一再安慰我，治病要紧，书稿不着急。

在医生的高度负责、积极治疗之下，几天后，我的各种病状奇迹般地好起来，精神也恢复了正常。

我很难为情，连连向医生、护士道歉，感谢他们救我一命。

他们却祝贺我，说我躲过了一劫。

我问我的主治医生："您觉得哪种病症最能要我的命？"

主治医生说："哪种病都很危险。当时，我们时时刻刻都担心你挺不过来，休息日我都来看你……"

我一再向他们表示感谢，感谢他们救了我一命。

主治医生却说："张老师，你不要感谢我们，如果要感谢还是感谢你自己吧！你身体底子好，内心很强大。否则，一位80岁的老人很难挺过这么重的并发症……"

医生还开玩笑说："张老师，你80岁了，咋那么有劲呢？"

被我踢过的科主任，笑道："没关系，我跑得快，你没踢着！"

这场生死大劫终于挺过去了。当然，治疗肝癌的药还要继续打，还得继续治疗。

一个半月之后，大难不死的我，终于回家了。

又开始了艰难的创作，用四个月时间终于完成了最后 2 万字书稿。

2024 年 2 月 2 日下午，我给黑龙江人民出版社我的责编杨子萱发去了 20 万字的全部书稿。

得知交稿的消息，子萱却在电话里像孩子般地哇哇大哭，半天才说出半句话："张老师，我以为你、你……"

她以为我活不成了，没想到我又活过来了。

她说她更没有想到，我在如此重病的情况下，还能坚持完成这部书稿，简直令人难以置信。


得知我大病的朋友，都以为我玩完了。

有人还闹出了笑话，一见到我，惊讶得像见到鬼似的，连喊："雅文，你、你咋又活过来了？"

我却笑道："我啥时候死了？"

不少人都说我大难不死，是个奇迹，说我内心如何如何强大、如何如何顽强。我知道，如果说我有点顽强劲儿的话，那是从小滑冰打下的基础，一辈子在困境中磨炼出来的。而强烈的求生欲望，那是每个人所具有的本能。

书已下稿，很快就要出版了。

现在，我可以坦然地对远去的爱人说："亲爱的，我终于完成了你的夙愿！你可以安心了。我对得起你，也对得起我们的冰友了！"

在此，我向救治我生命的医护人员，向日夜守护在我身边的亲人，向日夜关心我的朋友，真诚地道一声谢谢！向黑龙江省委宣传部、省作协、黑龙江出版集团、黑龙江人民出版社领导表示感谢，感谢你们在我生命危险时对我的关怀！向同我一起奋斗、一起哭泣的责编表示感谢，感谢你们的帮助和关怀！此外，书中有部分照片来源于网络，如涉及版权问题请与出版社联系。

最后，我想对读者、对青少年朋友说几句心里话：我觉得，在中国冬奥冠军运动员身上所体现的拼搏劲头、不达目标誓不罢休的精神，正是我们实现中华民族在伟大复兴道路上所需要的精神！胸怀理想，心怀荣耀，顽强不屈，永不言败！这是民族精神的财富，也是人类的精神财富！

体育兴，国家兴！

希望你们珍惜大好时光，不负韶华，为实现中华民族伟大复兴而奋斗！

2023 年 12 月 20 日